曹多勇作品精品集 **淮水谣**

时代出版传媒股份有限公司
安 徽 文 艺 出 版 社

曹多勇，1962年出生于淮河岸边的大河湾村。现为安徽文学院专业作家，安徽省作家协会副主席。曾在《人民文学》《当代》《十月》《中国作家》《作家》《山花》《钟山》《大家》《天涯》《小说界》等国内文学刊物发表中短篇小说300余万字。已出版长篇小说《大河湾》《寻父记》，中篇小说集《曹多勇中篇小说精选》《悬挂立交桥上的风景》，短篇小说集《开口说话》《春天的欲望》，中短篇小说集《幸福花儿开》，小小说集《月亮眼》等9部。其中，长篇小说《美丽的村庄》（与人合作）获中宣部第十届（2003—2006年）“五个一工程”奖，中篇小说《好日子》获2003—2004年度安徽文学奖。

UAISHUI
AO

淮水谣

曹多勇◎著

时代出版传媒股份有限公司
安 徽 文 艺 出 版 社

图书在版编目(CIP)数据

淮水谣/曹多勇著. —合肥:安徽文艺出版社,2017.3
ISBN 978-7-5396-6016-5

Ⅰ. ①淮… Ⅱ. ①曹… Ⅲ. ①长篇小说-中国-当代
Ⅳ. ①I247.5

中国版本图书馆 CIP 数据核字(2017)第 029633 号

出 版 人:朱寒冬　　策　　划:朱寒冬
责任编辑:周　康　　装帧设计:张诚鑫

出版发行:时代出版传媒股份有限公司 www.press-mart.com
安徽文艺出版社 www.awpub.com
地　　址:合肥市翡翠路 1118 号　邮政编码:230071
营 销 部:(0551)63533889
印　　制:安徽新华印刷股份有限公司　(0551)65859551

开本:700×1000　1/16　印张:17.5　字数:260 千字
版次:2017 年 3 月第 1 版　2017 年 3 月第 1 次印刷
定价:39.00 元(精装)

目　录

楔　　子

送郎送到清水河，
上水漂来两只鹅，
公鹅前头打着浪，
母鹅后头叫“哥哥”，
可跟你我差不多？
——淮河流域花鼓灯情歌

1

一大早，韩老头便站在淮河边上等候他的四个儿女回来家。

今天是老婆子忌日。这些年来，年年这一天孩子们都会一个个回来家。韩老头面朝正南，站在码头边，往前几步远就是哗啦啦流动的淮河水，退后几步远就是他居住的村子。村子名叫大河湾村，是个四周被淮河水围困的小村庄。也就是说，淮河流经这么一块土地的时候，分开两道河汊，像是两条合拢的手臂，把这块土地紧紧地搂抱在怀里。这里的人家住在庄台上，在庄台上盖房屋过日子，养鸡养鸭养鹅生孩子。庄台上一大片房屋中就有韩老头的家，庄台下一大片庄稼中就有韩老头的地，老婆子死后就安葬在他家的地头前，圆溜溜的一个老坟，正对着韩老头的家，正对着淮河边上的码头。此时此刻，韩老头站在码头边上等待四个儿女回来家，老婆子躺在老坟里等待四个儿女回来家。三个男孩子一个女孩子，四个儿女一个个长大，一个个离开大河湾村，在别处安家落户过生活。好在住得都不算远，时常轮流回来看一看。过年过节，尤其是老婆子忌日这一天，四个儿女会一个不落地全回来。

娘——我们来看你啦！

在老婆子的老坟边上，四个儿女齐刷刷地跪下磕头。韩老头一个人单独地站着，站在老婆子的老坟前面，站在四个孩子的脊梁上方。

2

从大河湾村码头过淮河，往南穿越一溜八公山，走上二十多里山路，再往南过一条淝水河，有一座古城寿春，大儿子韩新云一家就住在那里。寿春是一座县城，韩新云在那里的一所中学里教书。韩新云年龄不到五十岁，教书不足三十年，头上的白发却越教越多，额上的皱纹却越教越多，一副腰身却越教越勾。韩新云说，我教书教够了，我教书教烦了，现在我一天书都不想教。

韩新云不喜欢教书，命运却注定他要教一辈子书。

二儿子韩新水一家住在大河湾村往东四十里路远的田家庵。田家庵是一座水路码头形成的商埠古镇，现如今是这座城市的政治、经济、文化的中心地带。韩新水在那里跟别人合伙开发房地产，把早些年贩运煤炭积攒下来的钱，一把投进去。韩新水的楼房越盖越高，口袋里的钞票越聚越多。他年逾四十，整天一副成功商人的做派，什么样的车子名贵，开什么样的车子；什么样的衣服名牌，穿什么样的衣服；什么样的女人漂亮，睡什么样的女人。敛钱如淮河里的大水，花钱如淮河里的流水。韩新水说，钱就是一个婊子，你口袋里越有钱，她就越往你身上偎，你口袋里越空，她就越离你远，你想伸手往她身上摸一把都够不着，你想闻一闻她身上的臊气，都不让你站在下风口。

有一次，韩新水接受市电视台财经频道记者专访时说，作为一个房地产商人，两眼整天只盯着赚钱，确实感到没有什么意义，可要是不这样我会觉得更加没有意义。说到底，金钱才是我们商人的生命和血液、父母和情人。

三儿子韩新雨一家住在大河湾村北边二十里路远的潘集。潘集是一个市辖农业区，那里有数百个村子、数十万人口、上百万亩庄稼、上万台农机。韩新雨在一个不起眼的集镇上，开一家维修农机的铺子，不饱不饿地混日子。他三十八岁那一年，找了一个肥胖的女人成家，吃住在这个女人家里，像是入赘倒插门。他的陪嫁就是维修农机的铺子，又贷款新买下一台大型联合收割机。麦子成熟的季节，韩新雨突突突把收割机开出家门，帮别人家收割麦子。黄豆成熟的季节，韩新雨突突突把收割机开出家门，帮别人家收割黄豆。韩新雨说，修农机挣不着钱，我帮别人家收庄稼挣钱。

实际上，韩新雨是想利用农忙的机会，短暂地躲避开这个肥胖女人。韩新雨与这个肥胖女人生活在一起，时时刻刻有一种压迫感，有一种窒息感，想要彻底地离开这个肥胖女人，却又做不到。

这个肥胖女人觉察出韩新雨的这么一份心思，说，韩新雨，我知道收割机才是你花钱娶回家的女人。

四丫头韩新苗，在正西边一百多里路远的谢桥煤矿上班。这是一座现代化煤矿，韩新苗在那里做一名技术员，上班在井下跟通风的设备打交道，下班回家跟自家的男人打交道。男人名叫苏聪，就像一条书虫，上班钻进办公室，门一关画图纸，下班钻进书房，门一关看书本。韩新苗隔着房门喊，苏聪，吃饭啦！苏聪装着听不见，不答应韩新苗。韩新苗走近书房，伸手敲一敲房门，喊，吃饭啦！苏聪不好再假装听不见，答应韩新苗说，我不饿。深夜 12 点钟前，苏聪不睡觉。就算深夜 12 点钟到了，苏聪也不一定就睡觉。他经常对韩新苗说，你先睡，我不困。苏聪说不困不是真不困，是不想跟韩新苗同床共枕睡在一张床上。韩新苗去向苏聪的奶奶哭诉这件事。苏聪奶奶说，阿拉知道阿拉的孙子是个雌小子。

当地人说我，是说俺。苏聪奶奶是上海人，说我，是说阿拉。

3

四个儿女长大，一个个离开大河湾村，正好占据东、西、南、北四个方位。韩老头在心里想着哪一个孩子，就把眼睛转向哪一个孩子所在的方位。四个儿女一个挨着一个想一遍，东西南北转一圈，韩老头面朝淮水又一次站立住。眼前不远处就是村里的渡船码头，一艘铁皮船突突突地往返着。四个孩子不管从东西南北哪一个方位回来家，都得经过村里的码头，都得乘坐村里的渡船。这里是大河湾村连接外面世界的唯一路径。韩老头站在这里，守望着码头，守望着渡船，哪一个孩子先回来，肯定瞧得最清楚……

第一章　韩立海

送郎送到十里岗，
越送越是舍不得郎，
再送十里也不算长，
奴要赶快回家转，
爹妈瞧得了恼得慌。
——淮河流域花鼓灯情歌

1

早上几十年，韩老头有过一次机会离开大河湾村，可惜机会失去了。这一良机的错失，被老婆子前前后后埋怨几十年，自个也前前后后懊悔几十年，最主要的是连累了一个个孩子——四个儿女离开大河湾村前前后后又是几十年。要是当初他去煤矿不回头的话，自个的孩子还不是一个个生下来就落在煤矿上，说不定一个个生下来就是城里人。当然那个年代孩子的户口是跟随母亲的，这要看他找的女人是一个城里人，还是一个农村人。大多数时候，韩老头都会坚定地认为，那一年他要是留在煤矿不回头，就不会找现在的这个老婆子，就有可能找一个城里户口的女人过日子，生下的孩子一个个理所当然都是城里人。在那么一个年代里，一个生在大河湾村、长在大河湾村的农村人，想离开大河湾村真难呀！可以说，百分之九十九点九的大河湾村人，一生中都不会遇见一次离开大河湾村的机会。偶或地遇见一次机会，还被韩老头丢失掉，你说韩老头能不懊悔一生吗？你说老婆子能不埋怨他几十年吗？你说这件事的始始末末，韩老头能够轻易地忘掉吗？

话说大炼钢铁那一年，大河湾村南庄台上的七个生产队架起七座炼钢铁的土高炉，带铁的干活农具扔进去，带铁的家庭用具扔进去，大火不停地燃烧三天三夜。白天，村人看见高炉的烟囱冒黑烟；夜里，村人看见高炉的烟囱蹿火苗。三天三夜，村人守候着高炉不睡觉。这是一件村人从来没有干过的稀奇事。

三天三夜过去，高炉里的火苗渐渐地熄下来，高炉里的温度渐渐地降下来。等到第四天傍晚，村人扒开炉膛一看，傻眼了。炉膛里，农具的木把燃烧掉，带铁的部分完好无损地留下来。一把铁叉的叉把不见了，叉头留下来。一把铁锄的锄把不见了，锄头留下来。一把镰刀的刀把不见了，刀头留下来。炉膛里带铁的家庭用具呢？一把切菜的菜刀还是一把切菜的菜刀。一把炒菜的铲子还是一把炒菜的铲子。一把盛饭的勺子还是一把盛饭的勺子。一根捅火的捅条还是一根捅火的捅条。一件件都完整着，全发全须的。这些带铁的家庭用具都是一户户人家废弃不用的，现在经过大火一烧，一块块铁锈脱落，一件件家庭用具都像新崭崭的一样，好像拿回家就能接着用。

大河湾村寂静，无声无语。大队干部走出大河湾村想办法。

淮河南五里路远有一座毕家岗煤矿，那里的煤矿工人会炼钢铁。他们炼出来的钢铁，拍出来照片，登上了报纸。村人看见报纸上的钢铁照片，黑乎乎的一大块，很像村里人家的秫秫面粑粑馍。报纸上也是这么说，钢铁是工业的粮食，工业饿肚子就是要吃秫秫面粑粑馍一般的钢铁。大队干部去煤矿请来两位炼钢专家，他们说大河湾村的土高炉烧柳树劈柴，温度达不到。村人听从他们的建议，把土高炉改造成烧煤炭。烧煤炭能保证炉膛里的温度，烧煤炭能保证把钢铁炼出来。煤矿专家跑前跑后比画半天，指导半天，大河湾村七个生产队的七座土高炉总算改造过来了。煤矿专家最后拍掸身上的尘土说，你们使劲地烧煤炭吧，保证你们跟我们一样能炼出一大块秫秫面粑粑馍。大队干部说，大河湾村没有煤炭，只有柳树。煤矿专家说，你们拿柳树跟我们煤矿换煤炭呀。

大河湾村不生产煤炭，倒是庄台前后生长了不少棵直脖子、歪脖子、扭脖子柳树。柳树耐水，不怕淮河发大水，像淮河两岸的村人一般，愈淹愈旺兴，愈淹愈粗壮。这一年，村里兴起大炼钢铁运动，就地取柴，砍下不少棵柳树，树枝树干分开家，树枝直接烧火，树干晾晒在河滩地上。待树干晾一晾，晒一晒，锯成树段，劈成劈柴，再运往土高炉，燃火炼钢铁。大队干部与煤矿协商好，准备拿柳树树干去煤矿换煤炭。村里换回煤炭炼钢铁，煤矿换回树干做坑木，都有好处的一桩事，双方一拍即合都乐意。

大河湾村又一次热闹开来。

这一天，村里就出现一条架子车的长龙。一个生产队出动两辆架子车，七个生产队共十四辆架子车，一辆架子车配四个精壮的小伙子，两个人在前面拉车，两个人在后面推车，再加上甩手不干活的大队干部、生产队长，首首尾尾少说有六七十个村人。村里的大人孩子拥挤在淮河边，欢送着这么一干人。村里的锣鼓班子拥挤在淮河边，欢送着这么一干人。叽叽喳喳，是村里大人的说话声。哇里哇啦，是村里孩子的喊叫声。哐叽哐嚓，是敲锣打鼓的喧闹声。村里的大人不安分，面色激动地议论着。村里的孩子不安分，跑前跑后地兴奋着。村里的锣鼓班子更是又敲又打又蹦又跳地舞动着。

淮河两岸的锣鼓班子跟其他地方的不一样，他们敲的是花鼓灯的鼓点，他们摆的是花鼓灯的阵势，他们跳的是花鼓灯的舞步，他们唱的是花鼓灯的唱词。敲花鼓灯的鼓点，摆花鼓灯的阵势，跳花鼓灯的舞步，唱花鼓灯的唱词，叫玩灯。

姑娘今年一十八，
两腮红红笑哈哈，
人说姑娘有些傻，
俺想把她娶回家。

小伙今年一十九，
模样长得有些丑，
两眼小得像针尖，
嘴丫一叉赛簸篮。

簸篮是一种家庭用具，圆溜溜地敞开口，比筛子还要大。

大河湾村玩灯一般都在好年成的农闲天，都在月亮天，都在河滩地。一年忙到头，地里的庄稼该收的收下，该种的种下，就到农闲天。夏季的麦子没遭水淹，秋天的黄豆没遭水淹，就是好年成。好年成，心情好。农闲天，有空闲。月亮天，明天明地看得见。河滩地，空天空地舞得开。玩灯，除去锣鼓班子，还有旱船队、骚马队、舞龙队、舞扇队、高跷队、跟斗队。老头子参加旱船队，划旱船。老妈子(老太婆)参加骚马队，骑骚马。男人参加舞龙队，舞长龙。女人参加舞扇队，舞扇子。男孩子参加跟斗队，翻跟斗。女孩子参加高跷队，踩高跷。玩一场花鼓灯，男人女人、老人孩子，有一大半村人都能参加上。玩一场花鼓灯，从天黑至天明，能玩一整夜。月亮明了暗了，落下去。村人聚了散了，回家去。就算农闲天，就算好年成，不到过年过节，玩灯都不在白天玩。白天是干活的时间，是侍弄庄稼地的时间，不是玩灯的时间。头顶的一轮明月无声。身旁的一条淮河无语。月亮映照着水面，水光映射着天空，天地间一片透明光亮。一片透明光亮的天地间，只有玩灯的村人舞弄出来的身影，只有玩灯的村人敲打出来的锣鼓声。村人的身心在花鼓灯的喧闹中得到陶醉，村人的生命在花鼓灯的喧闹中得到张扬，村人的灵魂在花鼓灯的喧闹中得到安顿。苍天呀！——大地呀！——淮水呀！——列祖列宗呀！——此时此地，就是要俺去上刀山，俺都没有一句怨言。此时此地，就是要俺去下火海，俺都没有一声抱怨。此时此地，就是要俺去投河、去上吊、去拿一把快刀抹脖子，俺都不后悔！

记不得是从哪一年开始，玩灯变成旧东西，跟着旧社会一起被砸烂，跟着地主富农一起被推翻。村人点燃一把火，烧掉玩灯的长龙，烧掉玩灯的旱船，烧掉玩灯的骚马，烧掉玩灯的高跷，烧掉玩灯的扇子，烧掉玩灯的衣裳，最后烧掉玩灯的一把大伞。玩灯场上的核心人物叫伞把子。伞把子是玩灯场上的指挥，他手持一把华丽大伞，掌控玩灯的节奏，收与放，进与退，全靠他手里旋转舞动的一把大伞。一把大火吞噬去大伞，也就吞噬去花鼓灯这门淮河两岸世代相传的古老艺术。

玩灯的几面鼓留下来。玩灯的几只镲留下来。玩灯的几只铛留下来。村人组成一支新锣鼓班子。新锣鼓班子不再玩花鼓灯，就在各种各样的场合里去敲打。村里成立互助组，锣鼓班子敲一敲。村里成立初级社，锣鼓班子敲一敲。村里成立高级社，锣鼓班子敲一敲。人民公社成立了，锣鼓班子敲一敲。村里砌上土高炉炼钢铁，锣鼓班子敲一敲。村人拉柳树树干去煤矿换煤炭，锣鼓班子敲一敲。花鼓灯不玩了，锣鼓班子敲的依旧是花鼓灯的鼓点，跳的依旧是花鼓灯的舞步。花鼓灯的魂魄不逝，依旧附着在锣鼓班子的鼓点中。锣鼓点疾速奔放，像决堤的淮河水，一泻千里，遏制不住。锣鼓点细密舒缓，像春天解冻的淮河水，一步三叹，纹理有致。大河湾村人一代代浸泡在淮河水里，一代代浸泡在花鼓灯里，性格如锣鼓点一般，有时疾速奔放，有时细密舒缓；性格如淮河水一般，有时像决堤的淮河水，有时像春天解冻的淮河水。

大河湾村人的性格，就是淮河水的性格，就是锣鼓点的性格。

这一天，这么一干人，在锣鼓班子的欢送下，浩浩荡荡地往煤矿上送柳树树干，又在锣鼓班子的欢迎下，浩浩荡荡地从煤矿上往回拉煤炭。这种阵势不说是绝后的，最起码是空前的。说实话，煤矿看不上村里送过去的柳树树干，柳树不如杉木直溜，不如杉木易砍易锯，煤矿愿意拿煤炭换柳树，走的是一条工农相结合的道路。不过这一天，煤矿却看上了大河湾村的小伙子。这一天各个生产队选派出去的小伙子，都是个顶个的强壮，个顶个的能干，煤矿还有看不上眼的道理吗？于是，煤矿领导与大队干部商议，决定从村里招收一批下井的煤矿工人。每个生产队分配两个名额，七个生产队一共招收十四个小伙子。经过村里敲锣打鼓地一番宣传与鼓动，一支由十四个小伙子组成的采煤队伍就诞生了，就喜气洋洋地去了煤矿上。

这其中就有韩老头。

那一年，韩老头十八岁，他的本名叫韩立海。十四个小伙子排成队去煤矿，韩立海年龄最小、个头却最高，排在队伍的最后面。村里的锣鼓班子跟后面，咚咚锵锵地从大队部欢送到码头边。十四个小伙子每人胸前佩戴一朵大红花，脸上红通通的、喜气洋洋的。这种阵势只在抗美援朝那一年，村里欢送一批抗美援朝志愿军的时候出现过。那一天，韩立海在慌乱中别错了大红花，别人戴在胸膛的左边，他戴在胸膛的右边。围观的人群中有一个眼尖的姑娘向他喊叫着，提醒着，只是喧嚣的锣鼓太响了，韩立海一点没听见。

这个姑娘名叫吴水月，就是韩立海后来娶回家的老婆子。

2

这一年，吴水月十七岁，比韩立海小一岁，年龄没有韩立海大，个头没有韩立海高，却比韩立海懂事早。早两年，吴水月就悄悄地注意起韩立海。那时候村里兴玩灯，韩立海十六岁，个头没有长起来，翻跟头翻得最起劲,往前翻,往后翻,侧身翻,腾空翻。在般大般小的一窝村孩子中,没有人翻跟头能翻得过他。平时韩立海练习翻跟头就比其他的村孩子刻苦。可以说每一个夜黑天,韩立海都要去河滩地上练习翻跟头。有月亮天,晚上翻跟头看得见。无月亮天,淮河水映着河滩地,翻跟头依旧能看得见。河滩地上有一层厚厚的沙土,翻跟头不怕摔,摔倒也不疼。开头韩立海翻跟头就他一个人,后来就来了吴水月。庄台离河滩地有一段距离。韩立海吃罢晚饭,走出家门,走下庄台,走向河滩地。不一小会,吴水月就悄无声息地跟过来。韩立海不搭理吴水月。吴水月也不需要韩立海搭理。韩立海在东边一块河滩地上翻跟头。吴水月就在西边一块河滩地上舞扇子。河滩地不属于谁家私有的,是自然形成的,是公共的。韩立海翻他的跟头,吴水月舞她的扇子,相互间不干扰。在玩灯场上,要说韩立海翻跟头是一把好手,吴水月舞扇子同样是人尖子。前两年,吴水月年岁小,在高跷队踩高跷不怎么样,两只脚摇呀晃呀地不稳当,两只手在半空中旋转手帕就不舒展。吴水月舞扇子,两只脚落地上,一下子就显出过人处。一般小媳妇比不上,一般大姑娘比不上,比不上她的腰身灵活,比不上她的胳膊柔软。更主要的是吴水月舞扇子比别人有韵致,风吹杨柳一般,蝴蝶扑花一般。翻跟头需要的是硬功夫。舞扇子需要的是软功夫。翻跟头讲究的是力量。舞扇子讲究的是柔软。哗哗哗,韩立海一串跟头翻下来,气喘吁吁,大汗淋漓。哗哗哗,吴水月一串扇子舞跳下来,气不喘,汗不流。翻跟头的标准,是疾,是多,是高。翻得越疾越好,越多越好,越高越好。舞扇子的标准,是柔,是媚,是浪。舞得越柔越好,越媚越好,越浪越好。可以说,吴水月注意了韩立海的疾、多、高,韩立海却没注意吴水月的柔、媚、浪。韩立海生就一副娃娃相,脸上毛茸茸的,像一只毛冬瓜。吴水月知道韩立海在男女之情上没开窍,她需要耐心地等待。吴水月耐心等待的方法,就是每天晚上陪着韩立海去河滩地。韩立海翻跟头,吴水月舞扇子。韩立海在河滩地东边,吴水月在河滩地西边，两个人谁都不说话，谁都不搭理谁。身边是同一条川流不息的淮河。头顶是同一个亘古不变的星空。不远处就是大河湾村庄台，那里有他们的父母兄弟姐妹，那里有他们的鸡鸭鹅猪牛羊。

两年过去，花鼓灯被当成旧东西停下来。韩立海翻跟头不停，夜夜都去河滩地。吴水月舞扇子不停，夜夜都去河滩地。其实两年的变化还是很大的，韩立海的个头长上来，重心长上来，翻跟头就不像过去那么疾、那么多、那么高。吴水月手中的两把扇子在大火中被烧掉，只能空手在河滩地上舞。舞扇子，扇子是道具，空手舞，只有扇子舞的魂，缺少扇子舞的形。要说韩立海依旧练习翻跟头是惯性，是习惯，是强身，是健体，吴水月依旧练习舞扇子的目的就有所不同了，不是惯性，不是习惯，不是强身，不是健体，就是要与韩立海接近，就是要引起韩立海注意。前后两年时间过去，韩立海都不去注意吴水月，吴水月不能再等了，也不愿再等了。

这一天晚上，韩立海前脚走下庄台，吴水月后脚跟下庄台，韩立海前脚走向河滩地，吴水月后脚跟向河滩地——这些都没有什么不一样。与往常不一样的是，韩立海去河滩地东边翻跟头，吴水月跟着一起去河滩地东边舞扇子。这样一来，吴水月的反常行为就不得不引起韩立海注意了。

韩立海问，你不是天天晚上都在河滩地西边舞扇子吗？

吴水月说，我心想你从来没有注意过我呢。

一个男孩子偷偷地去注意一个女孩子原本就是一件难为情的事，韩立海在夜黑中脸红起来。韩立海只好去河滩地西边，把东边一块河滩地空出来，让给吴水月舞扇子。韩立海去河滩地西边，吴水月跟着去河滩地西边。韩立海站下脚跟，站在不东不西中间处。

韩立海问，你到底是在东边舞扇子，还是在西边舞扇子？

吴水月答，你在哪一边翻跟头，我在哪一边舞扇子。

韩立海说，我不跟你在一边。

吴水月问，为什么？

韩立海说，我怕翻跟头碰着你。

吴水月说，我不怕。

韩立海说，我怕！

韩立海要是一个开窍的男孩子，就能听懂吴水月说话的意思。韩立海不开窍，吴水月说“不怕”，韩立海说“怕”，就枉费吴水月的一番心机了。俗话说，好男不跟女斗。韩立海果断地转身回庄台，不再练习翻跟头。吴水月傻了眼，上下牙齿咯咯咯地紧咬在一起，冲着韩立海的背影说，你是一根木头。韩立海就是一根不折不扣的木头，硬撅撅地走向庄台。吴水月独自一个人站在河滩地上，流下两行委屈的眼泪。那一刻，吴水月的心里生出一大堆乱麻一般的怨恨，暗自发狠说，我就是跟天下的所有男人好，都不会跟你韩立海好，我就是变成一个嫁不出门的老姑娘，都不会嫁给你韩立海。

——木头！木头！一根烂木头！一根朽木头！吴水月站在河滩地上连骂韩立海好几声。

中间隔两天，吴水月心里的怨恨就刺刺啦啦地消下去了。吴水月消除怨恨的原因，是韩立海就要离开大河湾村，去毕家岗煤矿当扒煤工了。吴水月在心里消除对韩立海怨恨的那一刻，却生出对自个的怨恨。她怨恨自个那天晚上没有把话说明白。韩立海是一根木头，你就要像对待一根木头一样地点拨他。韩立海不明白的男女情事，你要点拨他明白。隔天一大早韩立海就要去煤矿，这一步跨过去，人家就是煤矿上的扒煤工，就算你现在当面把话说明白，不说结果怎么样，就算韩立海愿意跟你好，也存在讨好人家的嫌疑。要是前两天吴水月去点拨韩立海，那是俯就，现在就是高攀了。一时间，吴水月刚从前一个弯子拐出来，又被后一个弯子绕进去。这一夜，吴水月就在这个弯子里绕来绕去中度过，就在自个对自个的怨恨中度过。

隔天一大早，锣鼓班子闹天闹地敲起来，吴水月依旧躺在床上不起来。吴水月决定不去送韩立海,让那个不属于她的小伙子走就走吧,让那个不属于她的小伙子带着自个对自个的怨恨走吧。敲锣班子的喧闹声越来越响,越来越近。村人走路的脚步声越来越响,越来越近 。大队部在吴水月家的东边,码头在吴水月家的西边。十四个扒煤工从大队部去码头要从吴水月的家门前路过。锣鼓班子欢送十四个扒煤工去码头要从吴水月的家门前路过。村人欢送十四个扒煤工去码头要从吴水月的家门前路过。锣鼓的敲打声、村人的脚步声、鸡狗的惊恐声、牛羊的狂叫声,一片杂乱无章的声音充斥着吴水月的耳朵。吴水月拉被子蒙上头,拿手指堵耳眼。这样一来,一片嘈杂声低沉下去,像是沉进床下面,像是埋进泥土里,分不清锣鼓的敲打声,分不清村人的脚步声,分不清鸡狗的惊恐声,分不清牛羊的狂叫声。咔嚓一下,吴水月与喧闹世界断裂开,与阳光空气断裂开。吴水月像是一个溺水者,憋闷在水下面,张大嘴巴喘不过来气,有一种要下地狱的感觉,有一种要窒息死亡的感觉。哗啦一下,吴水月掀开被子,浮出水面,大口大口地换气,新鲜透明的空气夹杂喧闹的空气。锣鼓的敲打声远去,却又清晰可闻。村人的脚步声远去,却又清晰可闻。村东村西,到处都是鸡狗的叫声,到处都是牛羊的叫声。吴水月赶紧穿衣裳,赶紧穿鞋子。她要去码头边送一送韩立海,送一送她暗恋两年的心上人。吴水月跑出家门,跑下庄台,跑向码头。吴水月一边跑一边喊,韩立海你等一等我,我去送一送你。

码头边,淮河水安静下来,锣鼓家伙安静下来,村里人安静下来。十四个小伙子在码头上排一排,大队干部逐一握手,逐一话别。煤矿领导跟大队干部站在一起,大队干部逐一向他们做介绍,逐一介绍十四个小伙子的家庭情况,逐一介绍十四个小伙子的劳动表现。煤矿领导不跟小伙子握手,他们要接十四个小伙子去煤矿。一辆大卡车就停在河对岸,候渡船靠过去,就拉走十四个小伙子。码头上人山人海,吴水月根本挤不进去,看不见十四个小伙子,看不清韩立海站哪里。吴水月不甘心，拼命往人缝里钻。下边是人腿，木桩一般林立不动。上边是人身，砖墙一般安稳牢固。吴水月钻不进人缝，折头往河岸上跑。那里人稀少，地势高，能远远地看一眼韩立海。大队干部挨个介绍过十四个小伙子，煤矿领导就领十四个小伙子上渡船。大队干部面朝锣鼓班子把一只手抬起来，使劲地向下一挥，锣鼓家伙一起敲打开。码头上的人墙松动开，村人开始往庄台撤。吴水月往河岸上跑一半，慌忙折头再往码头上跑。在这种场合下，十四个小伙子是中心人物，大队干部是中心人物，煤矿领导是中心人物，除去这些中心人物，村人不会注意吴水月，不会注意吴水月跑上跑下的一副慌乱样子，不会注意吴水月六神无主的一副落魄样子。大队干部站在码头上不动，煤矿领导先上渡船，十四个小伙子一个挨一个跟在煤矿领导后面上渡船。韩立海个头最高，排最后，最后一个上渡船。村里的渡船是一只木划子，船艄、船舱、船头站满人，都装不下二十人。十四个小伙子，加上一个摆渡的船工，加上三名煤矿领导，一共十八人。木划子前前后后装满，也只能装下这么多人。船工站在船艄撑篙，三个煤矿领导下船舱坐船帮上，十四个小伙子在船艄、船舱、船头分散开站着。吴水月从村人松开的缝隙中看见韩立海。韩立海玉树临风，站在船头上，脸上一副焦躁的样子，恨不能生出两只翅膀，不上渡船，不上卡车，直接飞往河对岸，飞往煤矿上。就在这个时候，吴水月发现韩立海胸前的那朵大红花戴错了，别人戴在胸膛的左边，他戴在胸膛的右边。木划子一点一点离开河岸，韩立海一点一点离开河岸。吴水月冲着韩立海喊，错啦！韩立海！你的大红花戴错啦！只可惜喧嚣的锣鼓太响了，韩立海一点听不见。吴水月索性不再喊韩立海戴错大红花，改口喊，木头！木头！你是一根木头！

就这么，韩立海光荣地跟着十三个小伙子一起坐渡船过淮河去煤矿上了。

3

吴水月和韩立海之间的缘分，就像涨满河床的淮河水，眼看着这一边被堵死，其实它寻着另一边又溢出来。

十四个小伙子去煤矿做扒煤工，从表面上来看是一桩好事。原本家住大河湾村的一个个小伙子，有了这么一次机遇，去煤矿做扒煤工，两个月试用期一过，就能转成正式工，按月拿煤矿的一份工资，按月吃国家的一份商品粮。整个大河湾村几百个小伙子，精选细挑十四个小伙子，各个生产队长不知得罪多少村人，大队干部不知得罪多少村人，僧多粥少，撂在谁手里都要挠头皮，撂在谁身上都要得罪人。煤矿上的招工条件规定，家庭成分不好的不能去，结过婚生过孩子的不能去，在生产队劳动表现不好、不好好干活的不能去。除此之外，符合条件的小伙子，哪个能去，哪个不能去，就由各个生产队自行决定。各个生产队的决定办法不统一，五花八门，花样翻新。有的生产队抓阄，谁抓到谁去。有的生产队比摔跤，摔跤比力气，比技巧，谁的力气大，谁的技法高，谁摔跤赢别人，谁个去。大多数生产队比干活。比担粪，每人一根扁担两只筐，谁担粪担的筐头大，谁担粪跑的趟数多，谁去。比挖地，每人手持一把铁锨，谁挖地挖得平整，谁挖地挖的块面大，谁去。比拉车，每人一辆架子车，车上装相同重量的泥土，谁跑在最前面，谁去。韩立海的生产队比翻跟头。韩立海的生产队比翻跟头的原因，是生产队长喜欢翻跟头。生产队长说，谁翻跟头好看，谁跟头翻得快，谁跟头翻得多，谁跟头翻得高，谁去。几十个小伙子一个个上场上，一个个翻跟头，韩立海独占上风头。

生产队抓阄，没有村人生意见；生产队比干活，村人生意见少；生产队比摔跤，村人生意见大。相比较，村人生意见最多的，是比翻跟头。村人说抓阄，就是抓命，去与不去全靠命。一个人要是命不好，埋怨谁个都没有用。比干活本身村人没意见，村人有意见的是唯有比干活。村人说，家庭成分好，思想觉悟高，这两条摆到哪里去了？一个中农家庭的孩子跟一个贫农家庭的孩子怎么比？一个思想觉悟低的孩子跟一个思想觉悟高的孩子怎么比？村人说比摔跤，就是比耍奸躲滑，老实正经的孩子，父母管教严的孩子，谁个天天去摔跤？耍奸躲滑的孩子去煤矿，不好好干活是小事，影响大河湾村的声誉就是大事了。村人说，比翻跟头就是比瞎胡闹。具体地怎样一个瞎胡闹法，村人都不愿具体地往下说道了。

上述这些杂七杂八的意见反映到大队部，大队干部睁一只眼闭一只眼说出一句更加瞎胡闹的话。大队干部说，要我说呀就叫煤矿派几个壮实的女人过来，大河湾村的小伙子一个个当场睡一睡，睡过女人两条腿都发酸打软的毛蛋孩子，还能去煤矿扒煤吗？这位大队干部名叫曹兴旺。这些年他去煤矿的趟数最多，算是对煤矿了解最多的一个村人。曹兴旺代表大队部对煤矿上的招工条件提出过疑问。曹兴旺说，干活力气大的，舍得下力气的，不可能是嫩黄瓜一般的毛蛋孩子，肯定是那些结过婚有了孩子的三十啷当岁的男人。煤矿领导坚持说，我们就要嫩黄瓜一般的毛蛋孩子。煤矿的招工条件有孬心，不管眼前还是将来，一群毛蛋孩子都是负担轻，麻烦少。曹兴旺说，就怕毛蛋孩子一个个在你们煤矿上待不住。

应该说，大队干部曹兴旺了解煤矿，还是不如了解大河湾村人。三天一过，十四个小伙子就开始有人从煤矿陆续地跑回头。问其缘由，有的说，井下活重干不了；有的说，煤灰沾身上打胰子(肥皂)都洗不掉。那个时候，煤矿上的条件差是事实，井下扒煤活重活脏也是事实。可面对同样的一个事实，为什么其他村的小伙子不跑回头(同时招工下井的还有其他村的小伙子)，单单大河湾村的小伙子跑回头？煤矿上最终得出这么一条基本结论，那就是大河湾村的小伙子身子骨太懒了。

韩立海不算最后一个跑回大河湾村的。十四个小伙子跑到最后还是留下几个在煤矿上。韩立海在煤矿待十天，一共下八趟井，干八个班的活。每一个班下井到上井要超过十二个小时。也就是说，每一天除去上下班，除去睡觉，除去吃三顿饭，所剩时间就寥寥无几了。早班、中班、夜班三班翻，每个礼拜休一天。韩立海去煤矿十天，开头学习一天，中间休息一天，一共下八趟井，干八个班的活。十天不见，韩立海又乏又瘦又白。乏是在煤矿上干活重累的；瘦是在煤矿上吃不好睡不好熬的；白是水白，是待在矿井下见不着太阳的缘故。韩立海回到家一句话没有说，一头拱进被窝蒙头睡起来，昏天暗地睡了两夜加三天。到了第三天晚上，韩立海吃罢晚饭，脚下虚软，两腿打晃，梦游一般地走出家门，走下庄台，走向河滩地。韩立海不是去河滩地翻跟头，一屁股坐在河岸边，面朝淮河水，一动都不动。这是一个大阴天，无星星，缺月亮，风安静，浪安静，河安静。不一小会，走过来一个人影子。人影子瘦，细胳膊，细腿，细身子，韩立海认出来，是吴水月。吴水月一步一步走近韩立海，在韩立海身边站下来。韩立海坐着，吴水月站着。吴水月伸手抚摸韩立海的头发。韩立海转过身一把抱住吴水月的两条腿，呜呜溜溜地哭出声。韩立海说，我跟他们不一样，我不是干不动井下的活，我不是嫌井下的煤灰脏，我是怕，我在井下心里怕，我不下井在地面上心里还是怕。吴水月说，你现在回到大河湾村，回到我身边，你就什么都不用怕。吴水月蹲下身子一把抱住韩立海，陪着他一起哭。韩立海哭的原因是委屈，委屈的是村人不理解。吴水月哭的原因是喜悦，喜悦的是韩立海回来家。

可以说，这些天吴水月就是在一种痛苦与不安中度过的。那一天在码头边，韩立海胸前戴错大红花离开大河湾村，也就从吴水月心里暂时离开了。吴水月觉得自个与韩立海没有缘分。不要说韩立海已经去煤矿，就算留在村子里，没有缘分的两个人照样没有缘分。吴水月从码头上回到家，把痛苦紧紧地裹藏在内心深处，该吃饭的时候吃饭,该干活的时候干活,该睡觉的时候睡觉。前后几天时间,吴水月完全变成另外一个女孩子。一个活泼的女孩子,变得不活泼了。一个爱说话的女孩子,变得不爱说话了。一个喜欢干活、往人多处拥挤的女孩子,变得喜欢孤单一个人了。十七岁那一年,吴水月已经参加生产队劳动挣工分,女社员要干的农活,她一样不落地全会干。干活能减轻吴水月心里的痛苦,干活能排解吴水月内心的苦闷。一连好几天,吴水月都是拼命地干活,干活,再干活。十四个小伙子从离开大河湾村的第三天开始,就一个接一个回大河湾村。从那一刻起,吴水月的心里就纠结起来,希望韩立海回来,又担心韩立海回来。在村人的眼里,回头的自然不是好小伙子,怕干重活,怕干脏活,丢父母亲的脸面,丢全村人的脸面。吴水月希望韩立海回来,是希望再见到韩立海,一个回头的韩立海就能和她平起平坐了,甚至一个身上带有污点的人比她还要低。原本是一件高攀的事,却变成低就了。吴水月担心韩立海回来,是担心韩立海是一个怕干重活的男人,是一个怕干脏活的男人,是一个被村人唾弃的男人,是一个再跟自个相好也索然无味的男人。

到了第十天,吴水月希望的事或者说担心的事终于发生了。韩立海回村是在这一天的傍晚,傍晚村人也会看得清。大河湾村上千双眼睛,都盯着一个个回村的小伙子。一下子,吴水月束手无策地呆愣住,不知道怎么去面对韩立海,是果敢地去他家安慰他,还是转身离他远远的。吴水月和韩立海两家住前后道房子。往南走,下庄台,去河滩地,韩立海要从吴水月家的屋门前经过。往北走,下庄台,去庄稼地,吴水月要从韩立海家的屋门前经过。吴水月知道,韩立海回来家不会急着去下地,要出家门只会往南走,只会去河滩地。河滩地紧挨着淮河,淮河是个无底洞,是个阎王嘴,每一年夏季天,都有洗澡的村人在河里淹死掉。想到这里,吴水月心里一惊一凉,要是韩立海去投河怎么办?吴水月不去想韩立海有没有投河的可能性,却被自个的假设与想象吓住了。韩立海去投河当然不会选择大白天,一到天黑吴水月就紧张，两眼紧紧地盯着家门前。吴水月的这种心情同过去相比，可谓天壤之别。过去每到天黑，吴水月两眼紧盯家门前面，眼神是急切的，心情是愉悦的，吴水月等候韩立海出家门，去河滩地翻跟头，她去河滩地舞扇子。现在吴水月两眼紧盯家门前面，生怕韩立海走出家门，走下庄台，走向河滩地，她的眼神是慌乱的，心情是恐惧的。

这一晚，韩立海梦游一般走出家门，走下庄台，走向河滩地，吴水月毫不犹豫地跟上去。韩立海走到河滩地不停下，吴水月的一颗心提溜到嗓子眼。韩立海在河岸边坐下来，吴水月的一颗心半悬半落。吴水月放不下韩立海，不管他是一个怕干重活的男人，还是一个怕干脏活的男人，她都会谅解他，她都会接受他。一个女人喜欢上一个男人，就变成一个缺少矜持的女人，就变成一个没有原则的女人。前后十天过去，韩立海从一个毛蛋小伙子变成一个男人，吴水月从一个大姑娘变成一个女人。一个女人慢慢地走近一个男人。韩立海一把抱住吴水月的两条腿，呜呜溜溜地哭起来。韩立海说，你不知道矿井有多深，你不知道矿井有多黑，你不知道矿井有多怕人，我一到井下两条腿就发抖，就想着可能会死在井下，不能活着上井，我上井睡觉，做梦还是在井下，各种青面獠牙的鬼怪在梦里出现，我常常一身冷汗吓醒来……

世上有这么一处令人害怕的场所，这是吴水月过去从来没有想过的，也是村人过去从来没有想过的。韩立海他们去了这么一处令人害怕的场所，却不能说因为害怕回来家。害怕不是一个回家的理由，干不动重活，干不动脏活，才是回家的理由。

隔一年，韩立海和吴水月结婚成家。

4

一转眼二十年过去，时间到了 20 世纪 70 年代末，韩立海和吴水月先后生下四个孩子，同村里绝大多数人家一样生活得很艰辛，近乎衣不蔽体，吃了上顿愁下顿。这种时候，吴水月就渐渐地淡忘韩立海当年下井的一份恐惧心理，反过头来埋怨他当年吃不下一份苦从煤矿上跑回家。吴水月说，你看看某某人家的日子过得多鲜欢。吴水月说的这个某某人，就是当年一起去煤矿没有跑回头的人。当地流传这么一句顺口溜：亦工亦农，快活洋熊。羡慕的就是男人在煤矿上班、女人在村里务农的人家。岁月流逝，韩立海形容木讷，说话有点结巴，一般情况下，被吴水月数落他都是不吭声。要是吴水月把他说急眼，他会仰起脖子反嘴说，我要是当年不回头在煤矿上扒煤，按月拿几十块钱在手上，说不定娶下的这个女人就不是你。吴水月变成一个嘴碎的女人，也是一个试图说理的女人。吴水月说，你娶我不娶我不当紧，当紧的是你娶回一个女人，生下几个孩子，就得让他们跟着你过上吃饱饭穿暖衣的好日子。韩立海听明白吴水月说的话，她说的是一个做丈夫、做父亲的责任与义务。吴水月这句话戳在韩立海的软肋上，他的脑袋一勾一耷地软下去，一软一软地夹在裤裆间。在生产队挣工分，就算他干一天农活记两天工分，也不能让老婆孩子过上吃饱饭穿暖衣的好日子呀！在当时淮河两岸的农村里，他一点办法都没有。要是留在煤矿上，要是按月开几十块钱工资呢，那就是另外一番景象了。就是从这种时候起，韩立海开始后悔当初逃离煤矿。或者说，韩立海早就在吴水月的埋怨声里开始后悔了。只不过韩立海依旧会不甘心地跟吴水月辩解几句当年从煤矿跑回头的理由。

韩立海说，我当年从煤矿跑回头，不是嫌煤矿活重干不了，也不是嫌煤矿活脏不愿干，是井下四周黑咕隆咚的，见天不是一个天，见地不是一个地，我在煤矿上多待一天怕是都要疯掉呀！吴水月说，我没听说有煤矿工人在井下疯掉的！韩立海不再说话。

第二章　韩新云

送郎送到二里塘，
一塘荷花哪这么香？
我好比荷花刚出水，
只怕秋后见寒霜，
愁得俺两眼泪汪汪。
——淮河流域花鼓灯情歌

1

大儿子韩新云算是韩立海家第一个走出大河湾村的人。

那一年，国家土地政策发生大变化。上一年，土地分到各个村民组，中间相隔不足一年，咔嚓一声响，干脆分开一家一户了。这一回，国家政策走的一条路跟二十年前的一条路相反。那时候，是互助组、初级社、高级社，一步一步向上走。现在是生产队、村民组、责任田分到户，一步一步往回退。到底哪一条路走得对，哪一条路走得错？有一个伟人说，这叫摸着石头过河。摸着石头过河——这句话，淮河两岸的村人听得懂。就是蹚水过河，走一步算一步，要是扑通一声掉进深水里，呛两口河水，湿一身衣服，就爬起来接着蹚。土地分分合合，摸着石头过这么一条河，从 20 世纪 50 年代初到 20 世纪 80 年代初，绕出一个大弯子。大河湾村的土地不算多,土地多的生产队一口人合一亩半地,土地少的生产队一口人合不到一亩地。具体到韩立海一家,两个大人带四个孩子,一共分到九亩地,外加半亩河滩地。河滩地靠近淮河边,没有堤坝拦着淮河水,一年顶多收一季麦子,秋天种庄稼容易遭水淹,算不上好土地。真正收庄稼靠得住的是堤坝内的九亩地。老话说,家中有粮,心中不慌。上一年在村民组里种庄稼,分的粮食就够吃了,今年分开,一家一户甩开手单干,收回家的粮食够吃三四年。相同的土地、相同的人口,在生产队大呼隆种地怎么收不着粮、吃不上饭,分开一家一户单干怎么会收粮多、吃不掉?韩立海只会闷头踏实干活,不会仰天长啸去做形而上的思考。风吹日历,哗啦哗啦响,日子一天接着一天往下过。有一天,"家中有粮,心中不慌"的韩立海先是慌张地把闷头干活的头抬起来,而后把眼睛睁开来,扎扎实实地盯在大儿子韩新云身上。是年,韩新云正好初中毕业赶着上高中。大儿子上高中去哪里上,一下子变成一个回避不了的大问题落在韩立海心头,摆在韩立海面前。

大河湾村只有村小学,村里的孩子小学毕业接着上学校,要么往北过河去潘集那一边的祁集中学念初中、念高中,要么往南过河去毕家岗那一边的中学念初中、念高中。韩立海与煤矿有过上述一番过节,心里疙里疙瘩地始终解不开,不顺畅,大儿子自然而然地必须选择去祁集中学念初中。韩新云在祁集中学念三年,初中毕业赶上考高中,韩立海想替大儿子调换一所学校上。韩立海心里产生这个想法,还是因为国家政策发生大变化。这一次,不是国家的土地政策变化,是高考政策变化。那个时候,一个农村孩子走进城市的路子很少。城市招工是一条路子。前后几十年间,就大炼钢铁那一年,煤矿从大河湾村招过一回工。也就是那一回招工,大河湾村的小伙子有了怕干重活、怕干脏活的坏名声,从那往后煤矿就再也不从大河湾村招工了。参军提干是另一条走进城市的路子。每一年,大河湾村差不多都有小伙子去参军，三年兵期一过，一个个小伙子提不上干，从大河湾村走出去，磨一圈子又回到大河湾村。村人不理解，别的村小伙子参军还有个把个提干的，为什么单单大河湾村没有一个呢？是大河湾村的特殊地理位置所致，一个个小伙子眼界狭窄、头脑封闭，去部队跟别人没办法相比？还是什么理由都不是，就是大河湾村的小伙子命不好，生来就是待在大河湾村、走不出大河湾村的命？村人站在大河湾村的土地上看待这件事，左思右想，前思后想，就是想不通。国家恢复高考制度，一个农村孩子考上大学算是走进城市的第三条路子。韩立海热血沸腾地想让大儿子走这么一条路，可经过一番实地考察与了解，心里扑哧扑哧冷下来。原因是祁集中学一连两年黑窝，没有一个孩子考上；毕家岗中学一连两年黑窝，也没有一个孩子考上。韩立海整个人像是陷进一口泥坑里，知道大儿子走高考这条路，走通的希望很渺茫，要是不让大儿子走这条不是路的路，又一百个一千个一万个不甘心。怎么办？先替韩新云换一所学校，换一所有可能考上大学的学校。韩立海查听来查听去，方圆最近最好的一所高中学校在寿县城里，听说那里每年都有不少孩子考进大学。

韩立海知道这些年国家政策的变化，得益于家里的一台收音机。

韩立海性格木讷，少言寡语，说不好国家的大事小事，却喜欢听别人说国家的大事小事。这个别人不是村人，是中央人民广播电台。不管是忙是闲，到中央人民广播电台广播新闻的时间，韩立海会及时地打开收音机，专心致志地收听。收音机有一块砖头那么大，外面装上套子，套子上面有一根襻带。韩立海下地干活，就把收音机的襻带往农具上一挂，或往手里一拎，带上收音机一块去下地。收工回家，收音机摇呀晃呀地跟着一块回。夜晚里，韩立海睡床上，就把收音机掖进被窝里。这种时候，韩立海算是彻头彻尾地闲下来。收音机里播新闻，他就听新闻；收音机里唱地方戏，他就听地方戏。听新闻是为了获取资讯，每天国内外发生的大事小事他全知道。或者说中央人民广播电台播出来的大事小事、想让老百姓知道的大事小事、能让老百姓知道的大事小事他全知道。听戏是为了身心娱乐，他喜欢听豫剧，不喜欢听京剧，还有黄梅戏。不喜欢听京剧，是那些年听多了听厌了。“文革”期间京剧一连听好多年，就是不喜欢，真是一点办法都没有。黄梅戏是蛮子戏，咿咿呀呀听不懂里边的唱词，韩立海就觉得蛮音格朗的不好听。豫剧是一种力气戏，唱的人能唱出一身汗，听的人能听出一身汗。唱豫剧像干活，听豫剧像干活。干活的人就喜欢听干活的戏。过瘾，合胃口，对脾气。

这两年，停断的花鼓灯重新热闹起来。重新热闹起来的不是锣和鼓。村里的锣鼓班子一直敲打着，现在只要把旱船队、骚马队、舞龙队、舞扇队、高跷队、跟斗队恢复过来就可以了。扎道具的各种技能不会忘，跳花鼓灯的各项技艺不会忘，花鼓灯的新旧唱词不会忘。这些技能、技艺、唱词就流淌在淮河水里，就流淌在大河湾村人的血液里。只不过这种民间的东西，走不进收音机，广播电台播不出，不到农闲天，不到玩灯的那一刻，村庄都是喑哑着，村人都是沉默着。

前一年，大河湾村头一回恢复玩花鼓灯。韩立海胳膊腿僵硬，不可能再去翻跟头，也过了翻跟头的年岁，那就改敲鼓吧。村人玩一场花鼓灯，伞把子是场上的指挥，是场上的灵魂。其他的人物大致可分为两大类，一类是敲鼓的，叫鼓架子；一类是舞扇子的，叫兰花。再其他的人物，划旱船的、骑骚马的、舞长龙的、踩高跷的、翻跟斗的等等，都是杂耍性质的，都是凑热闹性质的。一个真正的玩灯人，要么敲鼓成一名鼓架子，要么舞扇子成一名兰花。敲鼓比的是鼓点子的诡异多端，比的是鼓点子的丰富性与流畅性，呈现出来的是阳刚之美。舞扇子比的是手法和步法，比的是柔美和柔媚，呈现出来的是一种轻柔之美，是一种孟浪之美。

两只鼓对敲《两虎相斗》，两只鼓就是两只公老虎，相互厮杀，凶猛残忍，谁都不怕谁，谁都不让谁。原因是有一只母老虎在不远处等候着,等候那一只斗胜的公老虎。村人听着喧闹的鼓声,仿佛能听见两只公老虎撕咬打斗的粗重喘息,仿佛能闻见那只母老虎身上散发的迷惑气味。两只鼓对敲《猴子捞月》的情景就大不相同了,一只鼓扮演的是猴子,一只鼓扮演的是水中月。两者相互牵制,相互引逗,相互愉悦,相互斗气。猴子的活泼与顽皮,自信与愚钝,徐徐道来。水中月的虚幻与美丽,躲闪与缥缈,逼真呈现。煞尾处,扑通一声水响,猴子扑向水面,与月亮相拥相抱在一起。村人会心释怀,哈哈大笑。

在淮河两岸,玩花鼓灯最有名气的是兰花,不是鼓架子。早年间,装扮成兰花的不是女人,一个个都是男人。一个男人跳兰花,一点都不比女人差。到了新时代,妇女翻身与男人平等,男人渐渐地退出兰花的角色,女人手舞扇子一个个走上玩灯的场地。就像京剧里的青衣一样,真的是女人跳兰花,怎么看都跟男人跳兰花不是一个味道。缺少的恰恰就是一种女人的味道,就是一股孟浪的味道。兰花的手法可以模仿扇子扑蝶,可以模仿蜜蜂采蜜。兰花的腰肢可以模仿风吹杨柳,可以模仿河面涟漪。兰花的步法可以模仿过独木桥,可以模仿上山步与下山步。兰花舞出来的一招一式都是现实生活的描摹,都是现实生活的艺术化。

花鼓灯的唱词,不用专门的角色去唱。鼓架子可以唱,兰花可以唱,伞把子放下手中的一把华丽大伞,也可以唱。玩灯场上,一个围观的孩子,兴致上来跑进场子,张开嘴巴,亮开嗓子,照样可以唱一唱。花鼓灯的唱词相对简单,不繁乱,不复杂,不具有大的故事性和叙述性,多是一事一景的即兴描述与表达。

叫俺唱歌不费难,
舌头打滚嘴动弹。
唱到半夜三星落,
唱到五更明了天,

花鼓歌子唱不完。

叫俺唱来俺也能，
就是嗓子无雅音。
破筛子筛米不过稻，
旧蒸笼蒸馍气不匀，
熟的熟来生的生。

说实话，韩立海过去不怎么喜欢敲鼓，不喜欢锣鼓的原因是小时候敲不动鼓，赶长大能敲动鼓，鼓就跟花鼓灯分离开。尤其是大炼钢铁那一年，锣鼓班子一阵喧闹把十四个大河湾村小伙子送过淮河南岸，送到毕家岗煤矿，韩立海在那里待十天就偷偷地跑回大河湾村。可以说，韩立海二十多年的懊悔都跟锣鼓的喧闹紧密地联系在一起。韩立海头脑里的一部分不愉快记忆，都跟喧闹的锣鼓有关联。时间一长，韩立海心里的懊悔渐渐地淡化，村人重新玩起花鼓灯，他挎上一只花鼓敲一敲，脚下跟随鼓点跳一跳。开头有一些生疏，鼓点敲不在节奏上，脚步跳不在鼓点上。人手跟鼓点是分离开来的，脚步跟鼓点是分离开来的。咚呛咚呛咿咙呛。几次一敲，几场一跳，就慢慢地熟练了。

韩立海自个练习敲鼓，叫三个儿子跟随鼓点练习翻跟头。鼓点是玩灯场上的音乐与节奏，翻跟头跟随鼓点，舞扇子跟随鼓点，就连伞把子都是跟随鼓点的节奏，或进或退，或左或右。大儿子韩新云憨实，翻不好跟头，跟不上鼓点节奏，掌握不住平衡，一翻跟头就摔跤，在河滩地上都摔一个鼻青脸肿的。二儿子韩新水淘皮，会翻跟头会摔跤，一副灵巧的模样有些像吴水月小时候，可他就是不喜欢翻跟头，觉得翻跟头没意思，说在玩灯场上翻跟头像耍猴，不美气。三儿子韩新雨年纪小，力气还没有长上来，不到翻跟头的年岁，只会跟随鼓点瞎捣乱，像马戏班子里的小丑，又缺少小丑的滑稽与可爱。这样一来，三个儿子在河滩地上跟随韩立海翻跟头，不到一顿饭工夫就被赶走一对半。

韩立海说大儿子，不会翻跟头，你站在这里卖愣眼呀？

韩新云脸色一红一红地走开。

韩立海说二儿子，不想翻跟头，有多远滚多远，省得你站在这里我看见心里烦。

韩新水巴不得滚一个远远的，一溜烟跑开了。

韩立海说三儿子，这里没有你看的热闹，你该去哪里去哪里。

韩新雨追上两个哥哥，跑得比两个哥哥还要快。

整个河滩地上只剩下韩立海一个人，鼓越敲越没有力气，越敲越没有精神。韩立海停下敲鼓，呆愣愣地望着淮河水。晴天，有风，有月，有浪。一浪推一浪，一浪卷一浪，倒映河面上的一个大月亮，一晃一抖地分散开。几十年过去，眼前的一条淮河水好像跟记忆中的没有多少变化，天空里的一个大月亮好像跟记忆中的没有多少变化，花鼓灯相隔这些年不敲不跳不唱不玩，怎么着味道跟从前都不一样了。韩立海气鼓鼓地从河滩地上跑回家，家里的三间堂屋空着，家里的两间锅屋空着，吴水月一样不在家里。咚呛咚呛咚咚呛。村东村西，村前村后，几只鼓敲得七零八落的，比韩立海此时此刻的心情还要凌乱，还要不齐。

吴水月显然也是没办法舞扇子了，年近四十，四个孩子一生，腰身就像一副旧木桶，哗啦桶箍一散，上上下下都跟着一起散开来。吴水月一颗舞扇子的心不死，自个不能舞扇子，就教别人舞扇子。这一年，四丫头韩新苗更小，拿不动扇子不说，就算特制两把小扇子交给她，舞来舞去的只能凑热闹。韩新苗舞不动扇子，却喜欢舞扇子。吴水月从她身上看到自个的影子。不过韩新苗的长相不像吴水月，手指身架蠢头蠢脑的像韩立海。这样的一副身段条件就算长成一个大姑娘，恐怕都不是一个兰花的好料子。吴水月教别人舞扇子，教村里的大姑娘，教村里的小媳妇。大姑娘一个个都是土生土长的，就算从来没有舞过扇子，也听父母讲过舞扇子或听村人说过舞扇子，血液里有遗传，情感上有认同。小媳妇就不一样了，要是娘家不在淮河两岸的村子里，从来没有听说过花鼓灯是怎么一回事，舞扇子是怎么一回事，就算手把手地教，都是很费劲。说到底，花鼓灯是淮河水滋润长出来的东西，要是家住遥远处，看不见淮河水，听不见淮河浪，对花鼓灯就会天生地隔膜，对舞扇子就会天生地疏远。吴水月不灰心不丧气，她知道一个个小媳妇嫁到大河湾村，就是大河湾村人，淮河水就能天天看得见，淮河浪就能天天听得见。

在对待花鼓灯技艺的延续传承上，吴水月是个乐观派，韩立海却是个悲观派。

2

玩花鼓灯要等到农闲天，大儿子韩新云转学却一天都不能等。这一天，韩立海就带着一副蹚蹚瞧（试试看）的心态去了一趟古城寿春。韩立海要去那里找一个名叫张奎的下放知青。

张奎当年下放当知青的时候，在大河湾村前后待四年，其中有两年半跟韩立海在同一个生产队。全国农业学大寨、学小靳庄那一年，大河湾村十个生产队的领导班子进行新一轮大调整，韩立海出任五小队队长，张奎从别的生产队调到五小队与他搭档当副队长。每个生产队配备一名知青当副队长，算是大河湾村这次调整生产队干部的典型经验，在全公社推广开来。韩立海不认字，嘴巴笨，只负责在生产队分派社员干活，开会呀、念报纸呀、写材料呀、去大队部汇报呀等一揽子工作就交给张奎去做。韩立海向张奎说过这样一句话，庄稼活归我管，应景活归你管。前后两年半时间，他俩配合默契，少见分歧，五小队方方面面的工作都走在全大队前面。张奎佩服韩立海为人诚实，做事踏实，懂种地，会种地。一样的庄稼长在五小队的地里，就比长在别的生产队地里旺兴。一样的亩数，五小队打出来的粮食，就比别的生产队打出来的粮食多那么百八十斤。韩立海佩服张奎身架壮，能劳动，文化高，头脑活。一样的报纸，他张嘴念出来的就比别人张嘴念出来的顺畅动听，有激情。大姑娘、小媳妇一听就入迷。一样的材料，经过他手写出来的就跟别人的不一样。一件看着不起眼的生产队小事，他有办法跟国家的兴亡大事相联系，跟亚非拉人民的疾苦冷暖相联系。大队广播站经常在广播里把他写的稿子念出来。

后来张奎被抽调到古城，分在县城一所中学当老师。最初两年间，韩立海跟张奎还经常地走动走动。农闲天，韩立海去一趟古城，或放假天张奎来一趟大河湾村。韩立海去一趟古城像是走亲戚，不是代表自个去，是代表五小队全体社员去，生产队的地上长什么，韩立海就带上什么去。韩立海喜欢担挑子，前后两只筐里塞满东西，一根扁担趴在肩膀上，吱呀吱呀，过淮河往南就去了。韩立海不会在那里过夜，大清早去，挨晚黑回，一早一晚一天整。张奎不喝酒，韩立海去那里喝酒，自个酌酒自个喝。韩立海喝酒不会喝多，喝到一定程度，搭手抹干净嘴巴，起身就回大河湾村。韩立海早上去古城，一头一身劲，肩上担着一副重担子，两条腿不打软，一口气走过去，一股风走过去。韩立海挨晚黑回头，一头一身散，肩上担着一副空担子好像比重担子还要沉，两条腿打软，走一走，歇一歇，歇一歇，走一走，吃罢晌午饭回头，不到太阳落西，走不到河沿边。韩立海看一趟张奎，去一趟古城，是放松，是休息，是调节。

张奎回大河湾村像是回娘家，放假闲在县城也是闲着，回一趟大河湾村一住能住上好几天，就在韩立海家吃，就在韩立海家住，别的人家想争想抢都不易在。张奎回大河湾村不下生产队地里干农活，从县城带来一大摞子书，说是准备考大学。大清早，太阳没有出来，张奎就站在淮河边，手捧一本书，哇里哇啦地念。大白天，淮河边有一片柳树林，张奎就手捧一本书在那里静静地看。夜晚里，张奎就在韩立海家专门的一间房屋里、专门的一张桌子上，不停地写什么，不停地算什么。一日三餐，三餐一日。韩立海家粗茶淡饭地招待着，张奎衣食无忧地一天接着一天往下过。张奎过去在大河湾村做过会计，算过账，好像不要这么熬心。张奎过去在大河湾村写汇报材料，写广播稿子，好像没有这么辛苦。就是从那个时候起，韩立海知道考大学不是一件易在事。就像一个力气弱的人搬东西，要是一件超过自个体力的东西摆在眼面前，任你使出吃奶的力气，该搬不动的还是搬不动。对张奎来说，考大学就是一件搬不动的东西，连续考两年，都没有考得上。

又两年，土地分散开，生产队解散开，各家种各家的地，各家干各家的活。一年四季，春夏秋冬，农活就像野女人的手指，紧紧地扯住韩立海的衣褂襟，他脱不开身手去古城，也就没有去古城看张奎。说起来这两年，张奎娶妻生子变化也大。要说老婆是自家的责任田，张奎就有了属于自个的二亩地。要说孩子是自家的自留地，张奎就有了属于自个的三分田。也就是说这两年间，张奎先忙责任田，后忙自留地，也是没有空闲来大河湾村。

间断两年，这是韩立海头一次去古城，去那里是为了韩新云转学的事。张奎的学校位置没有变化，张奎的老师职业没有变化，韩立海去那里一找就找见张奎。韩立海一找见张奎就把自己找他要办的事说出来。韩新云转学是一件大事，是一件他们家的大事，更是一件韩新云人生的大事。韩立海赶紧地说出来，不说出来搁在心里不轻松，说出来心里更凝重，担心张奎不帮忙，或者说担心张奎想帮忙帮不上。韩立海气喘紧张地等候着张奎回话，张奎就是不及时地回话。韩立海的心里更加一揪一揪地沉，他知道张奎在想这件事，想着该怎样跟他说这件事。韩立海起得早，来得早，张奎刚下头一节课，一手粉笔灰，一身粉笔灰，一头粉笔灰。张奎前面走，韩立海后面跟，他俩一前一后走进办公室。张奎端起桌子上的一杯凉茶水，咕咚咕咚一口气喝下去，两眼空虚地瞟着窗户外面，不去看韩立海脸上的焦急与不安。韩立海的心里一阵子咚咚打鼓，看来大儿子转学不是一件易在事。张奎喝水速度快，不少空气跟着咽进他的肚子里。张奎放下茶杯，嗝嗝打出两串清水嗝，说，我在这里当老师，韩新云真想转学还不是一句话的事吗？一句话的一件事，怎么会从张奎嘴里说出来这么难心呢？韩立海怀疑自个的耳朵听岔音，不相信。

韩立海赶紧地问，你是说韩新云能转来你们学校上课？

张奎说，但是……

韩立海浑身上下猛然间一哆嗦，他知道张奎一说"但是"就坏事。过去他俩在生产队搭班子的时候，韩立海有不少想法都是被张奎"但是"掉的。那个时候，韩立海凡事谦让着张奎，张奎想让什么"但是"掉就让什么"但是"掉。这一次韩立海在心里告诫自个说，张奎说什么"但是"，自个都不能再谦让，都不能让张奎的"但是"把自个的想法"但是"掉。

张奎说，但是你们家的经济条件达不到。

"经济条件"是一个新词，韩立海听不明白，也不能承认家里的经济条件达不到。一旦承认家里的经济条件达不到，韩新云转学就被"但是"掉了。

韩立海问，经济条件是什么？只要你说出口，我就能办得到。

张奎说，你们家一个月能拿得出三四十块钱吗？

韩立海说，我家一把拿得出百八十块钱。

张奎说，我是说按月拿，月月都得三四十块钱，一年算下来少说得要四百块钱吧。

韩立海不再嘴硬说能拿得出，只好嘴软说拿不出。韩立海摇头勾腰说，我家按月拿不出这么多钱。

张奎说，要是叫我按月拿出这么多钱供养一个孩子住校上学，我也拿不出。

韩立海的内心一点一点发寒,两条腿一点一点发软。韩立海不甘心张奎“但是”掉他的想法,但是他的想法还是被张奎“但是”掉了。

韩立海问,我不明白,一个孩子住校一个月怎么会花这么多钱?

张奎说,过一小会我跟你算一笔细账你就明白了。你可能都不知道我一个月才拿几个钱工资,三十九块六毛钱,都不到四十块。

那个时候城里人的工资都低,张奎当老师算干部,拿的工资跟别人相比已经不算低。张奎耐心地替韩立海算出一笔明细账。

张奎说,一个上高中的孩子,正在长身子蹿个头,一个月吃四十斤粮食不算多吧?

韩立海点头说,不算多,我家大儿子长个头,饭量大,能吃。

张奎说,黑市上粮票两毛钱一斤,四十斤粮票就得八块钱。

那个时候农村人不发粮票,城市人发粮票吃不掉,就拿到黑市上卖钱,一斤粮票两毛钱。

韩立海点头说,这一项就得八块钱开支。

张奎说,四十斤粮票买饭票,一斤粮票两毛钱,又得一个八块钱吧?

韩立海点头说,两项一加,十六块钱整。

过去在生产队,韩立海跟张奎就是这样一笔一笔算账。一般都是张奎走在前面算账,韩立海跟在后面点头。

张奎说,孩子光吃饭不就菜不照(行)吧,怎么节省一个月都要十块八块菜金钱吧?

韩立海不能跟随张奎再往下点头,三项相加都快三十块钱了,再加两项说不定就超过四十块钱了。

张奎说,韩新云转学过来每一个学年都要有几十块钱借读费,住校的床铺费每一个学年也要几十块,再加上学杂费、购买学习用具、穿衣服什么的花费,一年没有四百块钱打不住。

韩立海的两条腿发颤,整个身子发抖,头脑嗡嗡嗡地响起来。

韩新云在祁集中学念初中不住校，吃罢早饭去上学，晌午带一顿饭在学校吃，下午放学回来家。学校食堂有蒸笼，学生带过去的饭菜放在里边蒸热吃。有时候，韩新云偷懒不想带饭，就买上十斤八斤饭票，三块五块钱菜票，搭补一下子。韩新云这样子偷懒不带饭，当然是韩立海允许的。十斤八斤粮票，也是韩立海去毕家岗煤矿买来的。只有那里有黑市，只有那里卖粮票。一斤粮票多少钱，韩立海知道。一斤粮票换一斤饭票多少钱，韩立海知道。韩立海不知道的是，韩新云转学需要借读费，需要床铺费，古城的学杂费比祁集中学高。不是说这些问题韩立海事先一点都没有考虑过，按照韩立海的想法，韩新云去古城上学，吃住问题应该由张奎帮助解决。说帮助不是说让韩新云吃住在张奎家，最起码，张奎总能帮忙找一间房屋吧？最起码，韩新云带上半袋子米过去，总能在学校食堂的蒸笼上蒸一蒸吧？大不了一个礼拜韩立海从家里送一锅发面馍馍过去，大不了一个礼拜韩立海从家里送一碗咸腊菜过去，大不了家里再贴补一部分钱，让韩新云在学校食堂买上一点饭菜票搭补着过下去。不想张奎说学校的住房紧张，半间房屋都找不着，只能住校。不想张奎说学校食堂不给学生蒸饭，只能买饭菜票吃食堂。不想张奎说他大舅哥的孩子来他们学校上学都是吃住在学校。张奎说这话是堵住韩立海的嘴，是让韩立海不要生发韩新云吃住在他家的念头。张奎的家就安在学校的院子里。一共两间瓦房，睡觉在里边，烧饭在里边，老婆要上班，孩子小，丈母娘过来带孩子，跟着一起吃一起住，家里确实腾不出韩新云摆放一张床的地方。

张奎看出韩立海的失望，看出韩立海的不甘，看出韩立海的心痛。一个父亲面对孩子的前途无能为力的心痛。

张奎说，就让韩新云继续在祁集中学念高中吧。

韩立海说，我家大儿子转学这件事，我考虑考虑再说吧。

过去他俩在生产队搭班子，韩立海要做什么事，张奎一“但是”就“但是”掉；张奎要做什么事，韩立海一说“我考虑考虑再说吧”，基本上就同意了。

韩立海离开张奎，离开学校，一步一步往县城外面走。韩立海走得一千个不甘心、一万个不甘心。可这一千个不甘心、一万个不甘心，又有什么办法呢？说来说去，是家里没有经济条件支撑大儿子转学。说来说去，是自个没有一个挣钱的门路与能力。现在韩立海理解什么叫经济条件了。经济条件就好比是一个人的体力，别人能搬动两百斤重的麻袋，你不一定能搬得动，别人一个晚上能睡两三回女人，你睡一回都睡不上。来一趟古城就像生一场大病，韩立海走出城门几丈远，就一步路走不动了。韩立海想，我现在的体力就跟家里的经济条件一个样，想走路走不动，想替大儿子转学转不了。韩立海停下来，拣一处路边的高坡地坐下来歇息喘气。高坡地无遮无拦，阳光直直地照射下来，韩立海光头光脑地暴晒着。四周有树木，韩立海不去那里的阴凉地。四周有房屋，韩立海不去那里的阴凉地。路对面有一个茶水摊，韩立海不去那里的阴凉地。摆茶水摊的是一个老女人。一顶草棚，一张八仙桌子，四条长条板凳，一把茶壶，两只暖瓶，几只玻璃杯子，就把一个茶水摊摆出来。茶水摊在路东，韩立海坐路西。路东茶水摊空着，不见一个喝茶人。路西韩立海光着头，坐在无遮无拦的太阳下。老女人奇怪地看着韩立海。韩立海奇怪地看着老女人。老女人奇怪这么一个人怎么会光头晒在太阳地里。韩立海奇怪这么一个老女人干吗要开一个不挣钱的茶水摊。老女人是一个好说话的人，就是忍着不去招呼韩立海。韩立海口渴舌燥，就是忍着不去茶水摊喝茶。韩立海就像一棵庄稼暴晒在太阳地下。韩立海就是想把内心里的寒气逼出来。韩立海两手紧抱身子，坐在高坡地上浑身上下一个劲地哆嗦发抖，就像一个打皮寒(发疟疾或打摆子)的人。一条通向古城门的大路上，行人很多，城里人往城外走，城外人往城里走。路人见到韩立海这样子，指戳几下子，说上几句闲话，就走过去。路人走过去，回头再看几眼韩立海，继续说几句闲话朝前走。路人说什么闲话，韩立海听不清。听不清，韩立海也能猜得出，一定是说他的头脑不正常。就是从这一刻起，韩立海开始痛恨这座古城，痛恨这座古城里的一砖一瓦，痛恨这座古城里的所有人，其中当然包括张奎，这个他在古城认识的唯一一个人。是张奎一手捻碎他替大儿子做的转学计划，是张奎一脚踏碎他今后的许多人生梦想和谋划。从今往后，古城就是他的伤心地，张奎就是他不可原谅的仇人。韩立海头上冒汗，内心寒冷。韩立海心跳加快，脚手冰凉。太阳直直地照着，韩立海一动不动，像一棵庄稼，更像一截木桩，没有枝叶，没有根须，揳进泥土，风吹不动，人推不摇，接近死亡，或者说早已死亡。

可以说，是两头配种的猪开启了韩立海的心智，让韩新云转学有了根本性的转机。

一头白毛白猪是母猪，从城外往城内赶，赶猪的是一个瘦男人。母猪比一般猪的骨架子大，比一般猪的体膘肥，两排猪奶头一甩一甩地往地上坠。赶猪的瘦男人手里拿一根细树枝，不远不近地跟在母猪后面。母猪肥，男人瘦，瘦得根本不像能喂这么肥一头母猪的，或者说这么肥的一头母猪与这么瘦的一个男人一前一后走一起，原本就是一件滑稽事。母猪路过茶水摊，路过韩立海眼面前。韩立海不说话，老女人说话。

老女人问，配窝去？

瘦男人答，配窝去。

老女人说，自个配窝不省下两块钱？

瘦男人说，我赶你们家，找你家男人配窝去。

老女人乐呵呵地笑。瘦男人乐呵呵地笑。

老女人问，不坐下喝一杯茶？

瘦男人说，不渴。

配窝，就是配种。此地人都是这么说。

过一小会，一头黑毛黑猪走过来。黑毛黑猪是公猪，一样是从城外往城内赶，赶猪的是一个胖女人。公猪个头大，女人个头大。胖女人肥，公猪更肥。公猪的两瓣肥屁股一晃一晃地走前面，胖女人的两瓣肥屁股一晃一晃地跟后面。胖女人手里拿一根粗棍子，不客气地一下一下往公猪的屁股上敲打。

老女人问，配窝去？

胖女人答，不去配窝，去相亲。

老女人问，去哪里相亲？

胖女人答，去你表妹家。

老女人说，去我表妹家，不如留在自家做男人。

胖女人说，我赶去你们家，给你配窝我一分钱都不收。

老女人乐呵呵地笑。胖女人乐呵呵地笑。

老女人问，不坐下喝一杯茶？

胖女人说，不渴。

韩立海坐在高坡上，一边听着他们荤素不分地斗嘴取乐，一边看着这么一对公猪母猪一前一后走进古城门，心里一直犯糊涂。一来不知道公猪母猪去古城里的什么地方，二来要说古城里有配种站的话，母猪去那里配窝，公猪去那里干什么？按理说，配种站里只有公猪，母猪去配一次窝给好多钱，从来没听说过配种站里有母猪，公猪去那里配一次窝挣好多钱。

就是这个时候，韩立海从高坡上走下来，想把公猪母猪的事问清楚。韩立海走到那个茶水摊面前，问老女人，刚刚那一头母猪去城里的哪里配窝？老女人答，哪里有公猪去哪里配窝。韩立海接着问，刚刚那一头公猪去城里的哪里配窝？老女人答，哪里有母猪去哪里配窝。韩立海不再问，老女人还在说，你说母猪不找公猪配窝去找哪一个？你说公猪不给母猪配窝去找哪一个？

韩立海赶紧折头往古城里边跑，他要撵上那一对公猪母猪，他要撮合那一对公猪母猪。现成的一对公猪母猪，你说你们还要去城里的哪个地方找配窝？韩立海知道那一对母猪公猪的品种。白毛母猪叫长白猪，是新引进的一个品种。黑毛公猪叫笨猪，是当地一直喂养的一个品种。韩立海还知道，要是这么一对公猪母猪配上窝，会生下一窝白毛黑毛相间的小花猪。韩立海眼看着那一对母猪公猪一前一后赶进古城门，韩立海跑进古城大门，相隔时间不算长，人来人往的路上就是不见那一对公猪母猪在哪里。韩立海问路人，你们看见一对母猪公猪了吗？路人摇头说，没看见。韩立海一口气跑的路程不算近，站在了古城里的十字大街正中心。东西南北四个古城门，从任何一个古城门走到这里，都有三个方向可以去。那一对公猪母猪被赶到十字大街，接着往哪里赶，韩立海确定不下来，只好傻愣愣地站在这里。韩立海抬头看天，天空艳阳高照，那一对公猪母猪不会生出翅膀飞到天上去。突然地，韩立海听到一阵猪叫声，不是公猪母猪的叫声，是小猪娃子的叫声。叫声不在半空，而是隐伏在四周的某一个地方。叫声惊恐而稚嫩，急促而高亢。韩立海的两腿不再犹豫，一下子跑动开来。这一次，韩立海跑得很快，两腿坚定有力，目标清晰明确。韩立海一口气跑进张奎的学校，一口气跑进张奎的班级，使劲地招一招手把上课的张奎招出来。

韩立海大汗淋漓地说，我想到办法啦！

韩立海气喘吁吁地说，我要喂四头小花猪。

韩立海简单地向张奎算上一笔账，说喂一头大肥猪，一年能挣一百块，喂四头大肥猪，一年能挣四百块，正好够韩新云转到古城上一年高中的上学钱。

就这么韩新云转到古城中学上高中。

3

可以说在生产队时代，大河湾村家家户户都喂猪。俗话说，猪是一口潲水缸，什么都能往里装；猪是一口聚宝盆，零钱聚整钱。家里有吃不掉的剩饭剩菜，伸手倒进猪盆里。下地干活顺手拔一抱猪草带回家，伸手扔进猪圈里。麦子磨面，剩下来的麦麸子留作猪饲料。一筐烂白芋烀熟了能喂猪。一篮不起眼的小马铃薯烀一烀猪最喜欢吃。春天买小猪，冬天卖大猪，一年喂一头大肥猪，刨除饲料钱，一头大肥猪能挣一百块，一般人家只能喂一头猪。多喂一头猪，多买饲料，多拔猪草，花不起工夫，花不起钱。土地分到一家一户，农活分到一家一户，村人一头扑到农田里，许多人家的猪圈就空下来不喂猪。花工夫，不挣钱，猪尿猪屎臭烘烘，不喂就不喂吧。韩立海家的一间猪圈空闲下来两三年，有一次下雷暴雨，猪圈顶塌掉一大块，原本想把猪圈扒除掉，腾出一块空地堆柴火，想一想，人懒手懒没有扒。不料昨天半夜，猪圈里凭空有了猪娃子的叫声，这是一种启示，只不过韩立海和吴水月都没有醒悟出来罢了。

昨天一夜，韩立海和吴水月躺在床上睡不着觉。他俩睡不着觉的原因，是虑料大儿子韩新云转学的事。吴水月说，道理明摆着，祁集中学黑窝，没有一个孩子考得上大学，毕家岗中学黑窝，没有一个孩子考得上大学，韩新云只能转学去古城寿春，才有考上大学的希望和机会。吴水月听一个村人说，古城中学每一年都能考上十几个大学生。说这话的村人是一个女人，女人说的就是她的娘家侄子。女人的娘家离古城不算远，是专门种菜的蔬菜队。蔬菜队比城里差，比农业队强，女人平常在村人面前说起她的娘家就有不少优越感。这一回她的娘家侄子从古城中学考上大学，考到远远的上海去，逢人就说她的娘家侄子，手舞足蹈，一脸荣光，好像她的娘家侄子是她一手把持出来的。女人的娘家侄子来过大河湾村走亲戚，吴水月见过这个孩子，木头木脑的。吴水月想，一个木头木脑的孩子都能考得上大学，还不是古城中学管教得好，还不是木头木脑的孩子跟木头木脑的孩子不一样？在吴水月的看法里，木头木脑的孩子分两种，一种是真木头木脑，一种是假木头木脑。真木头木脑的孩子的一副头脑就是一块榆木疙瘩,任你怎样敲打都敲打不开窍;假木头木脑的孩子的一副头脑很灵光,你轻轻地一敲一打就开窍。一个孩子是真木头木脑,还是假木头木脑,要看他的眼珠子骨碌不骨碌,要看他的眼珠子转悠不转悠,眼珠子乱骨碌乱转悠的是假木头木脑,眼珠子不骨碌不转悠的是真木头木脑。经过一番比较,吴水月看出来,她家的大儿子和这个女人的娘家侄子是同一类木头木脑的孩子,是假木头木脑的孩子。假木头木脑的孩子还有一个共同的特点就是,说话迟钝,行动迟缓,眼珠子却时刻骨碌着、转悠着,脑瓜子却时刻骨碌着、转悠着。眼珠子骨碌转悠是表象,头脑骨碌转悠才是根本。

吴水月最先主张把大儿子转学到古城去,韩立海心里迟疑不能定。

韩立海问,就算我去找张奎把韩新云转到那一边上,谁能保证他考得上?

吴水月说,我能保证他考得上。

韩立海问,你拿什么保证他考得上?

吴水月说,我家的大孩子和张翠兰的娘家侄子是一样木头木脑的。

张翠兰就是那个说话显谝炫耀的女人。吴水月现在说话喜欢把韩新云和张翠兰的娘家侄子紧紧地攀比在一起,好像这样子一攀比上,她家的大儿子就能转学到古城中学去,就能从古城中学考上一所好大学。

韩立海说,木头木脑是傻不是精。

吴水月说,有的孩子木头木脑是傻,有的孩子木头木脑是精,我家的大儿子和张翠兰的娘家侄子一样精。

韩立海问,你是怎么知道的?

吴水月说,我就是知道,张翠兰的娘家侄子在古城中学读高中能考上大学，我家的大儿子在古城中学就能考上大学。

吴水月说韩新云精明有实例，实例是韩新云上小学一年级那一年就得了一张“五好学生”的奖状。韩新云上学迟，九岁上小学一年级，年龄大，个头小，头发黄，把子头，背着一只蓝布书包，上学下学不起眼。蓝布书包是吴水月用剪下来的一件破褂襟，自个缝制出来的。韩新云就是背着这么一只蓝布书包，跑去领回一张“五好学生”的奖状。领奖地点在大队部。大队部青砖草顶，是一个四合院，里边挤满各种领奖人，有“五好社员”，有“五好干部”，有“五好民兵”，有“五好知青”，有“五好学生”。最先颁发的是“五好学生”奖状，最先颁发的是小学一年级“五好学生”奖状，最先颁发的是韩新云的“五好学生”奖状。韩新云头一个背着蓝布书包走上台，一下子变成大河湾村的最大新闻传播开来。“五好社员”的条件是什么，吴水月说不清楚。“五好干部”“五好民兵”“五好知青”的条件是什么，吴水月同样说不清楚。“五好学生”的条件是什么，或者说她家的大儿子为什么能当上“五好学生”，吴水月不能不清楚。吴水月找老师一查听，韩新云的语文、算术，门门功课一百分。老师说，比劳动，韩新云不比别的学生差，比纪律，韩新云上课不说话，比成绩，韩新云头一名，你说这样的学生不是“五好学生”是什么？

就是从那一年开始，村人记住韩新云是一个学习好的孩子，吴水月明白韩新云是一块学习的好材料。韩新云在村里学校读小学年年成绩好，韩新云去祁集中学读初中年年成绩好。韩新云要是转到古城中学读高中没有理由不年年成绩好。在古城中学读高中年年成绩好没有理由不考上大学。

韩立海和吴水月一并排躺在被窝里，睁开眼说一气子话，闭上眼说一气子话，时间就渐渐地挨近下半夜。韩立海说，我知道你是一个心高气傲的女人。吴水月说，天底下没有哪一个女人不心高气傲。韩立海说，我知道你巴望自家的男人比别人家的男人强，自家的孩子比别人家的孩子强。吴水月说，天底下没有哪一个女人不巴望自家的男人比别人家的男人强，自家的孩子比别人家的孩子强。韩立海问，你觉得我跟别人家的男人相比怎么样？吴水月说，话不要我说透，一个生产队那么多男人，别人当不上生产队长，你当生产队长。韩立海说，现今生产队解散，我不是生产队长。吴水月说，我家的几亩地庄稼长得不比别人家的差，我家吃的喝的不比别人家的差，我家大人孩子穿的不比别人家的差。韩立海说，衣裳是你买的，茶饭是你烧的，庄稼是你帮着种的，不是我一个人的功劳。吴水月说，居家过日子，男人是顶梁柱，男人顶不上劲，靠女人顶着，一个家说一声塌就塌掉了。韩立海说，你说的倒是一句实话，一个家说来说去没有一个男人顶着不照（行）。吴水月说，不过话又说回头，我俩一天一天年岁大，赶明就要指靠几个孩子了。韩立海说，你说这话我明白，眼下最当紧的是大儿子转学的事。吴水月说，眼下最当紧的是你去一趟古城蹚一蹚（试一试）。韩立海说，这件事宜早不宜迟，明天一大早我就去找张奎。

公鸡喔喔叫，天色渐渐明。就在五更天亮时分，韩立海听见一阵猪娃子的叫声。尖声尖调，奶声奶气，高亢嘹亮，叫几声，歇一歇，又叫几声。韩立海诧异地问，我怎么听见有猪娃子的叫声呀？吴水月问，哪里会有猪娃子的叫声呀？韩立海说，在家后的猪圈里。猪圈在房屋后面，空着几年没养猪。吴水月说，我怎么没听见，怕是你做梦想喂猪了吧？韩立海说，我听得真真亮亮的不会假。韩立海说过这一句话，又响起一阵猪娃子的尖叫声。韩立海急忙问，这一次你听见没听见？吴水月听见猪叫声，心里更疑惑。吴水月说，一个空猪圈哪里来的猪叫声？韩立海和吴水月在床上躺不住，赶紧地穿衣去猪圈查看。猪圈是空的，塌下来的地方露出半个天。天是蓝的，天是空的，不会有猪娃子从这里飞上天。

韩立海说，这就怪事了，明明听见猪娃子的叫声嘛！

吴水月说，是你先听岔，后是我听岔，空落落的猪圈哪里会有猪娃子的叫声。

他俩不再回床上睡觉,一个准备去古城,一个准备去下地。

韩立海从古城回家着手办上三件事。一是去祁集中学把韩新云的学籍转到古城去。二是赶紧地维修猪圈。三是赶集买回家四头猪娃子。四头猪娃子都是黑白相间的小花猪。

那个时候,高中是两年制。在这两年中,韩立海每一年都要喂养四头猪娃子,每一年都要卖出四头大肥猪。除去喂猪真的没有其他可以生钱的好办法。家里的粮食每年是剩余不少,但价格贱,拉集上卖不上钱。道理很简单,你家有余粮,他家有余粮,家家有余粮,余粮还卖给谁家呢?四头大肥猪喂出来不是一件容易的事,九亩地农活要靠他跟吴水月两人做,拔猪草没有整工夫,光靠喂饲料,一年喂下来还是不赚钱。韩立海干脆辟出一亩地专门长猪草。灰灰菜、富烂苗、野苋菜、乐豆秧,差不多有十几种样子。韩立海挎着一只篮子,拿着一把镰刀,下地干活临收工回头,像割韭菜一般,嚓啦嚓啦很快就割满一篮子猪草。专门在地里种猪草喂猪,这在大河湾村没有人家做过,也没听说其他村里有人家做过。韩立海算是破天荒的头一人。四头小花猪是一奶同胞,白底黑花,或者说黑底白花。四头小花猪吃饱喝足,一起在猪圈里撒欢奔跑,黑白相间的花纹流动开来,看得韩立海眼花缭乱,欢喜满怀。

“小花猪快长壮,儿子上学有保障;小花猪快长大,儿子花钱我不怕。”韩立海大字不识一筐,编排起顺口溜却是一张快嘴,一点不结巴。

每个月韩立海都要上一趟毕家岗煤矿,去一趟寿县古城。韩立海上一趟毕家岗煤矿买粮票,两毛钱一斤,一分钱都不能少。矿工头脑相对简单,卖粮票铁板一块不还价,买粮票一分少不下。韩立海去一趟寿县古城,给大儿子送钱、送粮票。要是两个月买一次粮票送一次或三个月买一次粮票送一次,家里真的一下子抽不出这么多钱。韩立海只能一个月上一趟毕家岗煤矿,一个月去一趟古城。韩立海一个月去一趟寿县，也想多了解大儿子在那一边的生活、学习情况。从大河湾村去古城有两条路可走，一条是远路，一条是近路。远路不远，坐车。近路不近，地走(步行)。坐车，先从毕家岗坐车到蔡家岗，再从蔡家岗坐车到古城。韩立海舍不得花钱坐车，一大早就抄一条近路地走，先走二十余里山路，渡过十余丈宽的淝水河，再从古城的北门进县城。一般半晌午就到韩新云的学校，韩立海先去老师办公室见张奎，问一问大儿子这一阶段在学校的学习情况。韩立海每一次去都不空手，都要带上一点农副产品，实在没什么可带的，就从菜园地拔上两棵大白菜。

韩立海不好意思地跟张奎说，这两棵大白菜是你家嫂子让我带来的。

张奎说，我就喜欢吃嫂子种出来的大白菜。

韩立海信以为真地说，那我下一回多带几棵来。

张奎反问说，这么远的山路你背着大白菜不嫌重呀？

韩立海说，不嫌重，不嫌重。

在韩立海的思想里，大儿子走高考这条路能不能走得通，张奎起的作用最关键。虽说张奎教初中，不带大儿子的课，韩立海还是把大儿子的一切托付给他。高中阶段每个月都要考一次试，每次考试都要排一次名。张奎要是说他大儿子这次考试进步几个名次，韩立海就会露出满脸的欣喜说，这是你管教得好。反过头来，张奎要是说他大儿子这次考试退步几个名次，韩立海就会露出满脸的寒气说，这次你得下手打一顿。韩立海自个舍不得打大儿子，要是张奎打的话他会很乐意。张奎说道理，孩子每次考试进步几名、退步几名都是正常的。可韩立海心里却沉甸甸的，觉得不正常。不管韩立海心里高兴不高兴，见着大儿子都会尽量憋着不说一个字。张奎跟韩立海说得很明白，孩子学习上面的事，你不要乱插嘴。

课间休息，韩立海见着大儿子，把粮票、钱递在他手上，不好问学习，就说喂猪的话题。他们家的四头小花猪，挨排着起名，大花、二花、三花、小花。韩立海说，你不知道四头小花猪多会抢食吃，你不知道四头小花猪长得有多快，大花为什么叫个大花呢，当然是买来家的时候它最大，小花当然是买来家的时候它最小，一晃几个月喂下来，你猜怎么着，小花长得比大花还要大，你说这是为个什么道理呢？

韩立海把这个问题丢给韩新云，等候着大儿子回答。韩新云是个老实孩子，毕恭毕敬地站在韩立海面前，听着小花猪的事，却回答不出问题来。

韩立海说，这是因为小花会抢食吃呀。

韩立海心里想着不去问大儿子学习，说着说着还是绕上去。

韩立海说，我一直琢磨着，你们几十个孩子在同一个课堂上课，有的孩子成绩好，有的孩子成绩差，就跟四头小花猪在同一个食槽里吃食一个样，关键是要会抢食呀。

韩立海害怕耽误韩新云更多的学习时间，晌午不去张奎家吃饭，也不让大儿子领着他去学校的食堂吃饭，折转头就往回走。临走前习惯性地拍一下子大儿子的肩膀头说：

“你在学校里好生念书，小花猪在家里好生吃食。”

在韩立海的眼里，韩新云跟他家的一头小花猪没有多大的差别。

一般地，韩立海都会顶着晌午头的太阳往回走，要是有兴致，他会迈开脚步从古城南门爬上城墙，先绕城墙走上半圈子，而后才走下古城北门返回头。城墙高过一般人家的房屋顶，韩立海走在上面有一种居高临下的感觉。居住在古城里的当然都是县城人。县城人当然都是城里人。依照韩立海的逻辑推理，过不多久他家的大儿子就会理所当然地变成一个真正的县城人，变成一个真正的城里人。这正是韩立海希望的，也是他目前一步一步正在努力实施的。听人说，绕城墙一周是十三里单十三丈这么远。韩立海平平坦坦地走在城墙上面，不觉意间就绕行半圈子。

4

两年后,韩新云考上市里的一所师范专科学校。又两年,他师专毕业分回古城中学当老师。韩新云原本是应该分配在市区的某一所中学工作的。是韩立海提出要求,让大儿子跟同学交换分配的去向。韩立海这么做是有私心,或者说更有公心。韩新云下面还有两个弟弟、一个妹妹,依照韩立海的想法,下面这三个孩子也应该跟着走大儿子这么一条考学的道路。无疑,大儿子回古城中学教书是所有选择中最佳的一种选择。韩新云回古城中学当老师,下面的弟弟妹妹跟着他在那里上课。韩立海说,我跟你娘在家里接着喂小花猪。韩立海家年年喂的都是小花猪。村人不知道缘由。韩立海说,小花猪花家,我家的大儿子不是走出大河湾村,变成一个城里人?

韩新云是个憨实的孩子,二话没说就依着韩立海回古城寿春。

第三章　韩新水

送郎送到天井院，
昏昏沉沉看不见，
叫一声我郎你慢慢走，
莫要高声把话言，
袖笼里塞给你两串钱，
一串留你去喝茶，
一串留你去抽烟，
到家莫对哥嫂讲，
怕的是他们笑话俺，
这是奴家攒的私房钱。

——淮河流域花鼓灯情歌

1

二儿子韩新水不是一块学习的材料。

韩新云比韩新水大四岁。韩新云去古城上高中那一年，韩新水上小学五年级。那个时候，小学五年制，初中三年制，高中两年制。韩新水小学毕业后上的是毕家岗中学。二儿子曾经向韩立海提出过，他想去古城上初中。二儿子提出这么一个要求，不是想好好地去古城念书，而是想跟大哥一样吃住在古城。要是小学毕业不去古城上初中，不管是去祁集，还是去毕家岗，都逃脱不掉早起过河上学这条路。韩新水天生就是一个喜欢睡懒觉的孩子，在村子里上小学，每一天吴水月喊他起来吃早饭上学都起不来床。二儿子想去古城上初中的要求，韩立海一口回绝掉。

韩立海说，你跟你大哥一起去古城念书，我们家供养不起。

韩立海说的是一句实话，大儿子去古城念书一年四百块钱，指靠喂养四头小花猪。二儿子去古城念书一年四百块钱，指靠什么？

韩新水说，我们家一年不能多喂四头小花猪？

从理论上来说，这是一个解决问题的良策。喂养四头小花猪一年挣四百块钱，喂养八头小花猪一年就能挣八百块钱。可从实际上来说，一年喂养八头小花猪根本不可能。不说猪圈不够大，不说饲料买不起，就算专门一个人在家喂养八头猪，恐怕都忙活不过来。

韩立海说，你想把你娘我俩累死呀？

韩新水说，我知道你们看重的是大哥，不是我。

韩新水说的“你们”，自然是指韩立海和吴水月。

韩立海说，我们一样看重你，候你上高中去古城。

韩新水说，除了上学我不如大哥，你说哪一样我比大哥差？

这两年韩新水个头蹿得快，单看个头他都快赶上韩新云。韩新云去古城上学不在家，韩新水在弟弟妹妹面前就充当大哥的角色。韩立海和吴水月忙着九亩庄稼地，忙着四头小花猪，三儿子韩新雨和四丫头韩新苗的日常管理就交给二儿子韩新水。这在那个年代，是一件常事。就像大狗带小狗，就像大猫带小猫。上课，韩新水带着弟弟妹妹一起去学校上课。下课，韩新水带着弟弟妹妹在村子里玩。要是韩新水跟村里的孩子吵架磨牙，吃亏占便宜都是他自个解决。要是弟弟妹妹跟村里的孩子吵嘴磨牙，吃亏占便宜都是韩新水出面解决。韩新水是个不能吃亏只能占便宜的孩子，自个不能吃亏，弟弟妹妹更是不能吃亏。韩新水只能占便宜不能吃亏的办法，就是拉帮结派。村东村西拉拢一大帮村里的孩子。比他小的孩子他拉拢，比他大的孩子他拉拢，老实的孩子他拉拢，不老实的孩子他拉拢。韩新水在韩新云去古城不到一年的时间里，就形成一个稳定的帮派体系。不说韩新水受到别人的欺负，不说弟弟妹妹受到别人的欺负，韩新水不指使一大帮小兄弟去欺负别人就算不错了。有那么一段时间，村里人家的家里少下一件晾晒的衣服，村人就会自然而然地想到，是不是韩立海家的二儿子拿去了？村里人家的地里少下一只大甜瓜，村人就会自然而然地问到，是不是吴水月家的二儿子干的好事？其实，村人冤枉了韩新水，或者说小瞧了韩新水。去村里人家的院子里偷一件晾晒的衣服不是韩新水的目的，去村里人家的地里偷一只大甜瓜更不是韩新水的志向。韩新水跟别的村孩子不一样，拉帮结派只是想确立他在村孩子中的大哥地位，他很少去干偷鸡摸狗的瞎眼勾当。

韩新云去古城一年时间，韩新水在大河湾村就达到这个目的。

不是说韩新云在家里就能遏制住韩新水。而是韩新云在家里无形地就限制了韩新水，限制了韩新水当大哥的机会，限制了韩新水拉帮结派的想法。韩新云与韩新水相比较，虽说是同父同母所生，区别还是很大的。说长相，老大像吴水月多一点，老二像韩立海多一点。说性格，老大像韩立海多一点，老二像吴水月多一点。韩新云老实一点，韩新水淘皮一点。韩新云的老实，与韩立海管教严格有关。韩新水的淘皮，与吴水月故意放纵有关。吴水月和韩立海夫妻俩有一种不成文的默契，吴水月生下韩新云，这个大儿子在名分上就属于韩立海。吴水月生下韩新水，这个二儿子在名分上就属于吴水月。韩立海在口头上经常地说，大儿子是我的，二儿子是你的。至于为什么大儿子是他的，二儿子是她的，就没人去认真理会了。韩立海说，大儿子是我的，我管教。吴水月说，二儿子是我的，我管教。这么分工管教的区别，就是韩立海管教大儿子很严格，吴水月管教二儿子很放纵。韩立海管教大儿子很严格是自然的，不是刻意的。吴水月管教二儿子很放纵是故意的，是刻意的。韩立海经常地管教韩新云说，你是老大就要有一个老大的样子。老大的样子是一个什么样子呢？就是在家里家外束手束脚的。束手束脚的结果，就是听话，就是老实。听话，在家里听父母的话，在学校听老师的话。韩新云老实，在家里父母说什么就什么，在学校老师说什么就什么。

其实，做一个听话老实的孩子不是一件容易的事。在家里，父母的要求多种多样，做一个听话老实的孩子很困难。在学校，老师的要求多种多样，做一个听话老实的孩子同样很困难。可以说，韩新云从小学一年级那一年起，就找到一个做听话老实孩子的简捷办法，那就是好好地学习，每一个学年都拿“五好学生”或“三好学生”奖状。只要把学习成绩搞好，只要拿到一张“五好学生”或“三好学生”奖状，就算有许多话没听，也是一个听话的好孩子，就算有许多事做出格，也是一个老实的好孩子。成绩是硬道理，奖状是硬道理，其余的都是软道理，都是可有可无的狗屁道理。

韩新水的境况是另外一种样子。韩新水比韩新云小四岁，韩立海却处处拿他们兄弟俩做比较。下地拔猪草，韩新水拔的没有韩新云多。韩立海就会说韩新水，你看一看你大哥的篮子里拔多少猪草，你再看一看你的篮子里拔多少猪草，不要说喂猪，就是你自个吃下去都填不饱肚子。韩新水跟韩新云比成绩，更是没办法相比。韩新云年年拿奖状，韩新水一次奖状没拿过。韩立海说，你看一看你大哥是怎么上课的，你再看一看你是怎么上课的？二儿子拔猪草比不过大儿子，韩立海理解成二儿子偷懒不出力气。二儿子学习成绩比不过大儿子，韩立海同样理解成二儿子偷懒不出力气。拔猪草风吹日晒不出力气，韩立海能理解；上课坐在教室里，风不打头雨不打脸，再不出力气，韩立海就不能理解了。在村子里，干活做事偷懒不出力气的，不是一个人两个人。一般干活做事偷懒的人，都不会把日子过好。韩立海担心韩新水从小拔猪草偷懒，长大干活就会偷懒，从小上课不出力气，长大做事就不会好好做。一个养成干活做事偷懒的人，是不会过上好日子的。韩立海的担心不是眼前的担心，是长久的担心，是未来的担心。

当然，拔猪草和学习使用的是两种不同的力气，一种是体力，一种是心力，这个韩立海还是能够分清的。

韩立海不理解的事，吴水月能理解。韩立海一说二儿子这不好那不好，吴水月就出面袒护。韩立海说二儿子拔猪草拔不过大儿子，吴水月就说二儿子的年龄没有大儿子大，二儿子拔猪草的体力就没有大儿子大。体力跟年龄有关，心力跟年龄关系就不大了吧？韩立海说二儿子学习成绩不如大儿子，吴水月就避开话题说，一个人的十根手指头伸出来还不一般长呢。韩立海问，那你说二儿子跟大儿子比什么能比得过？吴水月说，比活络。比活络，大儿子木头木脑的比不过二儿子。比如说，去邻居家借一样东西，大儿子笨嘴笨舌地去说不清楚，出家门大半天一样东西很可能都借不来。二儿子说话嘴甜，不叫人不说话，出门屁大一会工夫一样东西很快借回来。再比如说，去商店买一样东西。要是二儿子手里攥着钱，去一趟很快买回头，要是大儿子手里攥着钱，去一趟磨蹭半天，大都会空两手回来家。大人问他为什么空两只手，回答说忘掉买什么。韩新云的心思越来越放在书本上，除去学习，其他的事越来越淡薄。韩新水的心思越来越远离书本，除去学习，其他的事越来越亲近。韩立海看重大儿子，吴水月袒护二儿子。韩立海问吴水月，二儿子赶明长大就靠虚头巴脑吃饭啦？干活不出体力，学习不用心力，在韩立海的眼里就是一个虚头巴脑的人。吴水月说，狗有狗道，猫有猫道，真要往后看，二儿子赶明不一定比大儿子差。吴水月说这话的时候，韩新云已经去古城上高中，韩新水去哪里上初中还没有定下来。赶韩立海忙完大儿子韩新云的一大茬子事，二儿子韩新水背着书包都去毕家岗上学了。韩新水知道韩立海不看重他的事，他去哪里上初中就不愿跟他说。在吴水月看来，二儿子上初中去不成古城，去祁集或去毕家岗没有多大的区别。

韩立海问韩新水，你大哥上初中去祁集中学，你为什么不去呢？

二十多年过去，韩立海对毕家岗煤矿的芥蒂还没有消除。

韩新水跟韩立海说，学校一锅端去毕家岗，我有什么办法呢？

从前村孩子在村里小学毕业，去祁集或去毕家岗上初中，都是自个做选择。韩立海不相信，去村小学一查听，确实一锅端，都去毕家岗。这一年村里已经淘汰摆渡的木划子，买回一艘柴油机铁皮船。村孩子去毕家岗上中学早早晚晚渡河方便得很，而去祁集中学上学的渡口是别处村子的，使的依旧是木划子，相对来说不安全。村小学老师实在想不出韩立海想让韩新水上祁集中学的理由。韩立海说，我就觉得毕家岗不是一个好地方，我就觉得毕家岗中学不如祁集中学好。

2

实践证明毕家岗中学就不是一所好中学，真的比祁集中学还要差。在这里好好上学的学生不太多，调皮捣蛋的学生却不少。原因是多方面的，一来煤矿原本就是一处脏乱差的地方，读书学习的氛围不是那么浓厚，给人的感觉就是煤矿办学可有可无，老师教课可有可无，学生学习可有可无。二来那两年煤矿实行农转非政策，不少矿工的老婆孩子原先在农村，现在符合条件的都转到煤矿吃商品粮，一个班级差不多有一半学生都是这么从农村上来的。这些学生什么地方的都有，操着不同的口音，有着不同的习惯，很杂、很乱。这样一来，学校头疼，老师头疼，课堂上乱哄哄得像一个小型的集贸市场。在这么一种环境中，学生不去学习，打架斗殴是正常，拉帮结派是正常。这一帮，那一派，三个五个一群，十个八个一伙。男学生和男学生打架，男学生和女学生打架。高年级的学生和低年级的学生打架，校园内的学生和社会上的混子打架。在这里韩新水拉帮结派的能力很快有了大用场。

大河湾村的孩子自然地结成一个帮派，韩新水自然地成为这个帮派的头。在村子里，一个孩子可以是这个帮派，可以是那个帮派，也可以哪个帮派都不是，做一个袖手旁观的中立派。在这里，没有中间地带，游离者就是一种危险的存在。不管你是一个男学生，还是一个女学生，不管你是高年级，还是低年级，都必须加入一个帮派，寻求一个帮派的庇护。要不学校你一天都不敢进。要不你一天日子都过不安。这个帮派的学生打你一下子，那个帮派的学生打你一下子，你不敢告诉老师，你不敢告诉父母，告诉老师的结果更遭挨打，告诉父母的结果更遭挨打，能帮你的只有加入其中的一个帮派。

大河湾村的学生是一个帮派(属于一个紧密的团体)，煤矿上的学生是一个帮派(属于不同的小帮派)，自然地形成两大主要阵营。农转非的学生是散兵游勇，是两派争取的对象，两派都可以投靠。按理说，农转非的学生转到煤矿上，自然地就属于煤矿，但他们一个个原本生活在农村，与煤矿有一种天然的隔膜，或者说要有一个逐渐融合的过程。再说煤矿上的学生在农转非的学生面前有一种盛气凌人的优越感，这也是造成隔膜不相融合的主要原因。就在煤矿上的学生把农转非的学生一个个往外推的时候，韩新水把他们一个个使劲地往里拉。在同一个班上，煤矿上的学生原本占优势，大河湾村的学生原本占劣势。占优势，就有说话的权利，就有打人的权利。占劣势，就失去说话的权利，就只有挨打的权利。煤矿学生的优势保持不到一个学期，就被大河湾村的学生逆转过来了。

逆转的主要事件是打群架。打一场群架是必然的。在同一个班级里，煤矿上学生的势力在慢慢地削弱，大河湾村学生的势力在慢慢地扩张。削弱者不甘心，扩张者跃跃欲试。两派的械斗在暗地里悄悄酝酿，一触即发。打群架的地点选择在煤矿与大河湾村之间的一处地方。这个地方叫七号井，在毕家岗煤矿的北边，从这里面向北远远地看就能看见淮河，大河湾村就在淮河北边的庄台上。七号井是一大片废弃的矸石山，坑坑洼洼，高低不平，攻有隐藏的地方，守有隐藏的地方。煤矿上的孩子和煤矿上的孩子打群架，都喜欢把场地选择在这里。所谓打群架，就是一群孩子去对付另外一群孩子，就是一群孩子手拿刀子棍子去对付另外一群手拿刀子棍子的孩子。拳打脚踢，刀砍棍打，不砍伤打伤几个孩子，是不会罢手的。

谁守住阵地，谁胜利。谁退出阵地，谁失败。

地点选择在七号井，时间选择在礼拜六下午放学之后。那个时候，没有双休日，每一个礼拜只有礼拜天一天不上课，礼拜六下午打群架，中间有一个长长的礼拜天在家里。大河湾村一群学生的头无疑是韩新水，煤矿上一群学生的头是一个外号叫黑疤的孩子。黑疤是一个打架的老手，头上脸上身上到处都是伤疤。伤疤长在别人身上，是暗红色的或是灰白色的，长在他身上却是黑色的。一块一块的伤疤像是涂抹上黑墨水，或是煤炭灰。大疤套小疤，一块挨一块，一块连一块，黑乎乎的，密麻麻的，像天生出来的花纹。

黑疤的身上就长着无数块黑色的花纹。

煤矿上的一派学生和大河湾村的一派学生敌对，韩新水和黑疤不敌对。韩新水经常从家里带东西给黑疤吃。比如说，桑树上的桑葚发紫成熟，韩新水会带上一大包给黑疤吃。

黑疤问，你凭什么带桑葚给我吃？

韩新水说，你们煤矿没有桑葚树，我带来一包给你尝一尝鲜。

韩新水带来的桑葚大个头，赛蜜糖。

再比如说，瓜地里的香瓜发黄成熟，韩新水会带上一只给黑疤吃。煤矿上不种桑树，花钱买不着，煤矿上不种香瓜，花钱能买着。

黑疤拒绝说，我们家有香瓜。

韩新水说，你们家的香瓜和我们家的香瓜不一样。

黑疤问，你说有什么不一样？

韩新水说，你吃两口就知道了。

黑疤问，里边会不会有老鼠药？

韩新水一拳砸开香瓜，一瓣递给黑疤，一瓣捧在自个手上，大口小口地吃起来。香瓜的香味流溢出来，黑疤经不住诱惑，跟着韩新水一起大口小口地吃起来。韩新水问，我们家的香瓜香不香？黑疤说，香！韩新水问，你少吃一瓣吃亏不吃亏？黑疤说，明天你再带一只大的来。韩新水说，我们家的香瓜就结这一只。黑疤说，我不信。韩新水说，你不信，就去我们家的香瓜地里看一看。黑疤说，我不去你们村，我不上你的当。韩新水问，你不敢？

黑疤不说话。黑疤不敢去大河湾村，只好不说话。

一只香瓜一分为二，韩新水和黑疤很快就把各自的一瓣吃下肚子里。嗝——韩新水打出一个瓜嗝。嗝——黑疤不甘落后，紧跟着打出一个瓜嗝。黑疤舌头舔着牙齿缝里的瓜子，想一想还是问，你带香瓜给我吃，该不是想加入我们的帮派吧？韩新水说，不可能！黑疤说，我想不明白，你为什么要带这么香的香瓜给我吃？韩新水说，这是"国共"和谈。刚学过《重庆谈判》课文，里边记载着共产党和国民党在重庆的生死谈判。黑疤说，那我就是共产党，你就是国民党。韩新水说，你不是毛主席，我也不是蒋介石。黑疤问，那我是谁？韩新水说，你是黑疤。黑疤问，那你是谁？韩新水说，我是韩新水。

其实，韩新水从家里带东西给黑疤吃的真正目的，是想先化解两派之间的敌对情绪，最终把黑疤收归大河湾村这一边。同在一间教室里上课，同为一个班级里的同学，没有必要打打杀杀的，更没有必要你死我活的。说到底，韩新水不是一个爱打架的孩子，面对煤矿上的一帮孩子，他从心理上发怵。黑疤与韩新水正好相反，动手像吃饭，打架像过年，任何一桩事都要靠动手打架去摆平。和平的愿望暂时落空，打架的时间黑疤定下，打架的地点黑疤定下。

黑疤说，不想打架，就在我面前跪下磕三个响头，喊我三声大爷。

韩新水声音虚弱地说，你说打就打。

刀子和棍子早早地带到七号井，带到躲藏的地方。这一次打群架，大河湾村出二十个学生，煤矿上出二十个学生，那些农转非的学生，暂时不属于煤矿，更不属于大河湾村，一个孩子都不上场。下午临近放学，韩新水从书包里拿出一把黑色的籽粒递给黑疤，问，你敢不敢吃？这一次，黑疤有经验，说，你敢吃我就敢吃。韩新水喀哧一下，扔进嘴里一粒嚼起来。黑疤见韩新水嘴里嚼一粒，便毫不犹豫地扔进嘴里一粒。味道苦苦的、涩涩的，不像是一种好吃的东西。

黑疤问，这是什么东西？

韩新水说，这是顺气丸。

黑疤问，我吃顺气丸干什么？

韩新水说，过一会你们派要是打输，你就不会生气了。

黑疤说，我们不会输。

韩新水说，你们不会输，那就我们输，我多吃两粒，过一会我就不会生气了。

喀哧、喀哧。籽粒的味道苦，籽粒的味道涩，韩新水不说苦、不说涩，黑疤就不能说苦、说涩。韩新水脸上笑嘻嘻地当成滋味好吃的样子，黑疤就脸上笑嘻嘻地当成滋味好吃的样子。喀哧、喀哧。一把黑色的籽粒，黑疤吃得少，差不多三四粒，韩新水吃得多，差不多七八粒。不管三四粒，还是七八粒，都吃过量了。

韩新水一边吃一边说，顺气丸真好吃。

黑疤一边吃一边应和说，顺气丸真好吃。

其实，黑色的籽粒叫鬼豆。鬼豆和巴豆的功效差不多，一吃就腹泻。鬼豆是一年生草本植物，巴豆是多年生木本植物，两种植物的外观不一样，果实的外观更是不一样，不知怎么的，功效却惊人地相似。小时候，韩新水在村子里见到过一个老太太吃鬼豆的样子，好像吃下没有几粒，好像吃下没有多长时间，老太太就拉肚子不止。老太太一边往家后的茅厕里跑，一边大声地骂儿子媳妇，说她就是拉死变成鬼都不会放过她。儿子媳妇不让老太太，说你活着我都不怕你，难道你变成鬼我就怕你啦？老太太跟儿子媳妇吵架，不是想吃下几粒鬼豆拉肚子一死了之，而是想吃几粒鬼豆拉肚子给儿子媳妇一个下马威。鬼豆这种草本植物在大河湾村的田间地头长不少，绿叶子，绿藤子，开蓝花，结黑籽。过去韩新水不知道这种植物有什么用，叶子猪不吃羊不吃牛不吃，藤子猪不吃羊不吃牛不吃，花朵猪不吃羊不吃牛不吃，籽粒猪不吃羊不吃牛不吃。直到看见这位老太太吃鬼豆拉肚子，他才知道鬼豆是一种诡异的东西。在韩新水的经验里，吃剩饭吃不好会拉肚子，吃肥肉喝凉水会拉肚子，吃鬼豆怎么会拉肚子不知道。俗话说，好汉吃不住三泡稀(屎)。老太太三趟茅厕上过，两条腿就软下来，骂声就弱下来。老太太的一颗心硬，不软不弱。老太太的一张嘴硬，不软不弱。

老太太说，我就是死都要死在茅厕里。

老太太腿软，依旧要往茅厕跑。

老太太说，我剩下一口气都要骂你家的祖宗八代。

老太太骂声弱，依旧要骂儿子媳妇。

儿子媳妇过门三年生不出一男半女来，老太太指桑骂槐骂起来。老太太说，不如家里喂养一只老母鸡，喂养一只老母鸡三年下来要下多少蛋？老太太说，不如家里喂养一头老母猪，喂养一头老母猪三年下来要过(生)多少猪秧子。儿子媳妇说老太太原本就是断儿绝孙的命。老太太一辈子不生不育，眼前的一个儿子是过继过来的。不生不育是老太太的病根子，老太太能指戳儿子媳妇，儿子媳妇不能指戳老太太。老太太就跟儿子媳妇势不两立地大吵大闹。大吵大闹的结果，老太太吃下几粒鬼豆。

老太太第五趟上茅厕拉肚子的时候，两条腿就瘫软在地上站不起来了。站不起来，老太太两只手支撑在地上往前爬，不上茅厕就要拉在裤子里。茅厕在房屋后面，儿子和儿子媳妇在房屋前面，一个坐在房屋门东边，一个坐在房屋门西边。老太太一步一步往前爬，儿子和儿子媳妇一人一边看着老太太。四周不少村人围观，其中就有韩新水。老太太是村里出名的厉害老太太，村人一边看热闹，一边心里觉得很解恨。村里大人孩子谁个没挨过老太太骂？俗话说，强中自有强中手。厉害的老太太遇见一个更加厉害的儿子媳妇。儿子媳妇的厉害是被厉害的老太太逼迫出来的。儿子媳妇不厉害，在厉害的老太太面前一天日子不能过。儿子是一个受气包，在老太太面前受气，在老婆面前受气，整天大气不敢喘一声。

儿子问，娘——要不要我搀扶着你去茅厕？

老太太说，不要！娘能爬得动。

老太太的气力越来越弱，爬行的速度越来越慢。

儿子媳妇笑嘻嘻地问，娘——要不要我搀扶着你去上茅厕？你儿子不好替你脱裤子，我好替你脱裤子。

老太太说，死掉你那份孝心吧，娘怕你一下子把我推进茅厕里。

儿子媳妇比老太太更加厉害的招数只有一条，那就是老太太生气，儿子媳妇不生气。儿子媳妇脸上笑眯眯地看着老太太往前一步一步爬，一副神情比村人还轻松还解气。

老太太爬到屋墙拐角，瘫软在地上，一步路爬不动。

儿子问，娘——要不要我去大队部喊医生？

老太太说，你真想看着娘去死？

儿子跑大队诊所喊赤脚医生。大队医生早听村人说过老太太的事，早捣鼓半脸盆胰子（肥皂）水等候着。不到老太太奄奄一息的时候，大队医生不会提前来。医生不想听老太太张嘴骂人，知道吃鬼豆拉肚子一时两时拉不死人。看见大队医生端半脸盆胰子水走过来，村人的热情高涨起来，一下子围住老太太，扶起老太太，扯住老太太的胳膊，掐住老太太的脖子，扒开老太太的嘴巴，大队医生只管往老太太嘴里灌胰子水。老太太不挣扎，不反抗，医生顺顺当当地灌下胰子水。

一个瘦瘦弱弱的老太太，见不着肚子有多大，半脸盆胰子水一滴不剩地灌进肚子。接下来，老太太嗷唠嗷唠一个劲地往外吐，村人见状轰然一声，苍蝇一般四散开去。只有儿子和儿子媳妇一左一右搀扶住老太太没有松手。老太太把喝进肚子里的胰子水吐出来，把吃进肚子里的鬼豆吐出来。老太太的肚子空了没有什么可吐的了，嗷唠嗷唠还在吐。老太太没了骂人的气力，没了喘气的动静，像死一样瘫软在儿子和儿子媳妇身边。

老太太没有死，病怏怏地在床上躺半个月，才走下床，才走出门。从此老太太脱胎换骨，跟家人说话不再厉言厉色，跟村人说话不再厉言厉色，变成一个软言软语的老太太，变成一个慈眉善目的老太太。就是从那个时候起，韩新水对鬼豆有了一份特别的情感，神秘而新奇，亲近而惧怕。田间地头，春夏秋冬，韩新水时刻关注着鬼豆的长势，发芽，生长，拖藤，开花，结子，成熟。每一年，鬼豆籽粒成熟的时候，韩新水都要珍藏一把黑色的籽粒，闲下来的时候一颗一颗细心地摩挲着。有时候韩新水经不住诱惑，会伸出舌头轻轻地舔一舔，有一丝苦苦的滋味，有一丝涩涩的滋味。韩新水不敢把鬼豆扔进嘴里嚼碎，更不敢把鬼豆咽进肚子里。韩新水去毕家岗矿上初中，新环境，新兴趣，暂时离开这种绿色的植物，暂时忘记这种黑色的籽粒。一场不可避免的械斗摆在眼前，韩新水在一片惶恐中想起鬼豆，想起它的腹泻作用。韩新水不知道拉肚子的结果会怎么样，有一点却是清楚的，那就是拉肚子他就不能去七号井打架，同样黑疤拉肚子也不能去七号井打架。韩新水是大河湾村一派学生的首领，黑疤是煤矿上一派学生的首领，两派首领不去，两派的学生还打不打架，韩新水就不管不问了。说韩新水这样子去做是智慧也好，是逃避也罢。他嗓子一硬，两眼一闭，一把鬼豆分开吃进他俩的肚子里。

黑疤问，吃过顺气丸，我俩该去七号井了吧？

两派的学生都在七号井埋伏好，只等他俩去发号施令，指挥械斗。

韩新水说，坐一会，不急。

教室里空空荡荡，只剩下他们俩。

黑疤问，你该不是设什么圈套吧？

韩新水说，坐一会你就不想去七号井打架了。

黑疤问，你说这话是什么意思？

黑疤吃鬼豆少，韩新水吃鬼豆多。韩新水的肠子开始一紧一紧地往一块绞。

黑疤问，我怎么觉得肚子有些不对劲？

韩新水问，是不是肠子一紧一紧地往一块绞？

黑疤问，是顺气丸干的事？

韩新水说，不是顺气丸，是鬼豆。

黑疤问，什么是鬼豆？

韩新水说，就是你吃下去的顺气丸。

黑疤哎哟哎哟叫几声，肚子开始一阵一阵地疼。韩新水的疼痛比黑疤厉害，就是不喊叫，就是不说疼。冷不防地，黑疤一拳把韩新水打倒在地，紧接着双手掐住韩新水的脖子。韩新水的脖子上疼得都是汗，黑疤的两只手一滑一滑的。

黑疤松开两手问，我俩会不会死？

韩新水说，我俩要赶紧去医院。

煤矿医院就在学校大门外面不远处。黑疤带头往学校大门那里跑。

韩新水从地上爬起来，两只手紧紧地捂住肚子，冲着黑疤的后背喊，我俩要先去茅厕拉肚子。

黑疤站住脚说，你个狗日的怎么不早说去茅厕？

黑疤折转头，朝向茅厕跑。茅厕在大门的反方向，韩新水前面跑，黑疤后面追。韩新水跑得慢，黑疤跑得快，很快追上去。

这一天，两派的学生在七号井等到太阳落西，却不见双方的首领。

这样的一场架还打什么呢？干脆收起刀子棍子各自回各自的家吧。在医院里，韩新水和黑疤的病床挨病床，他俩的胳膊上都挂着吊水。韩新水去医院喊叫着要灌胰子水，医生、护士没有人按照他的方法做。韩新水说，不灌胰子水就要死。护士说，拉一拉肚子死不掉。医生说，挂吊水比灌肥皂水止泻快。止不住拉肚子，韩新水拉在病床上，黑疤拉在病床上。整个病房臭气熏天，医生、护士全跑光。黑疤笑眯眯地看韩新水。韩新水笑眯眯地看黑疤。

韩新水问，鬼豆的味道不错吧？

黑疤说，你有勇有谋，我有勇无谋，从今往后我归你管，我的兄弟全归你管。

3

韩新水在毕家岗煤矿这样的环境里上课，功课一学期比一学期差，一学年比一学年差。初三勉强毕业，高中没能考上。初三毕业是大呼隆，差不多学生都能毕业。上高中控制数量，学校少收一个学生，就少操一份心。在这两个方面，校长和老师的想法是一致的，能多毕业一个学生就多毕业一个学生，能少收一个高中生就少收一个高中生。现在摆在韩新水面前的只有两条路可做选择，一条路去上初三复习班，下一年接着考高中；另一条路回家，跟着父母学种地。要是韩新水不上高中，不回来家种地，暂时还没有第三条路可选择，最起码韩立海眼下还不知道。

这一年正好赶上韩新云师范专科学校毕业，分配到上高中时的古城中学当老师。

韩新云说，二弟，我带你去古城中学上初三复习班，保证你下一年能考上高中。

韩新云果断地担负起家人赋予他的历史使命，最先想到接纳二弟去古城上学，韩新水却迟迟疑疑地不答应。

韩立海很民主，说，二儿子，你自个的事你自个做主。韩立海这样说话，是他早看透韩新水确实不是一块学习的料子。

韩新水耷拉着脑袋说，我一听课就头疼，我一看书就犯困，我还是回来家种地吧。

韩立海嘴上说民主，心里不甘心。韩立海问二儿子，你怎么会一听课就头疼，一看书就犯困？不会老师上课拿棍子敲你的脑子？不会你看的书里生瞌睡虫？

韩新水耷拉着脑袋不说话，韩新云替二弟说话。韩新云说，不是老师上课拿棍子敲他的脑子，是老师上课他听不懂，比棍子敲脑子还难受；不是他看的书里生瞌睡虫，是他看书看不懂，不打瞌睡干什么？

韩新水耷拉着脑袋站在韩立海面前，就像一个不成器的儿子；韩新水耷拉脑袋站在韩新云面前，就像一个不成器的二弟。

韩立海说，二儿子，那你就回家拽牛尾巴根吧！

拽牛尾巴根，就是赶牛犁田耙地，就是种庄稼。

可以肯定地说，上初三复习班和回家种地——这两条路没有一条韩新水想选择。韩新水不想选择去古城中学上初三复习班，不是单纯地一听课就头疼，一看书就瞌睡，是不想跟韩新云生活在一块。韩新云是老大，韩新水是老二。这些年韩新水时刻觉得韩新云对他有一种压迫感。当然这种压迫感是无形的，更是无意的，正因为这种压迫感是无形的，是无意的，韩新水才觉得摆脱韩新云的压迫感比摆脱韩立海的压迫感更重要。在韩新云上大学这两年，韩新水尝到摆脱压迫感的甜头。好不容易品尝到的一丝甜头，不能自个把它断送掉。韩新水果断地选择回家种地，不是说韩新水在韩立海面前就没有压迫感，只是说韩新水从来就没有摆脱过韩立海强加给他的压迫感，他在韩立海面前从来就没有抬起过头来。对于韩新水来说，要说韩新云是一座可以移动的山，韩立海就是一座固定不动的山。这样一来，韩新水放弃去古城复读,选择回家种地就能理解了。

民谣说:庄稼活不用学,人家咋做俺咋做。民谣说的是一个想做农活的人,不是韩新水这种从来就不想做农活的人。韩新水不是一块学习的料子,厌恶学习。同样,韩新水不是一块种地的料子,厌恶种地。锄庄稼他不愿拿锄子,割庄稼他不愿拿镰刀,隔三岔五地往煤矿上跑,去找初中同学一起玩。说实话,大河湾村算是一个比较闭塞的地方,四周是水,直到20世纪70年代末煤矿去那里勘探地下煤炭,电缆才从淮河底下把电扯拉带过去,又过去两三年,一家一户才拉上电,点亮电灯。韩新水在煤矿上读三年初中,是一个贪玩惯了的孩子,是一个心野惯了的孩子,回到这么一处闭塞的地方,肯定不适应,一天都待不下去。

韩立海数落二儿子说,你的心在煤矿上念书念野掉了,也该好好地收一收,你不想待在家里种地,你说赶明你指望什么过日子?

吴水月不说话,知道数落二儿子没有多大用处,不解决任何一种实际问题。

实际上,这些天吴水月很少说话,一直在一旁静静地花心思观察着。在对待二儿子考不上高中的问题上,大儿子表现出来的是一种居高临下的态度。韩新云居高临下有居高临下的理由,二弟初中毕业连一个高中都考不上,自己一路向前考上大学,走出大河湾村,现在都毕业工作了。韩立海的态度是恨铁不成钢。大儿子顺利地考上大学,顺利地走出大河湾村,是韩立海脸面上的荣光;二儿子初中毕业考不上高中,不说是韩立海的耻辱,最起码他的脸面上不会有荣光。在大河湾村,上高中的学生不多,小学毕业落下来一多半,初中毕业落下来一多半,两个一多半落下来,上高中的学生就凤毛麟角了。只是韩新水上不了高中就走不上一条高考的路,就跟不上韩新云的脚步,走不出大河湾村,走不进城市里。按照韩立海的主观设想,其他三个孩子都应该像大儿子一样,一个接着一个从高考这条路上走出去。韩立海看不见这条路的狭窄险境，也不愿分析其他三个孩子的学习成绩能不能达到。韩立海看待这件事是一厢情愿的，也是一意孤行的。不撞南墙不回头，撞上南墙还是不回头。

相比较而言，吴水月的头脑就显得冷静得多，看待问题也显得客观得多。吴水月早看出二儿子不是一块上学的料子，跟不上大儿子的脚步，挤不上高考这条路。一大碗红烧肉端面前，油汪汪的，香喷喷的，好吃不好吃？好吃！却不是什么人都能一下子吃进肚子里。大儿子一口气能吃下一大碗红烧肉，二儿子一口气能吃下三两块就算不错了。吴水月只是不知道，二儿子吃不下一大碗红烧肉，还能干什么？或者说除去上高中还有什么事适合二儿子做？很显然，韩新水不是一块干庄稼活的料子，从来就不喜欢干庄稼活。不说初中毕业回来家需要天天面对庄稼活，哪怕放假期间回来家临时帮一下手，都是能躲的躲，能懒的懒，少干一回是一回，少干一时是一时。大儿子不一样，放假期间回来家念书，就平心静气地念书，手拿一把锄子下地，就平心静气地锄地。大儿子念书的时候，一门心思就放在书本上面，大儿子锄地的时候，一门心思就放在锄地上面。二儿子正好与大儿子反过来，二儿子念书的时候，一门心思不放在念书上面，二儿子锄地的时候，一门心思不放在锄地上面。

追究其根本原因，韩新水的一颗心从来就不在大河湾村。

不说韩新水上初中后，就算韩新水上初中前，都是一颗心不在大河湾村。那个时候，韩新水最喜欢去的是淮河边。站在淮河边上，面朝淮河南边，南边有毕家岗煤矿，南边的南边有一座高楼连接一座高楼的城市。韩新水站在淮河边上，面朝南边，一颗心长出翅膀，扑棱棱地飞过淮河，飞向遥远的南边去。南边的南边的南边是什么地方，韩新水没有去过，也不知道，但他的一颗心却始终向往着。就算韩新水站在大河湾村的庄稼地里，四周有淮河堤坝围拦着，看不见淮河是一个什么样子，看不见淮河的南边是一个什么样子，也始终向往着。许多次韩新水面朝北边干着活，猛然地会朝南边扭转头，呆愣愣地看好久。起初吴水月不知道韩新水站在地里面朝南边看什么，后来才知道他的两只眼穿越庄稼地，穿越淮河堤坝，依旧看着淮河的南边，依旧看着淮河南边的城市。吴水月清楚地记得怀二儿子的时候，就跟怀大儿子时的感觉不一样。吴水月怀大儿子的时候，大儿子在肚子里一直安安静静的，怀孕初期反应小，不呕吐，怀孕后期胎儿在肚子里不踢人，不闹人，不折腾人，怀孕中期能吃酸，能吃辣，能吃甜，按照“酸男辣女”的民间说法来判断，吴水月不知道怀的是男孩还是女孩。生下来扒开两条腿一看，才知道是一个男孩。在娘的肚子里是一个安静的孩子，生长在人世间就是一个老实的孩子。俗话说，从小看大。是说一个人从小什么样子，长大就是什么样子。这个“小”不是出生以后的“小”，而是缩在娘胎里的“小”。

轮到吴水月怀二儿子就不太一样了。怀孕初期就反应厉害，厉害到不吃不喝整天吐，吐个天旋地转的，吐个昏天暗地的，吐得吴水月一颗要死的心都起了。头一胎生男孩，第二胎想要丫头，做一个儿女双全的女人。吴水月怀孕初期反应得这么厉害，一吐吐一个半死不活的，就知道肚子里怀的这一个孩子不可能是丫头。要是一个丫头的话，这样的一个厉害丫头，生下来她也不敢养，养也养不活。要是一个男孩呢，就算养大也不是一个省心的主，也不是一盏省油的灯。吴水月怀孕初期吐得这么厉害，熬到怀孕中期依旧不能吃酸的，不能吃辣的，不能吃甜的，什么都不能吃，就很自然了。吴水月的人一天一天地瘦，肚子却一天一天地大。到了怀孕后期，韩新水就在娘的肚子里拳打脚踢，闹腾一个不歇闲。吴水月走在路上，要是面朝北向北走，韩新水就安静；要是吴水月面朝南向南走，韩新水就兴奋，就会拳打脚踢地动起来。吴水月睡在床上也这样，只能脸朝北睡，不能脸朝南睡，一脸朝南睡觉，韩新水在她的肚子里就踢腾不止。那个时候，吴水月没有留心什么朝南朝北的闹腾规律，只是觉得这个孩子在娘胎里没出世，就跟大儿子不一样。吴水月在心里默默地期盼着，这么一个不省油的主是一个男孩，千万不要是一个丫头。候韩新水生下来，扒开两条腿一看，真是一个男孩，吴水月松下一口气。半天过后，韩新水睁开眼，韩立海抱起他，他的两眼骨骨碌碌一个劲地向南瞅。韩立海说，我家的二儿子在找娘呢。他们家的一张床靠南墙东西摆放，床的上方有一扇窗户。吴水月睡床上，韩立海抱韩新水站在床面前。窗户高，吴水月低，就算韩新水睁开眼往南瞅，也是瞅窗户，不是瞅他娘。

吴水月说，这么小的一个人连我的一口奶都没吃，知道谁是他的娘呀？

那个时候，吴水月以为二儿子的两眼骨骨碌碌是在寻找窗户外面的亮光。直到韩新水长大上初中，吴水月才渐渐地明白过来，二儿子生下来就在寻找南边，或者说他在娘胎里就在寻找南边。寻找南边意味着什么呢？意味着韩新水在娘胎里，就不愿意待在大河湾村，就开始想着离开大河湾村。二儿子不能像大儿子那样，上高中上大学走出大河湾村，他能走一条什么样的路走出大河湾村，吴水月需要面对，吴水月需要考虑。

4

这一天，吴水月专门去一趟张翠花家。

这个张翠花就是多年前，她的娘家侄子考上上海的大学的那一个。几年时间过去，吴水月的大儿子大学毕业分配到古城中学教书，张翠花的娘家侄子更是早两年大学毕业留在上海那一边工作、结婚、生子。可以这么说，韩新云去古城上高中，跟张翠花的娘家侄子考上大学，有直接的关系。若不是吴水月听说她的娘家侄子从古城中学考上一所上海的大学，她和韩立海肯定想不起来去古城找张奎替大儿子转学去古城。韩新云要不是转学去古城上高中，继续留在祁集中学上高中，肯定考不上大学。自从韩新云考上师范专科学校，吴水月跟张翠花就慢慢地疏远。疏远的理由很简单，人家的娘家侄子上的是一所上海的正经八百大学，她家的大儿子上的是一所大专学校，学校差两个档次，地方差两个档次，比过来比过去，差的就不是两个档次。女人的心理有时候就是这样子微妙，吴水月和张翠花疏远就理所当然了。

几年前，张翠花带着炫耀的神色，把她的娘家侄子上大学的消息说给吴水月听，吴水月和韩立海决定把大儿子转学去古城上高中。那个时候，两个女人一下子亲近起来，同样是理所当然的。张翠花是一个喜欢处处炫耀自个比别人强的女人，这样的一个女人在村子里很难有别的女人愿意接近她。村里的女人在背后说张翠花的闲话。她们说，你说你娘家的侄子考上上海的大学，跟你这个做孃孃的有什么关系呀？这里的人家喊姑姑不喊姑姑，喊孃孃。村里的女人接着说，俺们没见过你去过一趟上海，也没见过你娘家的侄子考上大学后来大河湾村看一眼你这个做孃孃的。就在村里女人疏远张翠花的时候，吴水月主动地亲近张翠花，吴水月不说明原因，张翠花不知道。一个喜欢处处炫耀自个比别人强的女人，往往只注意自个不注意别人，往往就会忽略别人许多的细微东西。那两年，村里的女人厌烦听张翠花说她的娘家侄子，吴水月有意无意地却跑她家坐一坐，专门去听她说她的娘家侄子的一些事。张翠花说，她的娘家侄子跟同班同学搞对象，那个丫头是上海当地人，她的老子娘死活不愿意，那个丫头却死心塌地地就要跟她的娘家侄子。在吴水月听来，这是一件激动人心的事。吴水月假期见着韩新云，就交代大儿子高中毕业考大学，一定要往上海考，一定要找上海的丫头做老婆。韩新云耷拉着脑袋，脸红不说话。过些天，张翠花问吴水月，你可知道那个上海的丫头为什么要死要活地跟我娘家的侄子吗？吴水月试探着问，是不是那个丫头长相丑？张翠花说，那个丫头长相你不知道有多排场（漂亮），要脸蛋有脸蛋，要个头有个头。吴水月不相信地问，你去上海见过这个丫头吗？张翠花说，我回娘家见过他俩在一起的相片。吴水月问，两个人不结婚怎么能在一块照相片？张翠花说，你不要忘了，人家丫头是上海人。吴水月心里激灵一下子明白，那个上海丫头八成是跟张翠花的娘家侄子搞上了。吴水月笑一笑不说破。张翠花心里有话存不住，说，那个丫头怀上啦。

从前有上海知青下放过大河湾村方圆左右，在男女情事上，别人不敢做的事，他们都敢做。

这一天，吴水月见着韩新云交代说，你考大学去上海，千万不要找上海的丫头做老婆。韩新云依旧耷拉着脑袋，依旧脸红不说话。吴水月说，上海丫头喜欢瞎胡搞。

间隔两年，吴水月破天荒地走进张翠花的家门。吴水月破天荒，张翠花不觉得破天荒。也就是说，吴水月亲近张翠花，张翠花不觉得；吴水月疏远张翠花，张翠花同样不觉得。这一次，吴水月走进张翠花的家门，还是为了查听她的娘家侄子的一些事。吴水月问，你的娘家侄子在上海那一边忙不忙？张翠花说，忙死啦，连一顿饭都吃不安。张翠花的娘家侄子大学毕业留在上海的一所中学当老师。她的娘家侄子媳妇在同一所中学当老师。单就这一点来说，韩新云大学毕业同样当的是老师。吴水月说，我家的大儿子当老师也是忙，忙得也是连一顿饭都吃不安。韩新云分配带初三，暑假加课，真的连一顿饭都吃不安。张翠花果断地说，我娘家侄子和我娘家侄子媳妇不是忙上课。吴水月问，那他们俩忙什么？张翠花说，忙着做生意。张翠花介绍说，上海学校里的许多老师都这样，上班时间忙上课，下班时间去街上摆地摊，忙着做生意。吴水月问，你的娘家侄子摆地摊卖什么？张翠花说，什么能卖掉卖什么，什么能赚钱卖什么。

就是张翠花的娘家侄子摆地摊做生意这件事，点破吴水月的头脑。吴水月不是想照搬照抄地让大儿子下课摆地摊做生意，是二儿子闲在家里没有事干，想让他找一块地方摆地摊做生意。去哪里找这么一块地方,不在大河湾村,不在古城里,在一个名叫土坝街的地方。这一天,韩立海去一趟土坝街租下一间门面房,决定交给二儿子开杂货店。韩立海这么做,跟吴水月商量过好多次,犹豫过好多次。商量来商量去,犹豫来犹豫去,一个更改不掉的事实摆在眼面前,那就是二儿子确实应该找一件属于自个的事干一干,将来的路要靠二儿子自个走,将来的日子要靠二儿子自个过。

韩新云去古城上高中考上大学在村里是头一人。

韩新水去土坝街开杂货店在村里也算是头一人。

土坝街离家十里路远,毕家岗离家五里路远。土坝街在南边,毕家岗在北边,大河湾村在更北边。从大河湾村去土坝街,必须经过毕家岗。说起来杂货店开在离家远的土坝街,舍弃离家近的毕家岗,这跟韩立海与煤矿有过节就一点关联都没有了。那个时候,毕家岗还没有一家私人开商店,按说这正是一个大好时机。可这里的沿街房屋都是公家的,韩立海和吴水月想花钱在这里租房屋也租不到手。土坝街就不一样了,是一条古街,历朝历代都有做生意的人家,南北街、东西街的房屋十有八九都是私人的。只是到了新中国成立后,这些人家才陆陆续续地断绝生意,纯粹在街面上住家。眼下世道更改,一家一户在土坝街上又陆陆续续地经营起小买卖。要说选择在土坝街租房开杂货店的理由,这才是真正的理由。

韩立海把一间杂货店开起来,就一把交给二儿子经营了。

租房屋钱、置货柜钱、进杂货钱,一总花去一千多块钱,就算生猪比前几年涨一涨价,也相当于三头大肥猪。韩立海和吴水月让二儿子走这条路有些冒险,一连好多天他俩都是半夜半夜睡不着觉。

韩立海担心地问,这么大的一份家业交给二儿子能照(行)吗?

吴水月说,照也照,不照也照,就当他上高中帮他交的学费钱吧。

去土坝街租房屋开杂货店,是吴水月最先提出来的。在韩立海面前,吴水月咬紧牙关,死活不能打退堂鼓。

实践证明，韩新水同样不是一块开杂货店的材料。他自己不好生照看生意不说，一帮煤矿上的狐朋狗友倒是经常地光顾杂货店，见烟拿烟抽，见酒拿酒喝，一间杂货店像是他们家开的，想怎么着就怎么着。韩新水整天跟这帮狐朋狗友在一起东溜西逛，没空闲在杂货店看店，就请一个女同学帮忙。这个女孩子名叫李圆圆，长得圆头圆脑，活泛得很，几年后她顺理成章地变为韩新水的老婆——实际上他俩只是同居关系——算是韩立海决定让二儿子在土坝街开杂货店的一个意料之外的结果。另一个没想到的结果是，眼见着一间杂货店被一帮狐朋狗友坐吃山空的时候，韩新水开始跟着这帮狐朋狗友倒腾起煤炭生意。简单地说，就是雇用几辆大卡车往一百里路远的几家农村砖场送煤炭。砖场是这帮狐朋狗友的亲戚开办的，这帮狐朋狗友就是农转非从这些村庄过来的。砖场急需煤炭却拿不到指标——那时候煤矿上的煤炭受计划经济严格控制着，他们能拿到指标、能买到煤炭。韩立海没去阻止二儿子做这种生意，他却说二儿子：

“你将来要是犯法、杀头、坐牢，也不要拖累俺跟你娘两个人。”

这时候，韩新水的一副眼神是胆怯的，两条腿是颤抖的，心里一点把握都没有。韩立海却早早地看出来，二儿子这一次找对门路，是一块投机倒把的料子。

两年后，这帮狐朋狗友不满足雇用大卡车往砖场送煤炭，改从水路雇用铁皮船往江南发电厂送煤炭。煤炭装运码头就在大河湾村的河对岸，半条河停满船，一辆辆大卡车穿梭于码头与煤矿之间，一车车煤炭运过来，装上一艘艘铁皮船，往大河湾村的下游运过去。铁皮船先过蚌埠闸口，再过洪泽湖，一折头通往长江去，最后抵达江南发电厂。就在这期间，毕家岗煤矿附近开出好多家乡镇小煤窑，运往江南发电厂的大部分都是小煤窑扒出来的、掺杂着煤矸石的劣质煤炭。

韩新水有一段时间没有回家了。家在淮河北岸，码头在淮河南岸，他就是没有空闲渡过中间的这道淮河。

有一次，吴水月在淮河边上洗衣裳，一艘铁皮船突突突地从南岸码头上装满煤炭开出来，一磨船头，一甩屁股，离淮河北岸就很近了。就是在这艘铁皮船上，吴水月看见二儿子。韩新水抹腰站在船头上，迎面而生的河风吹拂着他乱糟糟的头发，吹拂着他乱糟糟的衣裳。吴水月站直身子，拼命地喊叫着二儿子。

——小毛子，我是你的娘啊！

——小毛子，你的头发、衣裳怎么这么邋遢呀？

——小毛子，你有空闲回来家看一看你娘你大(爸)嘛！

小毛子是韩新水的小名。大毛子是韩新云的小名。三毛子是韩新雨的小名。韩新苗的小名叫老丫头。

柴油机突突突的噪声太大了，韩新水一点听不见。

吴水月一边哭着一边跑回家跟韩立海说，我怎么看小毛子的一副样子像个土匪强盗呀？

韩立海回答说，你没看见眼前的这个世界变得愈来愈像土匪强盗的世界吗？

韩立海早听说二儿子这两年挣了满满一麻袋钞票。

第四章　韩新雨

送郎送到大门东，
老天爷单刮西北风，
小郎子冻得直打战，
小奴家冻得冷清清，
舍不得郎君恨西风。
——淮河流域花鼓灯情歌

1

韩新雨小学毕业就转古城中学读书了，结果初中毕业考上一所省农业中专学校。

三儿子成绩不算好，能考上高中却没有上高中，初中毕业直接上中专学校，避开千军万马挤高考独木桥一条路。韩新雨考中专的家，是韩新云当的。韩新云是这么跟韩立海解释的，他说，现在初中毕业考中专，相对来说容易一些，高中毕业考大学相对来说难一些，三弟的成绩不算拔尖子，不如先考中专，先进城里，将来有机会再上电大、职大什么的一个样。大儿子现在是老师，在考学方面说话当然比韩立海权威。韩立海说，照(行)，你三弟的这个家就你当吧。

三儿子考上农业中专学校填报志愿的时候，还是韩立海拿的主张。韩立海不识字，说，三儿子，你念一遍这个学校都有哪些个学种（专业）。韩新雨照本宣科地读：土壤、种子、水产养殖、植物保护、农业机械化……韩立海抬起来的一只手往下啪地一拍说，就学农业机械化。

韩立海对农村将来的发展有一个最基本的判断，农业离不开机械化，机械化是农业的关键。不说收音机呜里哇啦宣传好多年——四个现代化首先要实现农业机械化，就说土地包产到户这些年农村变化最大的还是逐步农业机械化。比如老牛犁地逐步变成拖拉机耕地。收割庄稼，先是在拖拉机上安装剪刀，只能收割不能脱粒，后来使用的才是真正能收割、能脱粒的收割机。还是说收割庄稼，收割机先是只能收高个头的麦子，矮个头的黄豆还是要靠人工去收割、去脱粒，后来收割机一改良，收割黄豆跟麦子一个样，甚至在别处村子里连水稻都能收割了（大河湾村不种水稻）。韩立海家的九亩庄稼地，他跟吴水月过去手忙脚乱不歇闲，现在越来越轻松，不耽误一年喂四头大肥猪，不耽误空闲看一看杂货店——杂货店从土坝街上搬回家，一直松松垮垮地经营着。

种庄稼简单了，村里开始空出不少闲人。这些闲人在家里待不住——待在家里只有余粮吃，没有余钱花——就得想办法外出去挣钱，有买拖拉机在附近跑运输的，有外出大河湾村打工的，北去北京，南下广东，东到上海，西至新疆，哪个城市大去哪个城市，哪个城市能挣着钱去哪个城市。前后没几年，整个大河湾村走掉几百口子人，相当于全村人口的二分之一。就这还有村人越走越多的趋势，村子越来越空的趋势。男人走，女人走，小伙子走，大姑娘走，没有老人守候的家庭，咔嚓一声就把房门锁上了。韩立海家不用买拖拉机跑运输，韩立海家没人出村子去打工。

韩立海对村人说，我家的大儿子在古城中学教书，算是考学找到了一份饭碗子；我家的二儿子贩运煤炭，算是做生意找到了一份饭碗子;我家的三儿子在省城念书,迟早分配在城市里,也会找到一份饭碗子;往后就看我家的老丫头,要是老丫头赶明考学出去,就剩下我跟吴水月在村里。我们两口子在家里种几亩地,喂几头猪,过日子还用发愁吗?

韩立海对村人说这番话的时候,心里是有着一种别样自豪感的。他家的这种境况,村子里没有人家能跟他家相比。

韩新雨带着铺盖卷去省城农业中专学校念他的农业机械化。韩立海一下子明白过来,三儿子是大河湾村头一个去省城念书的孩子。

2

兄弟三人,老大老实,老二淘皮,老三文静。文静跟淘皮差距大,文静跟老实差距也不小。一个老实的孩子,父母说什么是什么,老师说什么是什么,社会说什么是什么。一个老实的孩子,首先是一个听话的孩子。韩新云大致就是这样子。一个淘皮的孩子,和一个老实的孩子正好反过来,父母说什么不是什么,老师说什么不是什么,社会说什么不是什么。韩新水大致就是这样子。一个文静的孩子呢,父母说什么不一定是什么,老师说什么不一定是什么,社会说什么不一定是什么。一个文静的孩子跟一个淘皮的孩子不一样,他说不,一定不是在嘴上说,而是在心里说,他的反抗一般不是在行动上,而是在心理上。面对任何事,不显山不露水,是具备文静性格的人的最大特征。

韩新雨就是这么一个性格的人。

还是从吴水月怀孕的时候说起吧。这一次,吴水月怀上的是第三胎,跟前面两胎不一样,怀孕初期不是说没反应,只能说不算大不算小,正好落在吴水月能够承受的一个范围内。怀孕后期不是说胎儿不踢腾,不闹腾,不折腾,只能说不算大不算小,正好落在吴水月能够承受的一个范围内。怀孕中期,能吃酸,能吃辣,能吃甜,吴水月觉得怀孩子跟不怀孩子,在胃口上没有多大的变化。

吴水月说,这一胎怀上的是一个丫头。

韩立海问,你怎么知道是一个丫头?

吴水月肯定地说,我就是知道。

吴水月说这话,不是根据"酸男辣女"的民间法则判断出来的,而是根据她的主观心愿臆想出来的。吴水月怀上第三胎,胎儿在她的肚子里感觉不一样。不一样的根本原因是什么,当然是胎儿的性别不一样。这么一分析,吴水月判断第三胎生丫头,还是有那么一点根据的。不想韩立海却从其他方面去理解。

韩立海小声地问,这么说来垫枕头跟不垫枕头真的不一样?

吴水月回答一句粗鲁话,不一样个屁!

韩立海问,那怎么上面两个是男孩,这一个是丫头?

这里牵扯着他们夫妻之间的一件隐秘事。民间有一个传说,想生男孩夫妻同房时,女人的身子下面要垫上一个枕头。这样一来,男人的种子就能多播撒在女人的田地里,女人怀孕就容易生男孩。种子充足生男孩,种子稀少生女孩,村人私下就是这么传说的。韩立海听说后,跟吴水月同房时,就要求吴水月这么做。吴水月这么做,第一胎生下一个男孩。韩立海接着要求吴水月这么做,吴水月第二胎依旧生下一个男孩。其实怀第二胎之前,吴水月就不愿在下面垫枕头。这样同房腰身往上弓不舒服是一方面,另一方面吴水月想第二胎生丫头。韩立海说,多生一个男孩,再生丫头不晚。吴水月说,男孩丫头插花生,老大是男孩,老二是丫头,老三再生男孩。韩立海说,早生男孩早得力早干活,早生丫头干什么?在农村,男孩比女孩重要,男孩比女孩干活有力气,这是谁都更改不掉的事实。吴水月没办法说服韩立海,只好身子下面继续垫枕头,只好继续弓着腰身不舒服。他俩结婚头几年,同房睡觉不是为了舒服,只是为了下种生孩子。前面两胎生男孩,吴水月算是顺利完成任务,准备怀第三胎生丫头,就死活不愿在身子下面垫枕头了。韩立海在上面能放开手脚,尽情地播撒种子。吴水月在下面能放开手脚,尽情地承受种子。吴水月说,还是这样子舒服。韩立海说,垫枕头像爬坡。吴水月问,不垫枕头像什么?韩立海说,像凫水。爬坡,身子紧张,两腿酸疼。凫水,身子舒展,两腿自由。

有一次,韩立海已经做好播种的前期准备工作,眼看就要播撒种子却停下来。或者说韩立海带着吴水月一块凫水,眼看就要爬上岸,却两只手停下扒水,两只脚停下蹬水。两个人一块沉进水里边。吴水月问,你停下来干什么?韩立海说,我想到一件事。吴水月问,是一件什么事?韩立海说,我俩这样做不是下种子下得更多?吴水月说,下种子多就下种子多。韩立海说,下种子多不是还要生男孩。吴水月说,那你就下一半种子。韩立海问,怎么能下一半种子?吴水月说,我有办法。韩立海带着吴水月一起从水下面浮上来,快速地向岸边游去。临近河岸边,韩立海开始播撒种子,吴水月开始承受种子。冷不防地,吴水月一把就把韩立海从身上推下来。韩立海恼怒地问,你这是干什么呀?吴水月说,我只想要你的一半种子。

就是这一次,吴水月怀上第三胎。

俗话说,十月怀胎,一朝分娩。吴水月生头一胎顺产。肚子疼一疼,歇一歇,再疼一疼,歇一歇,很快生下来。一个老实的孩子就这么顺顺当当地从肚子里生下来,吴水月一点惊奇的想法都没有。吴水月生第二胎的时候,早就做好思想上的准备,早就做好不顺当的准备,早就做好去煤矿医院的准备。一个淘皮的孩子,一个在娘胎里闹腾不止的孩子,吴水月从来就不敢想象能顺顺当当地生下来。其结果,吴水月想错了。要说生头一胎,肚子还有那么一阵一阵的剧烈疼痛。赶生第二胎,肚子疼痛是疼痛,不是一阵一阵的剧烈疼痛,甚至是不是临产前的阵痛,吴水月都不能判断了。不像一个好征兆,吴水月的心里害怕起来,赶紧地收拾东西想去煤矿医院。煤矿医院,就是毕家岗医院。村里有妇女难产生不下孩子就去那里生。笼统地说难产有两种,一种是胎儿在娘的肚子里位置不正，正常是头先出，有的孩子却胳膊腿先出，一下就卡住了；另一种是胎儿在娘的肚子里气力弱，出娘胎出不来。吴水月判断第二胎属于第二种情况，是在娘的肚子里闹腾过头，没有力气跑出来。出人意料的是，就在吴水月忙着收拾东西的时候，羊水哗啦一声破裂开，胎儿顺势生下来。吴水月吓一跳，怕是一个死胎，抱起来一看，胎儿活得好好的，哇啦哇啦，大声地哭叫开。吴水月一直不明白，一个在娘胎里难缠的孩子，怎么会这么顺当地生出来？

第三胎临产，吴水月没做最好的打算，也没做最坏的打算。一个老实的孩子老老实实地生下来，一个淘皮的孩子出人意料地生下来，一个文静的孩子会怎样生下来？就一个字——拖。一天一天往后拖，拖一天，拖两天，一连拖三天。吴水月心里惊慌了。人们说，男孩早生，丫头晚生。第三胎真要是一个丫头，晚两天生算正常。拖到第三天，肚子一点动静都没有，吴水月不敢再往下拖，收拾一个包袱赶紧地上毕家岗医院。吴水月上医院，韩立海陪着一起去。吴水月去的理由就不说，韩立海心里就糊涂。韩立海问，为什么生男孩不上医院生，生丫头要上医院生？吴水月说，丫头比男孩金贵。韩立海说，我拉架子车送你去。

一辆架子车，韩立海拉着，吴水月躺着，一路颠簸着去毕家岗。

在医院里，医生替吴水月上下做一番检查。医生说，胎儿正常，羊水正常，还不到生产的时候。吴水月问，拖三天还不到生产的时候，还要拖几天？医生说，怕是你记差日子了。吴水月说，我自个怀孩子，不会记差日子。吴水月想在医院住下来生。医生说，不用住，回家生。吴水月说，回家生，我害怕。医生问，你怕什么？吴水月说，我怕生不下来孩子。医生说，你想住你花钱。

吴水月上午进医院，下午在医院待不住，偷偷地跑毕家岗街上溜达一圈子。韩立海是个在家忙习惯的男人，闲在医院陪吴水月陪不住，早早地回家去了。韩立海说，我明天早上再过来。吴水月说，你回家忙你的事，我生过孩子自个抱回家。这个时候，吴水月自个都觉得来医院生孩子，是乱花钱，是多余的了。半夜里，吴水月的肚子阵痛起来就不是一个肚子了，像是有人拿棍子往肚子上打，像是有人拿刀子往肚子上捅。吴水月敞开嗓门大声地喊叫。吴水月躺在病床上翻滚过来喊叫，翻滚过去喊叫。吴水月喊叫说，我不能活了，我要死了呀！吴水月喊叫说，把我的肚子划开，把孩子拿出来吧！医生慌忙过来替吴水月做检查。医生照旧说，胎儿正常，羊水正常，不用剖腹产。医生暗示吴水月说，胎儿在子宫里安安静静地睡觉，都不应该有剧烈疼痛的感觉。吴水月说，听你这么一说，我的肚子疼是假装出来的了？医生说，我说的是一般情况，或许你这是特殊情况。

天亮五更时，吴水月生下第三胎，依旧是个男孩。生丫头的愿望落空，吴水月积攒的满肚子怨气没有地方出。护士提起婴儿的两条腿，轻轻地拍打一下屁股他不哭，轻轻地拍打两下屁股他不哭。吴水月说护士，你给我用力打呀！护士第三下手没有举起来，婴儿啊啊地轻声哭两声，又停下来。婴儿一哭，说明婴儿的生命体征正常。婴儿一哭，护士就失去拍打的理由。吴水月说，我让你打，你打呀！护士放下手来说，婴儿睡觉了。吴水月说，这孩子赶明长大不会是一个好东西。

过去好多年，三个儿子渐渐地长大，通过对比，通过分析，吴水月想明白三个儿子出生的情况。大儿子出生顺当没有什么好说的。一个老实的孩子，就是一个听话的孩子，该出生的时候出生，该阵痛的时候阵痛，不用担心会有什么出格之处。就是后来去古城上高中，考上一所师范专科学校，算是大河湾村头一个考学走出去的孩子，从表面上看来好像做了一件出格的事，仔细地想一想依旧是一件正常的事。在古城中学上高中，一个班级考上十来个，成绩般上般下的孩子都能考上学校，大儿子考上算是顺大流，考不上反倒算出格。二儿子是一个淘皮的孩子，比大儿子出生时的疼痛还要小，比大儿子出生时还要顺产，这让吴水月好多年里一直不明白。后来二儿子去毕家岗中学上初中，初中毕业没考上高中，在土坝街开杂货店不好好地开，一帮狐朋狗友去那里吃的吃喝的喝拿的拿，眼见坐吃山空，不可收拾，不想二儿子峰回路转，跟一帮狐朋狗友做起贩运煤炭的生意，先雇用卡车走旱路，后雇用铁皮船走水路，两三年时间发了大财。二儿子上学上不好，吴水月能理解。二儿子开杂货店开不好，吴水月同样能理解。二儿子做煤炭生意两三年时间发大财，吴水月先不能理解，后来慢慢地才理解。就是这个时候，吴水月看清楚二儿子是一个淘皮的孩子，同时又是一个投机取巧的孩子。不声不响地从娘胎里生出来，原本就是一件投机取巧的事。

说起三儿子，吴水月对他的了解和认识就更加的漫长了。吴水月怀三儿子的时候，一直觉得肚子里怀的是一个丫头，生下来一看又是一个男孩。吴水月不甘心，或者说猛然一下不能接受和适应。明明想着肚子里怀的是一个丫头，怎么会生下一个男孩呢？不能接受和适应，只有一个缓解的办法，就是继续把三儿子当成丫头养。这话听起来有些荒唐，男孩就是男孩，丫头就是丫头，男孩怎么能当丫头养呢？但在现实生活中，村子里有不少人家就是这么去做的。只不过人家把一个男孩当丫头养，或者说把一个丫头当男孩养，其目的有所不同罢了。把一个男孩当丫头养，是男孩命贵，丫头命贱，容易成活。把一个丫头当男孩养，是想生一个男孩。这一点正好与吴水月的期望相反。吴水月不想要男孩，只想要丫头。足见人心是不能满足的，有男孩想丫头，有丫头想男孩。

三儿子不是丫头，偏要当丫头养，吴水月只能从外表上把三儿子打扮成一个假丫头。头上梳出两根小辫子，上身穿花褂子，下身穿花裤子，脚上穿花鞋子。三儿子小时候长得眉清目秀，猛一眼看上去，真的像一个丫头。一个眉清目秀的丫头，一个排排场场(漂漂亮亮)的丫头。大儿子长大会走路，分开床另睡。二儿子长大会走路，分开和大儿子睡一张床。三儿子比四丫头大六岁，吴水月生四丫头前，一直把三儿子搂在怀里睡，韩立海就一直委屈在吴水月脚头前，一个睡床东，一个睡床西，分开两头睡。半夜里，韩立海想跟吴水月睡一睡。韩立海提出要求，吴水月坚决地回绝。吴水月说，我怀里抱着三毛子，你怎么过来睡？韩立海说，那你来我这一头。吴水月说，我去你那一头，三毛子醒过来怎么办？韩立海是自家的男人，吴水月是自家的女人，自家的男人跟自家的女人睡一睡，是天经地义的一件事。韩立海问，那你说怎么办？吴水月说，什么怎么办，你睡你的觉，我睡我的觉。天经地义的一件事，韩立海认为是，吴水月不认为是。韩立海说，你能睡着觉，我睡不着觉。吴水月说，你睡不着觉，下地去干活。韩立海燃烧起来的一点激情，刺啦刺啦地熄灭掉。

韩立海睡不上吴水月，不敢对吴水月怎么样，就拿三儿子出气。拿三儿子出气的办法，就是让三儿子干活。比如说，去拿一样东西，明明大儿子、二儿子在跟前，韩立海偏不让他俩拿，单让三儿子拿。比如说，下地里薅草，大儿子、二儿子在家里闲着，韩立海不喊，执意要带着三儿子一块去下地。吴水月处处偏袒三儿子，韩立海处处使唤三儿子，其中的过节在哪里，吴水月自然心里明白。挑选一个大白天，几个孩子不在家，吴水月往床上一躺，裤子一脱，说，韩立海你上来吧。大白天睡老婆，不是说韩立海没睡过，只是不习惯。年轻时，韩立海和吴水月睡觉都是半夜里睡，都是摸黑睡，都是在激情燃烧起来的时候睡。男人女人白天在地里干活，晚黑在床上干活，好像老天爷就是这么安排的。大白天，屋里屋外清清楚楚的，韩立海身上的汗毛清清楚楚的，吴水月肚皮上的皱纹清清楚楚的，莫名其妙地韩立海就有不少担心和害怕。大河湾村的人家住在一溜庄台上，东西一家一户盖房屋，不拉院墙，敞门敞户。大白天，谁家关门拉窗帘，就是一副做贼心虚的样子，就是一副不干好事的样子。

韩立海问，几个孩子会不会回来家？

吴水月说,他们在外面玩得好好的,不会回来家。

韩立海问,会不会有村人来我家串门?

吴水月说,村人来我家串门干什么?

韩立海说,借东西。

吴水月问,你到底睡不睡?不睡我就穿裤子了。

韩立海慌忙说,睡、睡、睡。

俗话说,机不可失,失不再来。真是过了这个村,就没了这个店。韩立海慌忙地爬上床,慌忙地爬上吴水月的身子,慌忙地忙碌开来,没有铺垫,没有过程,直奔主题。吴水月不说一句话,韩立海不说一句话。韩立海呼哧呼哧地喘气,吴水月呼哧呼哧地喘气。一切都在慌忙中进行,快速变成唯一的追求。慌忙而快速地播撒种子,慌忙而快速地草草了事,像偷鸡摸狗,像偷情野合。就是偷鸡摸狗这一次,就是偷情野合这一次,吴水月怀上第四个孩子,生下一个丫头。后来大河湾村的民间多出一种传说,晚黑睡,生男孩,白天睡,生丫头。这一传说的最初源头显然在韩立海和吴水月的身上。吴水月问,这种事是你说出去的?韩立海脸红狡辩说,这种事我怎么好说、说、说出口呀。韩立海不是一个说谎的人,老脸一红,说话结巴,就算不打自招了。吴水月说,从今往后不管白天黑夜你都休想上我身子。韩立海尴尬地嘿嘿嘿笑一笑。

可以说,三儿子背书包上小学前,吴水月都是把大儿子和三儿子混淆一起去看待。不说在长相上,不是说在穿衣上,是说性格上。大儿子老实,二儿子淘皮,三儿子文静。老实和淘皮相差大,有什么不同,一眼就能看出来。老实和文静相差小,有什么不同,不是一眼两眼就能看出来。很多的时候老实和文静是相同的,很多的地方老实和文静是混淆的。大儿子比二儿子大四岁,比三儿子大七岁。大儿子没去古城上高中前,三个儿子在外面玩,都是大儿子带着二儿子和三儿子。二儿子跟大儿子和三儿子玩不到一块去,走路都走不成一条线。大儿子带着三儿子往东玩，二儿子一个人往西玩。大儿子带着三儿子去庄台南，二儿子一个人去庄台北。明眼人一看，就知道二儿子跟大儿子和三儿子不是一路人。大儿子和三儿子有什么不一样，就很难看出来。不要说村人，就算吴水月都是经常地恍惚，大儿子就是放大版的三儿子，三儿子就是缩小版的大儿子。大儿子去古城上高中，二儿子在家带着三儿子和四丫头一起玩，三个孩子差别就大了。二儿子就像一头没上笼套的牛犊子，嘚嘚嘚地满村子跑，三儿子和四丫头都是丫头打扮，三儿子文文静静的跟四丫头憨憨乎乎的相比较，反倒更像一个丫头。吴水月要是拿三儿子和大儿子相比较，就混淆，就糊涂，要是拿三儿子和四丫头相比较，就明白，就清楚。有外村人问吴水月，你们家几个孩子？吴水月说，我们家四个孩子。外村人继续问，你们家几个男孩几个丫头？吴水月说，我们家两个男孩两个丫头。

也就是说，吴水月把三儿子当丫头养，是怕大儿子和三儿子混淆，或许说还没有摸透大儿子和三儿子的差别，还不了解和认识三儿子。三儿子上小学一年级，有些长大懂事，就不愿穿丫头的衣服，就不愿背丫头的书包。三儿子说，娘，我不想背花书包。大儿子和二儿子背的都是蓝布书包，吴水月剪下自个的蓝布褂襟缝出来的。三儿子背的是一只花布书包，依旧是吴水月剪下自个的花布褂襟缝出来的。三儿子不想背花书包，吴水月不理解。吴水月说，你的两个哥哥想背花书包，我还不想给他们缝呢。三儿子不再说话。三儿子就是这么一条好，说一件事，吴水月不答应就不答应。一只花书包说一说就了事。

过一过，三儿子说不愿穿花褂子、花裤子、花鞋子。班级里有男孩背花书包，却不见男孩穿花褂子、花裤子、花鞋子。三儿子说，娘，我不想穿花褂子、花裤子、花鞋子。吴水月问，穿花褂子、花裤子、花鞋子不比不穿花褂子、花裤子、花鞋子好看吗？三儿子说，娘，我不是丫头，是小厮。小厮，就是男孩，是一个古词。这里人家都这么说。吴水月说，谁说小厮就不穿花褂子、花裤子、花鞋子？三儿子再一次不说话。

不过这一次不说话，跟上一次不说话不一样。上一次不说话，花书包照样好好地背身上。这一次不说话，花褂子、花裤子就不好好地穿身上，花鞋子就不好好地穿脚上。上课出家门，路上碰见屋墙角，身子靠上去，花褂子往上蹭一蹭，花裤子再往上蹭一蹭；下课出教室，路上碰见大石头，伸出左脚踢一踢，再伸出右脚踢一踢。一条花褂子，三蹭两蹭就磨出洞；一件花裤子，三蹭两蹭就磨出洞；一双花鞋子，三踢两踢，左脚露出脚指头，右脚露出脚指头。吴水月莫名其妙地问，你穿衣裳鞋子怎么这么费？三儿子说，我穿花衣裳就是比不穿花衣裳费，我穿花鞋子就是比不穿花鞋子费。吴水月问，娘听不懂你说的这是谁家的理？三儿子说，我穿花衣裳花鞋子，同学看得多，说得多，不就费衣裳鞋子了？吴水月说，眼睛能看破衣裳鞋子，说话能说破衣裳鞋子，娘这是头一次听说。

三儿子人为地破坏衣裳鞋子，吴水月从来就没往这方面想。就算吴水月往这方面想，也不会跟三儿子对上号。三儿子还需要做一件更加露骨的事，吴水月才会彻底地了解和认识三儿子。

3

三儿子上小学二年级的暑假天里。

这一年，大儿子正好去古城上高中一年级，二儿子在村子里上小学五年级。这一个暑假天里，二儿子小学毕业升初中，落在空当里，暑假作业一篇都没有。大儿子暑假作业一大摞子，放假比不放假作业还要多。三儿子小学二年级，就算有作业也很少。所以说，这个暑假是二儿子的暑假，是三儿子的暑假，不是大儿子的暑假。二儿子带着三儿子一起去庄台南边的水塘里摸鱼；二儿子带着三儿子一起去庄台北边的柳树上逮知了；二儿子带着三儿子一起去庄台东边的庄稼地拔猪草；二儿子带着三儿子一起去庄台西边的河滩地里打对仗——二儿子带着三儿子一起去外面玩，整天不归家。大儿子跟二儿子和三儿子正好相反，整天窝在家里做作业，很少出家门。左邻右舍都不知道她家的大儿子暑假回家不回家。有邻居问吴水月，你家的大儿子放暑假没有回来家？吴水月说，古城里的学校要求严，留下来的作业多，我家的大儿子天天在家里做作业，没有空闲出门玩。

这一年，四丫头三岁，跑不动路。要是二儿子和三儿子在离家近的地方玩，就带着四丫头一起。要是二儿子和三儿子在离家远的地方玩，就把四丫头丢家里。大儿子在家做作业，说是代看四丫头，其实一眼都不看。大儿子整天看书学习做作业，吴水月不说大儿子，却说整天游手好闲的二儿子。二儿子说，小妹在家，大哥不能看一看？吴水月说，你大哥看书学习没工夫。二儿子说，小妹跑不动路，我不想带。吴水月说，你要是不愿带四丫头，你就哪里都莫要去。三儿子说，二哥不带小妹，我来带。三儿子说这话，是想离开二哥，专门找一个单独玩的机会。二儿子说，你想带小妹你就一个人带吧，不要跟我一块玩。

韩新雨的目的达到。韩新雨想离开二哥只是一个小目的，还有一个更大的目的在等候着他实施。

可以说，在这个暑假天里，三个儿子各有各的一份心思，只不过韩立海和吴水月粗心大意没有看出来罢了。韩新云放假回家不想干农活，不想干农活的借口就是看书，就是学习，就是做作业。韩新云不想干农活，是小时候干农活累伤了。韩新云小时候，生产队还存在。韩新云干农活，是在自家的自留地。自留地一共半亩，一半栽桑树，一半作菜园。二分半菜园地种蔬菜，自家吃，余下来的还能拿煤矿上卖一卖赚点零花钱。有一年学大寨、学小靳庄，大队里规定社员只能干生产队地里的活，不能干自家自留地里的活，叫着“一心为公，铲除私心杂念”。自留地里的农活是私的东西，应该被铲除。大队干部没有权力没收一家一户的自留地，就规定不许社员干自留地里的农活。大队干部派民兵持枪巡逻，逮着谁扣谁的工分，逮着谁批斗谁。斗私批修，决不放松。自留地在庄台北边,紧挨庄台,你家的连着我家的,我家的连着他家的,就算民兵不巡逻,一家一户相互监督,谁都不敢轻举妄动。家里的老人能干自留地里的农活,家里的孩子能干自留地里的农活。具体说韩立海家,上无老人,二分半自留地里的农活只好落在孩子的头上。那一年,韩新云上初中,韩新水上小学,韩新雨连小学都没有上,四丫头刚出世。韩立海家的四个孩子能干活的只有前面两个孩子。韩新水滑头,能干的活也不想干。二分半自留地里的农活,全部落在韩新云一个人的头上。那一年,二分半自留地全部种萝卜,天干不下雨,每天要浇一遍水。早上韩新云起床的头一件事,就是担水桶去挑水浇萝卜。水塘在庄台南,萝卜地在庄台北,韩新云挑上两桶水,上一次庄台,下一次庄台,要走四百步路。韩新云个头矮,气力弱,桶钩挽起来,一趟担两个半桶水。二分半萝卜地需要十挑水,一挑子水跑两趟,来回要跑二十趟。浇过二分半萝卜地,韩新云去祁集中学上课,跑着去学校。不跑就迟到。迟到,就进不去教室门,就挨老师批评,就耽误上课。一早重活干下来,韩新云两肩疼,两腿软。两肩疼不耽误跑路,两腿软耽误跑路,越想快越快不了。俗话说,头伏萝卜,二伏菜(白菜)。暑假天萝卜种下地,秋天开学后,萝卜一天一天往上长,一天一天个头大,正是口渴喝水的时候。韩新云天天盼望下雨,老天爷就是不下雨。天空高远,阳光灿烂,一片云彩都不见。地方志记载:"是年秋,淮河两岸干旱少雨,数万亩农田歉收。"

就是从这一年起,韩新云在心里暗暗地痛恨农活,暗暗地痛恨滋生农活的庄稼地。那个时候,韩新云不能明确离开庄稼地的出路在哪里,更是不知道一条金光闪闪的高考路在未来的不远处等候着。但韩新云却找到一条暂时躲避干农活的方法,那就是看书学习做作业。韩立海支派他干农活,他就会说我要看书学习,我要做作业。看书是无形的,手捧一本书,两眼盯着读没读、看没看,证据不充分。做作业看得见摸得着,眼前有作业本,手边有草稿纸,手握一支笔,哗啦哗啦一副奋笔疾书的样子。韩新云一听到韩立海喊他干农活，就会放下手上的书，拉过作业本，写作业。韩立海说，好、好、好，你看你的书，你学你的习，你做你的作业，农活我来干。韩新云成绩好，有奖状拿回家做证明，就像庄稼种得好，有收成做证明。面对成绩好的大儿子，韩立海在心里不能不默认，他花费大量时间看书学习做作业是必须的，家里的农活大儿子干与不干都是可以的。

韩新水干活滑头，韩立海使不动二儿子干农活就不使。韩新雨小干不动农活，韩立海也不使三儿子。要是韩新云不想干农活，家里的农活就只有韩立海和吴水月去干。面对庄稼地的一大堆农活，吴水月任劳任怨去做习惯了，从来就没想着依靠三个儿子来减轻一丝一毫的负担。

这个暑假天里，二儿子整天去外面玩不沾家，他的一份心思就是不想见大哥，就是不想失去做“大哥”的感觉。应该说，从韩新云去祁集中学上初中的时候起，韩新水就有了做“大哥”的想法。“大哥”是一个什么样子呢？就是要在弟弟妹妹面前说话算数，就是要父母另眼相看。可以说韩新云从走出大河湾村去祁集中学的那一天，就甘愿放弃做大哥的权利，就把做大哥的一份权利交在二弟韩新水的手里。韩新云在心里痛恨农活，痛恨庄稼地，就意味着想离开大河湾村，就意味着想离开大河湾村的一切，其中自然包括做大哥的部分权利与责任。韩新水愿意带着弟弟妹妹一块玩，就是想做“大哥”。韩新水在村孩子中间拉帮结派，就是想做老大。

老大和大哥有区别，但是感觉都是一样的。

再说一说韩新雨的一份心思。从小到大，韩新雨一直是韩新水的跟屁虫。韩新水走到哪里，韩新雨跟到哪里。当跟屁虫有当跟屁虫的好处，不会受别人的欺负。韩新雨跟在韩新水后面有安全感，不会有任何危险。四丫头小，要说她有心思也是无意识的。四丫头无意识的一份心思，就是想脱离开三个哥哥的控制。在家里，大哥看大哥的书，大哥学大哥的习,大哥做大哥的作业,四丫头一迈脚就跑出家门,自个玩自个的。四丫头跟二哥和三哥一块在外面玩也这样。二哥玩二哥的,三哥玩三哥的,她玩她的。四丫头喜欢单独玩,喜欢游离于一窝村孩子之外玩。四丫头想离开三个哥哥,求的是一分自由与自在。韩新雨想离开二哥,求的是达到一个不可告人的更大目的。

这个不可告人的更大目的,就是去自家的瓜地里偷瓜种吃。

这是一种特别好看好吃的花皮瓜。秧苗,是张翠花从古城娘家带过来的。张翠花的娘家过去是蔬菜队,就是靠种菜种瓜过日子。那里的人家种菜种瓜一般地方赶不上。土地一家一户分开后,张翠花的娘家依旧靠种菜种瓜过日子。种的菜、种的瓜,一般人家依旧赶不上。不说别的,这种花皮瓜,就是一种从没见过的新品种。个头大,像小西瓜。味道甜,赛蜜糖。瓜皮光,花纹艳,圆溜溜的像是彩色的塑料玩具球。秧苗栽下地,扎根,拖秧,分叉,开花,做纽,结瓜。瓜熟,要防别人家的孩子下地偷。瓜种,更要防别人家的孩子下地偷。这个暑假天,吴水月就把看瓜的光荣而艰巨的任务,交给了二儿子。二儿子适合做这种事,有能力和条件去做这种事。

二儿子向吴水月保证说,谁去我家的瓜地里偷瓜,我砍下谁的手爪,谁去我家的瓜地里吃瓜,我敲掉谁的老牙。

吴水月交代自家的几个孩子说,瓜地里结好多瓜,我心里没有数,瓜地里留好多瓜种,我心里清楚,你们谁去瓜地里吃瓜,我没有意见,只是不要吃瓜种。

瓜种是长出来的头一茬瓜,个头大,模样圆。吴水月把它们一个个安藏在瓜秧下面、瓜叶下面、野草下面。企图让它们一个个躲避开贪婪者的眼神、魔掌、嘴巴、肚子。它们自个一个个不安分,不就范,经常探头探脑地暴露出来,在阳光下闪耀迷人的花纹,在夏风中弥散诱人的香气。它们一个个喊叫着,我长得最漂亮,你们来摘我吧;我的味道最甜美,你们来吃我吧! 吴水月走下瓜地,看见一个个瓜种不甘寂窠地探头探脑，就会弯下腰身，伸出手指，扯拉瓜秧，扯拉瓜叶，扯拉野草，重新地隐藏住它们。在吴水月的想法里，一个个长成熟的花皮瓜，就是一个个穿花衣裳的大姑娘，模样歪斜的花皮瓜是长相丑陋的姑娘，模样周正的花皮瓜是长相俊俏的姑娘。姑娘长大要找婆家，要嫁人，要生孩子，要做娘。一般花皮瓜长熟吃掉就吃掉，只有留作瓜种的花皮瓜，才是花皮瓜中找到婆家、嫁过男人的小媳妇，才有资格孕育下一代。吴水月一边隐藏瓜种一边说，你们看我生下三个儿子一个丫头，将来就是我死了不在人世了，我的子孙照样一代一代往下传。你们一个个是瓜中的小媳妇，就要耐心地等待长熟，耐心地等待留种，耐心地等待孕育下一代。

瓜种一天天圆润长熟。瓜种一天天香气扑鼻。

韩立海走下自家的瓜地，经得住诱惑，一眼瓜种都不看，就走开。

大儿子走下自家的瓜地，经得住诱惑，一眼瓜种都不看，就走开。

四丫头不下瓜地，吃瓜都是父母从瓜地带回家，都是三个哥哥从瓜地带回家。

二儿子和三儿子各有各的打算。二儿子想不想吃瓜种？下瓜地，就算不见瓜种，闻一闻扑鼻的香气，口水都哗啦哗啦地流出来。二儿子告诉自个要隐忍，不能吃瓜种。他答应娘，看好瓜种，就是一份责任。韩新水站在自家的瓜地里，经常地在诱惑与责任之间痛苦地徘徊与挣扎。不是说韩新水就是一个守承诺的孩子，更不是说韩新水就是一个有责任的孩子，韩新水是一个讲究个人利益最大化的孩子，他坚守住这个诺言，才能保证个人利益最大化，他担负起这个责任，才能保证个人利益最大化。试想一下韩新水不守承诺、不负责任的后果吧。就算吴水月袒护他不说他，他在弟弟妹妹面前做“大哥”也会受到质疑，他在一窝村孩子面前做老大也会受到挑战。质疑，来自弟弟妹妹的不服气；挑战，来自下地偷瓜的村孩子。你连我家瓜地的瓜种都看不住，凭什么当我们的“大哥”？你连自家瓜地的瓜种都看不住，凭什么当我们的老大?

在这个暑假天里,韩新雨就是要偷花皮瓜的瓜种吃。

这一天,韩新雨开始下手。下手的这一天,就是韩新雨离开韩新水,独自带韩新苗一块玩的这一天。韩新雨跟娘说,二哥不想带小妹,我来带。大儿子整天窝在家里看书,说看管小妹,其实放任自流什么都不管。二儿子心野,整天在外面跑不够玩不够,四丫头交给二儿子不放心。三儿子文静心细,看管四丫头最放心。吴水月说,从今天起四丫头就交给你带了。

瓜地是过去的自留地,在庄台跟前,离庄稼地二里地。韩新云窝在家里看书学习做作业,就算有人下瓜地把瓜秧拔干净都不会知道。韩立海和吴水月去下庄稼地,也看不见自留地里的情况。韩新水出家门去村西玩,韩新雨带小妹出家门去村东玩。这样一来,韩新雨机智地避开大哥的一双眼、父母的两双眼、二哥的一双眼。小妹的一双眼清澈透亮,相对韩新雨的贼心贼胆来说,就不算一双眼睛了。韩新雨带小妹在一处房屋的巷子里玩。韩新雨跟小妹说,你在这里玩,我去茅厕拉一泡屎。韩新雨两手捂住肚子,哎哟哎哟喊叫两声,装出一副肚子疼,快拉肚子的假象,快速地跑出巷子。巷子南北走向,韩新雨快速地朝北跑,快速地跑下庄台,快速地跑到自家的瓜地里,快速地摘下一只隐藏的瓜种,抱在怀里就快速地跑向一处隐蔽的地方。

这里是一间废弃的土坯房,家人不会留意到,村人不会留意到。韩新雨下决定去偷自家的瓜种吃,就是要避开家人的眼睛,就是要避开村人的眼睛。韩新雨呼呼喘气,顾不上洗瓜种,顾不上瓜皮脏,两只手高高地举起来,啪啦一下摔地上。一个完整的瓜种四分五裂开来。此时此刻,韩新雨的眼睛看不见碎裂的花纹;此时此刻,韩新雨的鼻子闻不见四溢的瓜香;此时此刻,韩新雨的心里,只有阴谋得逞后的满足与恐慌。韩新雨弯腰伸手拣起一大块瓜,快速地啃起来。

咔嚓咔嚓。瓜皮有泥,啃瓜瓤。瓜瓤有泥,啃瓜肉。

咔嚓咔嚓。一块瓜啃下肚，接着啃下一块。

咔嚓咔嚓。韩新雨的肚子越来越大，啃瓜的速度越来越慢。

咔嚓——韩新雨停下啃瓜。

韩新雨望着狼藉一地的瓜皮、瓜瓤、瓜肉、瓜子、瓜汁，头脑里一片空白。不记得怎么走下瓜地偷瓜种。不记得怎么走过来吃瓜种。

韩新雨自个问自个，我真的下瓜地偷吃瓜种了？

韩新雨自个答自个，看样子我真是下瓜地偷吃瓜种了！

韩新雨自个问自个，我为什么要下瓜地偷吃瓜种？

韩新雨自个答自个，我就是要下瓜地偷吃瓜种！

同一天，吴水月在自家的茅厕里抓住偷瓜种的贼。这个贼不是别人，是她家的三儿子。瓜种吃得多，在他的肚子里闹腾待不住，顺着他的屁股滑出来。瓜种的个头比一般瓜硕大，瓜种的籽粒比一般瓜饱满。吴水月不用找其他的证据，茅厕里的排泄物就是证据，当场逮住屙屎的三儿子。

娘俩面对面地对峙着。吴水月站在茅厕门口，韩新雨蹲在茅厕里面。吴水月意外、惊诧、愤怒，韩新雨平淡、镇静、稳重。

吴水月问，你为什么要偷吃瓜种？

韩新雨说，我就是要偷吃瓜种。

吴水月问，你没有回答娘的问话。

韩新雨说，我不想当丫头。

不想当丫头是做贼的理由，吴水月一下子豁然明白过来。

吴水月说，你今天就把身上的花衣裳脱下来吧。

韩新雨说，我现在要把肚子里的一泡瓜种屎拉完。

韩新雨拉完瓜种屎回家，吴水月手捧一套破旧的衣裳等候着。韩新雨没有自个的不带花色的衣裳，吴水月找出来一套不知是谁穿过的破旧衣裳。娘俩不说一句话，脱衣裳，递衣服，穿衣裳，配合得很默契。

韩新雨脱下身上的花褂子，脊梁上露出大块小块的疤痕，那是往房屋墙角蹭出来的。吴水月看明白，递上一件破褂子，三儿子穿身上。韩新雨身穿破褂子、花裤子、花鞋子，模样不伦不类的。

韩新雨脱下身上的花裤子，两腿上露出大块小块的疤痕，那是往房屋墙角蹭出来的。吴水月看明白，递上一件破裤子，三儿子穿身上。韩新雨身穿破褂子、破裤子、花鞋子，模样依旧不伦不类的。

韩新雨脱下脚上的花鞋子，脚指甲沾满血，那是往路边石头上踢出来的。吴水月两眼一闭，心里咯噔疼一下，慌忙递上一双脏鞋子，三儿子穿脚上。韩新雨身穿破褂子、破裤子、脏鞋子，模样还是不伦不类的。

破褂子不合身，破裤子不合身，脏鞋子不合脚，吴水月上下打量眼前这个熟悉而陌生的三儿子，一双眼睛停留在韩新雨的头上，停留在他的两根小辫子上。

吴水月拿出一把剪刀，紧贴三儿子的头皮，咔嚓一声，剪掉一根小辫子，咔嚓一声，剪掉另一根小辫子。韩新雨丢失两根小辫子的同时，留存下有关剪刀的冰凉记忆。三儿子变回他自个的原本模样，变得吴水月眼生了，变得吴水月熟悉了。眼生的是外表，熟悉的是性格。那就是一个文静的孩子，他说不，一定不是在嘴上说，而是在心里说。他的反抗，一般不是在行动上，而是在心理上。一旦落实在行动上，那一定是出人意料的，那一定是惊心动魄的。

4

韩新雨上初中一年级就去古城中学了。

他跟大哥吃住在一起。韩新云在古城中学当老师，有一间单独的宿舍。宿舍不算大，摆上一张床、一张桌子、两只凳子，剩下的地点就不大了，再加上韩新雨过来摆上一张床，就显得拥挤不堪了。原先的一张钢丝床是学校配备的，只能睡下一个人。按照韩立海的想法，换上一张大木床，两个儿子睡在同一张床上。节省一张床是小事，节省一张床的地点是大事。韩新云说，我跟二弟睡两张床方便，我不打扰他，他不打扰我。韩立海眨巴眨巴眼，知道大儿子不是一个孩子了。韩立海慷慨地把自个夏天乘凉的凉床送过来。韩立海果断跟三儿子说，你睡我们家的凉床，凉床不比钢丝床差到哪里去。虽说他们是兄弟俩，从小在一块长大，只因这些年分开生活，两个人挤在同一间宿舍里，心理上还是有不少别扭和不习惯。兄弟俩除去晚上睡觉，其他时间很少同时待在宿舍里。白天，韩新云教他的书，韩新雨上他的课，一间宿舍空下来。晚上，韩新云备课批改学生作业去办公室，宿舍就腾出来留给韩新雨一个人看书学习做作业。古城中学高中生安排住校，初中生不安排住校，高中教室晚上开门，初中教室晚上不开门。

兄弟俩自个不烧饭，吃饭上学校食堂。一个食堂，两个窗口。一个窗口面对学生，一个窗口面对老师。两个窗口里的饭菜不一样，老师这一边的好一点、便宜一点，学生这一边的差一点、贵一点。早饭，食堂里卖稀饭、馍馍、油条、咸菜，两个窗口差别不算大。晚饭，学校食堂卖晌午剩下来的饭菜，外加两盆热气腾腾的面条，两个窗口差别也不算大。差别大的是晌午一顿饭。十一点半钟，学校放学。十一点半钟，食堂开饭。两个“十一半钟”，有一个时间差，老师、学生都争抢着去打饭。住校的学生到了上午最后一节课，就把打饭的家伙带进教室里，为的就是缩短这个时间差。十一半钟，下课铃一响，老师下课，学生手拿打饭的家伙，百米冲刺一般，跑进食堂排队买饭。老师不是每一个人都吃食堂，也不是每一天上午最后一节都有课。吃食堂的老师人数少，专门供应老师的饭菜数量就少。吃食堂的老师上午最后一节课放学稍微一迟，时间差拉大了，老师窗口就剩下跟学生一样的饭菜了。兄弟俩晌午饭一起吃，韩新云负责买晌午饭，一来是老师窗口饭菜好一点、便宜一点，二来高中住校吃饭的学生多，三弟排队排不上。韩新云买过饭菜，端回宿舍里，等二弟下课回头一起吃。要是这一天韩新云上午最后一节有课，他会提前两分钟下课，绝不会拖堂。他一个人要买两个人的饭菜，比住校学生下课排队买饭的心情还要迫切那么一点。

事情恰恰就出在韩新云早两分钟下课上面。到点下课，学生跑出教室，吵吵闹闹正常。提前两分钟下课，别的班级没上完课，吵吵闹闹，其他老师就生意见。老师生意见反映到学校领导那里去。学校领导追根溯源，找到韩新云头上。韩新云是一名新老师，考虑问题不周全，只想提前下课去食堂买饭菜，没有想到学生喧嚣和混乱带来的后果。韩新云只能低头认错，一点辩解的理由都没有。韩新云正点下课容易做到，食堂老师窗口里的好一点的饭菜剩不下来，就一点没有办法了。好在不是每一天上午最后一节都有课。好在其他老师可以代替他去食堂买饭菜。这个老师名叫李丹彤，跟韩新云教同一个年级，一个教数学，一个教语文，不在同一个教研室，不在同一间办公室。代替韩新云去食堂买饭菜是李丹彤提出来的，他提早两分钟下课的那个班级她是班主任。学校领导调查这件事，找过李丹彤，找过她班级里的学生，她知道他提前下课的原因在哪里，她知道他有一个三弟跟他在一起吃住。韩新云提前下课去食堂买饭菜，不单为了自个，大部分为了三弟，大部分为了做大哥的一份责任。不了解情况的老师听说这件事，说韩新云提前下课，不认真教课，还抢着去老师窗口买饭菜，贪图小便宜。李丹彤比韩新云大两岁，高中毕业在古城中学当老师有几年，相对韩新云来说是一名“老教师”。平时李丹彤注意过这个少言寡语的新老师，韩新云却很少去注意这个年轻漂亮的“老教师”。

李丹彤说，下一次我替你买饭菜。

韩新云说，哪能让你替我买饭菜，这样做不好吧。

李丹彤说，怎么不好？

韩新云说，你要晌午回家吃饭。

她家离学校不远，吃饭回家吃，睡觉回家睡，要是上午最后一节不上课，就能早早地回家去。

李丹彤说，我迟一会回家吃饭不耽误。

接受别人的关心是一种享受，拒绝别人的关心是一种伤害。韩新云不想接受关心，更不愿伤害别人。左右一权衡，只好接受这一份关心。

韩新云心里一暖，语气颤抖说，那我谢谢你。

李丹彤面色平静，不显山，不露水，一副不得不做的口气说，谁叫我是班主任呢？

最初，李丹彤替韩新云买饭菜，确实有些公事公办的样子。韩新云提供什么样的打饭打菜工具，她就用什么样的打饭打菜工具。韩新云递给她好多钱的饭菜票，她就打好多钱的饭菜。李丹彤不住学校，不吃食堂，没有一样打饭打菜的工具，没有一两饭票，没有一分菜票。而且仅限于韩新云在她的班级上午最后一节上课的那一天。那学期，韩新云一个星期有三天上午最后一节有课。语文是主课，教务处安排课程表，安排在上午上课是常事，安排在上午最后一节上课一点不奇怪。数学同样是主课，李丹彤上午最后一节上课正好与韩新云错开来。李丹彤说，干脆那两天我也替你买晌午的饭菜吧？这一次韩新云爽快地接受说，那好吧。

李丹彤主动地接近韩新云，不是韩新云感觉不出来，只是韩新云没敢朝更加亲密的地方想。一来李丹彤比韩新云大两岁，年龄之间有距离；二来李丹彤在学校算“老教师”，新教师与“老教师”之间有距离；三是李丹彤的家在古城，韩新云的家在农村，城里与农村之间有距离。韩新云从农村考学出来，分配在古城中学当老师，按说户口落在古城，怎么说都是一个城里人。但韩新云的家在农村，农村出身就像一条长长的尾巴，或者说就像一条长长的影子，拖在他身后，他有一种负重的感觉，更有一种自卑的感觉。不管他接触哪一个城里的丫头，都有一种天生的自卑感，都觉得处处配不上人家。不管他将来想找一个什么样的丫头做老婆，都不敢往城里想。找一个农村的丫头做老婆，韩新云肯定不愿意。想来想去，找一个同样是从农村考学出来的丫头做老婆最适合。这样的丫头比凤凰还少见，韩新云在古城中学里四周瞧一圈，一个都没见 。

李丹彤一步一步不动声色地逼近韩新云。

韩新云过去买饭买菜，两只手端两只搪瓷缸。晌午一顿饭，兄弟俩一个人四两米饭，一荤一蔬两个菜，分开打在两只搪瓷缸里，哥哥吃一份，弟弟吃一份，谁的不比谁的多，谁的不比谁的少，谁的不比谁的好，谁的不比谁的差。李丹彤接手买饭买菜先是方法照旧，后就做很大的调整与改革，从家里多带一只搪瓷缸过来，一只搪瓷缸打饭，另外两只搪瓷缸打菜，两荤两蔬四个菜分开打进两只搪瓷缸里。饭菜分离，花同样的钱，多尝一个荤菜一个蔬菜。李丹彤的两只手端不下三只搪瓷缸，就用一只布袋子提着。布袋子是她专门缝制的，内里衬一层棉花，初冬天一天比一天气温低，布袋子含棉花保温，十几二十分钟过去依旧能热饭热菜地吃。这一天，李丹彤买过饭菜不在办公室里等韩新云，也不送到韩新云的宿舍里，就站在教室的门外不远处，就站在无遮无拦的寒风里。这样一来，李丹彤替韩新云买饭买菜这件事，就有好多老师看见，就有好多学生看见。嚓啦一下子，韩新云从脸蛋红到脖子根。李丹彤神色正常，不害怕老师看见，不害怕学生看见。韩新云猛然间不知道怎样应对这件事，逃跑就放在第一位。韩新云从李丹彤手上接过布袋子，匆匆忙忙地回宿舍，连一声“谢谢李老师”都忘记说。

过去每一次，李丹彤都是把饭菜拿到办公室，韩新云下课走过去，说一声“谢谢李老师”，就大模大样地拿走了。过去韩新云从来不让李丹彤吃饭，一共两份饭菜，哥哥一份饭菜，弟弟一份饭菜，早就分配好了的。就算韩新云说“李老师跟我们一起吃吧”，就算韩新云说的不是一句客套话，真心实意地想把饭菜让给李丹彤吃，李丹彤也不可能吃。

李丹彤吃下韩新云的一份饭菜,韩新云饿肚子怎么办?

这一天不一样,李丹彤多买一份饭菜。显然李丹彤多加了饭菜票。显然李丹彤自个有一份。韩新云回宿舍打开饭菜一看数量就傻眼了。韩新云眼傻人不傻,赶紧地去办公室找李丹彤。李丹彤在办公室等候着韩新云。李丹彤知道这个老实人肯定要老老实实地来找她。

韩新云嘿嘿地笑两声说,我不知道有你的饭菜。

李丹彤说,我妈今天有事,家里没有人做饭。

这顿饭,李丹彤是在宿舍里跟兄弟俩一起吃的。李丹彤头一次进韩新云的宿舍,眼睛不停地看来看去的,一副对什么都想了解、对什么都感兴趣的样子。韩新云的一张脸拼命地红,脑袋拼命地往地下耷拉,头脑失去主张,手脚失去协调,分菜分饭都是李丹彤代替的。李丹彤像是跟兄弟俩一起生活好多年,俨然一副女主人的派头,一小会夹两筷子菜放在韩新云的饭碗里,催促趁热吃,一小会拨一团饭,加进韩新雨的饭碗里,吩咐多吃点。韩新雨不是头一次见李丹彤,却是头一次知道李丹彤替大哥买饭菜,却是头一次知道李丹彤跟大哥有关系。什么关系呢?当然是对象之间的关系,不是一般同事之间的关系。这一点,韩新雨都看出来,韩新云不能再装糊涂。不过韩新云的心里依旧不明白,是从什么时候起李丹彤对自个有那么一层意思的?有三弟在面前,韩新云肯定不好问话。就算三弟不在跟前,韩新云依旧不好问话。或许这就是李丹彤的聪明与高招,有三弟在跟前,就把韩新云想问的话堵在嘴里。韩新云只能选择沉默。沉默就是默认,默认他俩的现状,默认他俩的关系。

此时此刻,李丹彤的心里享受这种默认关系,韩新云的心里却别扭这种默认关系。

韩新雨狼吞虎咽地扒饭,不知咸淡地就菜。韩新雨周身不自在,想快一点吃饭,想快一点离开宿舍,想快一点成全大哥和大嫂。李丹彤是大嫂吗?现在不是,将来当然是。教室晌午头不锁门,韩新雨晌午头不睡觉，经常地去教室做作业。韩新云晌午头要午休，这样子兄弟俩照样谁都不打扰谁。韩新雨放下饭碗，去拿书包。

韩新雨说，我去教室做作业。

韩新云说，你去吧。

李丹彤说，布袋子里有苹果你拿一个吃。

韩新雨说，我不吃苹果。

李丹彤说，吃苹果补充维生素，对学习有好处。

几只苹果跟三只搪瓷缸饭菜在一起，韩新云看见过。那个时候，苹果算是奢侈品，一般人家很少买，一般人很少吃。李丹彤从布袋子里拿一只苹果递给韩新雨，说苹果我在家里洗过的，你放心地吃吧。韩新雨心情复杂地跑出宿舍，手指摩挲着苹果，心里替大哥高兴，又替大哥担忧。替大哥高兴，是大哥有了对象；替大哥担忧，凭直觉韩新雨知道，大哥将来跟李丹彤一起过日子，不当李丹彤的家。

三弟这里一走，李丹彤先说话。李丹彤说的第一句话是，从今天起，每天晌午我都跟你们兄弟俩一起吃食堂。韩新云说的头一句话是，从今天起，我们兄弟俩不用你买饭菜。李丹彤惊讶地问，为什么？韩新云说，老师、学生看见不好。李丹彤问，是我配不上你？韩新云说，不是。李丹彤问，是我比你大两岁，你嫌弃？韩新云说，不是。李丹彤问，是我长相丑，你嫌弃？韩新云说，不是。李丹彤问，这不是那不是，你说是什么？韩新云说，你是一个上海人。

韩新云考上市师范专科学校那一年，吴水月先是问他班上有没有上海丫头，让他找一个上海丫头当对象，理由是张翠花的娘家侄子找了一个上海丫头当对象。后来吴水月又说千万不要找上海丫头当对象，理由是上海丫头男女关系混乱，喜欢胡乱搞，将来怀里抱上孙子都不能确定是哪一个的。就是从那个时候起，韩新云就在心里莫名其妙地害怕上海丫头。上海丫头就像隐藏在树林中的老虎，虽说没见过老虎的脸面，没听过老虎的吼叫，韩新云的心里就是怵老虎。现在一只花纹斑斓的母老虎在韩新云的面前猛然间显现出来，韩新云下意识的反应就是逃跑和拒绝。

李丹彤走出宿舍，韩新云呆呆愣愣地像是还没有从惊吓中解脱出来。

第二天，李丹彤没有来学校上课。

第三天，李丹彤依旧没有来学校上课。

韩新云听其他老师说，李丹彤去上海找亲老子了。

李丹彤的父亲是一个上海人，早年支援内地，从上海到市机械厂做技术员，同一年遇见李丹彤的母亲结婚留当地。两年前，李丹彤的父母离婚。按照文件落实政策，父亲一个人回上海。李丹彤的年龄超过十八岁，算一个成年人，户口回不去上海，留在古城跟母亲一起过。李丹彤是古城中学的临时代课教师。她的父亲回上海做小生意，想让她放弃这么一份临时的工作，去那一边做帮手。李丹彤的一颗心向着母亲，认为父亲丢下母亲只身去上海不仁义不厚道。父亲来信跟李丹彤解释说，你来上海生活两年，就知道上海人为什么不择手段、千方百计地想回上海了。李丹彤的父亲跟李丹彤的母亲离婚，就是回上海的一种办法。李丹彤给父亲回信说，我是古城人，不是上海人，我只有母亲，没有爸爸。李丹彤的母亲对待离婚倒是没有多少怨言。李丹彤的母亲跟李丹彤说，我跟你爸爸离婚是我最先提出来的，我知道你爸爸在梦里都想着回上海。李丹彤的母亲劝李丹彤说，你先去上海跟你爸爸一起过，候你将来有一个自个的小家，妈妈去那边跟你过，给你带孩子。李丹彤知道母亲就是死在古城，都不会迈进上海半步。这些年，李丹彤的母亲早已成为婆家人的敌人，早已受够婆家人的歧视与诅咒。就算李丹彤的母亲跟李丹彤的父亲不离婚，也很难把日子接着往下过。这几年，上海人为了返回上海，滋生的妻离子散悲剧，李丹彤听说好多件。李丹彤不是不想去上海，她扔下母亲一个人去上海，实在不忍心。彷徨、矛盾、犹豫、纠结，李丹彤就想在古城找一个对象，三下五除二地结婚，断下去上海的念想，死心塌地留在古城这一边。李丹彤看上韩新云，韩新云看不上李丹彤。李丹彤看上韩新云，是因为看来看去，四周只有他稍微适合一点。这些年，李丹彤从来没想过在古城这一边找对象，从来没有想过留在古城这一边结婚过日子。李丹彤毕竟是一个上海人，一个上海人迟早要回到上海去。李丹彤就算找对象也只能找上海人，就算结婚过日子，也只能跟上海人在上海结婚过日子——这是所有人的共识，李丹彤这样子认为，李丹彤的父母这样子认为，李丹彤四周所认识的人都这样子认为。李丹彤不找当地人，是李丹彤比当地人高，是当地人高攀不上李丹彤。这些年，李丹彤的一副眼神在半空中一直飘来飘去的，从来没往任何一个小伙子的身上落过一次，这一次破天荒地落在韩新云的身上。按理说，韩新云好像一只癞蛤蟆吃到天鹅肉，没有不惊喜的理由，没有不答应的理由。韩新云却出乎意料地拒绝了。拒绝的理由，就是李丹彤是一个上海人。韩新云拒绝李丹彤，不是他高攀不上上海人，而是他看不上上海人。

李丹彤毅然决然地去她老子的上海，义无反顾地去做她的上海人。

第三天晚上，韩新云一个人去学校操场。古城在西边，上海在东边。韩新云脸朝东边，脸朝上海的方向，大声地喊两声，李丹彤——你为什么这么快去上海？李丹彤——我喜欢你！而后，韩新云慢慢地蹲下身子，呜呜溜溜地哭起来。或许这就是韩新云稍纵即逝的初恋吧。半个月后，张翠花遵照吴水月的央求，一连回两趟娘家，出面把她的娘家侄女介绍给韩新云。张翠花的侄女名叫张玉玲，在县针织厂上班，是一名占地工。张玉玲初中毕业，胖胖墩墩的，黑不溜秋的，个头没办法跟李丹彤相比，容貌没办法跟李丹彤相比。张玉玲和李丹彤的年龄一般大，都比韩新云大两岁。韩新云最终还是点头答应下。半年后，韩新云和张玉玲结婚了。他俩结婚半年就生下一个丫头，连韩新雨都知道，张玉玲是先怀上孩子，后跟大哥结婚的。

按理说，韩新云拒绝李丹彤，同意张玉玲，都是他个人的选择，跟韩新雨一点关系都没有。韩新雨不这样子去看，他老是有一个解不开的心结，他老是片面而固执地认为，大哥放弃李丹彤，选择张玉玲，跟他有关联。这个关联就是他跟大哥住一起，侵占了大哥谈对象的空间，约束了大哥谈对象的自由。李丹彤替他俩打饭，对待大哥像老婆，对待他像大嫂，都那样了，一锅生米眼看就煮成熟饭，突然地散伙，李丹彤去上海，还不是他跟大哥住一起，大哥没办法跟李丹彤说悄悄话、做悄悄事的原因？韩新云跟张玉玲接触，就不在校园里，更不在宿舍里，他经常去张玉玲家，经常去张玉玲厂子。有一夜，大哥没有回头。韩新雨在宿舍焦急地等候一夜，担心害怕一夜。他知道这一夜大哥跟张玉玲在一起。大哥和张玉玲在一起有什么好担心害怕的，韩新雨说不清楚，却还是莫名其妙地担心害怕。第二天早上，大哥一脸喜气洋洋地回学校，见到韩新雨的头一句话就说，下个月，我和张玉玲结婚。大哥婚后住在张玉玲家，就把学校里的一间房屋腾出来给韩新雨一个人住。韩新雨一个人住在空空荡荡的一间房屋里，好多天不习惯。韩新云老是认为，大哥是为了他上学，才跟张玉玲结婚，才去张玉玲家住。自始至终，韩新雨都不喜欢张玉玲。韩新雨不喜欢张玉玲的原因，是觉得她配不上大哥。好像在这个世界上只有一个女人能配得上大哥，这个女人就是李丹彤。因为他跟大哥挤在同一间宿舍的缘故，李丹彤没有做成他的大嫂。

这一年，韩新雨初中毕业。韩新云让他考中专，他就同意考中专。上高中还得多上三年(高中先两年制，后改三年制)，还得多面对大哥和大嫂三年。韩新雨巴不得赶紧地离开古城中学，赶紧地离开那一间破旧的宿舍，赶紧地离开心结纠缠不开的场所。韩新雨总算离开古城，长长地松出一大口气。

5

三年后，韩新雨毕业分配到市潘集区下属的一个乡镇农机站工作。要说韩新雨是幸运的话，他们算是最后一届包分配的中专生；要说韩新雨不幸的话，没两年乡镇农机站就不死不活的，按月百分之七十的工资开不出来。潘集在大河湾村的正北面，是个农业大区，按说哪个乡镇都有上万台的各种农机，可农机站的人整天坐在办公室里就是没事干。乡镇农机站不知道能为农民做些什么事，像是上万台农机与他们一点不相干。

半年后，韩新雨辞职了。不靠时的百分之七十工资，顾不上自个的一张嘴。

韩立海说，三儿子，辞职就辞职吧，你来家跟着我一年喂二十头大肥猪，肯定比你在农机站上班强。

韩立海这两年一直想开办养猪场，喂猪数量少不赚钱，养猪想养多没人手。他后悔当年替三儿子选择专业的时候，没有填报畜牧养殖专业。

韩新雨摇头说，我不喜欢养猪。

韩立海不高兴地说，你和你大哥在古城上学不都是我喂猪供养的？

韩新雨不说话。不说话，韩新雨还是不喜欢养猪。

韩新云跟三弟说，辞职就辞职吧，你来帮我开办辅导班，收入我俩对半分，肯定是一条好门路。

这两年，县针织厂越来越不景气。张玉玲上班可去可不去，针织厂发工资就可发可不发。韩新云就利用业余时间开办学生课外辅导班，算是赚外快的一样手段吧。

韩新雨照例摇头说，我不喜欢辅导班。

韩新云说，你来辅导班搭一搭下手，收一收钱，活不重。

韩新雨照例不说话。不说话，韩新雨照例不喜欢辅导班。

韩新水跟三弟说，辞职就辞职吧，你来帮我做生意，我稍微付你一点辛苦钱也够你吃的喝的啦。

韩新水以前跟朋友合伙贩煤炭，现在分开单独贩煤炭，李圆圆跟着他一起吃喝一起睡觉，就差举办一个结婚仪式了。韩立海催促二儿子快点结婚。韩新水说，你这不是逼我找一根绳子往脖子上勒吗？韩新水跑南跑北自由惯了，找一个女人约束着哪能受得了。

韩新雨跟二哥说，你借给我两万块钱，我想开一家农机维修部。

韩新水有点不相信地看一看三弟，问，你想做生意？

韩新雨点点头说，你能做生意，我凭什么就不能做生意？

韩新水说，做生意和做生意不一样，有人做生意赚钱，有人做生意赔钱。

韩新雨说，你做生意赚钱，我凭什么做生意就不赚钱？

韩新水咧嘴苦笑一下说，照，你打一张借条，这叫亲兄弟明算账。

一家名叫“惠农农机维修服务部”的铺子就在潘集的某一处街面上开起来。

韩新雨问二哥借两万块钱开农机维修部，没敢跟韩立海说，怕他不同意。先斩后奏把铺子开起来，韩立海多心了。

韩立海问老婆子，是不是我老了，没有用了？

吴水月说，没人敢说你老，没人敢说你不中用。

韩立海问，那三孩子开铺子怎么不跟我这个当老子的说一声？

吴水月说，不用你操心不好吗？

韩立海说，怕我操心操不动，不还是嫌我老了，不中用了吗？

就是从这一年起，韩立海真是觉得自己老了，做什么事都有点力不从心了。

其实这一年韩立海刚过五十五岁。刚过五十五岁的韩立海，村人开始喊他韩老头。

在大河湾村，老头就是一个老人的称呼。

第五章　韩新苗

送郎送到五里岗，
我送郎一把响炮仗，
你走一里放一个，
你走二里放一双，
看不见小郎嘛，我的哥子哎，
哎呀，我只听炮仗响！

——淮河流域花鼓灯情歌

1

四丫头韩新苗上学、考学更是没让韩立海操一点心。

韩新苗上小学就去寿县跟着大哥大嫂一起吃一起住。俗话说，长嫂如母，长兄如父。韩新云比韩新苗大十三岁，张玉玲比韩新苗大十五岁。韩新苗跟大哥大嫂年龄差距这么大，一起吃一起住，就像跟父母一起生活差不多。俗话说归俗话说，起初韩新苗自个提出去古城跟大哥大嫂一起生活读书，家里闹起一场不大不小的风波。简单地说，韩新云和韩立海同意，吴水月和张玉玲不同意。韩新云同意，是一种道义上的同意，是一种责任上的同意。韩新云师专毕业回古城教书，就是为了将来弟弟妹妹上学方便，就是为了将来弟弟妹妹走出大河湾村，架设一座桥梁，铺设一条道路。二弟韩新水在毕家岗中学初中毕业不愿去古城复读考高中，三弟韩新雨在古城初中毕业考上省城的一所农业中专学校，接下来就该四妹韩新苗去古城上学。韩新苗早一天去古城，晚一天去古城，反正都要去。早一天，晚一天，不如早一天。晚一天，早一天，宜早不宜迟。

韩新苗说，大哥我想去古城上学。

韩新云说，你想来就来吧。

韩新苗跟韩新云说这件事，是在一个暑假天，是在古城汽车站。小学三年级的暑假天，韩新苗去大哥家玩，一玩玩上十天半个月。临近新学期开学，韩新苗坐车回大河湾村，韩新云送小妹去县城汽车站。韩新苗人小鬼大，临上车跟大哥说起这件事，看上去像是随口说一说，其实处心积虑了一个暑假天。韩新苗说过这件事，汽车就开动了。韩新云回家跟张玉玲说这件事，韩新苗回家跟吴水月说这件事。韩新云能想到张玉玲反对，韩新苗想不到吴水月反对。张玉玲反对的理由很简单，他们家过日子原本不宽裕，多一口人吃饭就会多出一大堆难心事。韩新云说，小妹来古城上学，家里会按月给钱。张玉玲说，过去三弟在这里上学，家里给不给钱，我还能不清楚吗？韩新云说，三弟在这里上学，哪一个月家里都给生活费。张玉玲说，我问你，三弟给的钱在哪里？我跟你谈对象的时候，你屌蛋精光一个人我还能不清楚吗？张玉玲说话，喜欢用这种语气，喜欢主观武断地说“我还能不清楚吗”。韩新雨跟韩新云吃住在一起，家里按月给生活费是事实。韩新云跟张玉玲谈对象，手上没剩下钱也是事实。两个事实摆在一起，张玉玲相信后一个事实，否定前一个事实，韩新云有嘴说不清楚，只能默认张玉玲的“我还能不清楚吗”。韩新云说，我让家里的钱按月交在你手上。张玉玲说，我不收钱，也不收人。干净利落。

女人理解女人。吴水月不觉得张玉玲不同意韩新苗去古城上小学有什么过分的所在。按照吴水月的想法，韩新苗不到上初中都不应该去古城。大儿子结婚成家过日子，跟单身没有成家不一样。大儿子一旦结婚，就要过自个的日子，就要把主要的精力和金钱花在老婆孩子身上。三儿子上初中去古城，跟大儿子一块吃一块住，不说兄弟俩在钱上分得多么清，最起码三儿子每个月好多钱生活费，韩立海大差不差地还是要给的。给的钱不算多，兄弟俩在一起吃在一起喝，按月差不多就光了。那个时候，吴水月经常地说韩新云，说一些人生的道理给他听，说一些人生的经验给他听。吴水月说，你三弟去古城那边上学，你只管你三弟的学习，他上学的钱你不要管一分，省下一点钱留你将来娶媳妇。韩新云说，我知道。吴水月说，我们家跟别人家不一样，将来你娶媳妇，我们家抽不出好多钱，我们家有一点钱都供养你们兄弟几个上学花掉了。韩新云依旧说，我知道。吴水月说，不到你成家过日子的时候，你不知道柴米贵，不到你养儿的时候，你不知道报娘恩，人都是这样子过来的。韩新云还是说，我知道。韩新云在吴水月面前只会说“我知道”，不说“我知道”，就不知道说什么好。

“将来你娶媳妇”——那个时候这句话韩新云听起来有些空洞，有些不切实际。两年后，韩新云跟张玉玲结婚，每一天都要面临油盐酱醋，每一天都要面对吃喝拉撒，才知道娶媳妇和不娶媳妇有什么不一样。韩新云就像一头驴，一下子蒙上眼睛套进磨道里，白天黑夜不停歇地转，就是没有一个尽头。韩新云最初拿工资四十多块钱一个月，后来涨到六十多块钱一个月，再后来长到八十多块钱一个月。张玉玲在县针织厂上班，工资只会比韩新云少，不会比韩新云多。韩新云和张玉玲结婚先是两口人过日子，半年后生下一个丫头，就变成三口人过日子。三口人过日子，比两口人过日子，从表面上看只多出一张小嘴，但实际上却多出一张大嘴，大得像一口无底洞，任你有多少钱都塞不满。缺少钱，塞不满，还要不停地往里塞。张玉玲奶水少，孩子光吃奶水吃不饱，总不能不买奶粉。孩子吃奶粉跟吃奶水不一样，吃奶水不要搭配炼乳，吃奶粉要搭配炼乳。县针织厂女工产假四个月。四个月一过，张玉玲上班，孩子交给娘家妈看管。看管一个月，看管两个月，一个月接着一个月往下看管，总要象征性地给娘家妈买一点吃的喝的穿的吧。买吃的，张玉玲拣最便宜的买。买喝的，张玉玲捡最便宜的买。买穿的，张玉玲拣最便宜的买。

有一天，娘家妈笑眯眯地说，人家都说养丫头吃亏，过去我不信，现在我相信了。娘家妈半截拉腰说这话，张玉玲听不懂。张玉玲问娘家妈，你说养丫头怎么吃亏啦？娘家妈指一指张玉玲买回娘家的东西说，丫头嫁人变成人家人，回娘家尽拣孬东西买，你说吃亏不吃亏？张玉玲这才明白，自个不知不觉，变成一个精打细算的过日子女人，变成一个小县城里的世俗女人。张玉玲一张脸挂不住，哇啦哇啦哭起来。张玉玲哭着说，不如当初不出嫁，不如一直在娘家做一个老姑娘。娘家妈依旧笑眯眯地说，这说明你学会持家过日子了，你访访左邻右舍，谁家的女人不是这样子？张玉玲说，这叫过什么日子呀，恨不得一分钱摔成八瓣子花。

张玉玲结婚时，小县城百货公司里有彩电，松下牌的、东芝牌的、三洋牌的，都是进口的日本货，价钱贵得吓死人，瞧得起，买不起，算来算去只买一台万宝牌电冰箱。张玉玲生孩子赶在农历六月天，家里连一台电风扇都没有。娘家嫂子送孩子满月礼，看不下去小姑子月子地里的那个热，掏钱买一台黄山牌落地电风扇扛过来。娘家嫂子走后，张玉玲照例是一顿呜呜溜溜地哭。前后两年间，张玉玲变得越来越琐碎，越来越唠叨。你不能说张玉玲原本就是一个世俗的女人，你只能说世俗生活压迫得这个女人喘不过来气，不得不走上世俗这条路。

韩立海跟吴水月商议说，老丫头去古城上小学，家里按月该贴补大儿子家好多钱就补贴好多钱，就名正言顺的了。吴水月只好同意韩新苗去古城上小学。吴水月说，那你就让老丫头跟她的大哥大嫂一起过，那你就接着喂你的大肥猪。

一连好多年，韩立海每一年都喂养四头大肥猪，先供养大儿子上高中、上师专，再供养二儿子在土坝街开杂货店，接下来就是三儿子去古城上初中。三儿子考上省城里的一所农业中专学校，一口气没有缓过来，老丫头接着去古城念小学。前后好多年，一个家除去种几亩地卖粮食，就靠一年喂养四头大肥猪，一年挨一年，不亏空就算不错了，不可能有盈余。韩新云师专毕业分配工作，眼见到谈婚论嫁的年龄。或许韩新云找不着对象，不知道发愁，韩立海和吴水月却半夜半夜不睡觉，唠叨这件事。事情明摆着，不说韩新云在古城找一个对象在古城安家，就算回大河湾村找一个对象在大河湾村安家，别的条件不说，最起码要盖三间新瓦房吧？盖三间新瓦房得上万块，韩立海肯定拿不出来。不要说上万块钱，上千块钱家里都没有。韩立海说，我家喂猪挣来的上万块钱都花在三个儿子身上，我家没有钱盖新瓦房，三个儿子就是我家盖的三间新瓦房。韩立海的这种说法，浪漫是浪漫，一点实际作用都不起。吴水月无限忧愁地说，我看我家的三个儿子将来只有一个个打光棍。韩立海说，儿孙自有儿孙福，我俩操不上这份心，就不操心。

这时候，韩新云工作不到两年。这时候，韩新雨在古城中学跟随韩新云一起念初中一年级。这时候，韩新水在土坝街开一家杂货店，眼见坐吃山空。这时候，韩立海的家境比一般人家还要穷。俗话说，穷则思变。韩立海和吴水月没有思变的能力，只能闭门思过。变是家境变富的办法，过是家境变穷的过错。韩立海和吴水月晚上紧关房门，躺在床上自个找自个的过错，自个找自个的差池。

韩立海问，是不是花钱在古城供养两个儿子念书念错了？

吴水月说，不管哪一个朝代，花钱念书都不为错。

韩立海问，是不是花钱在土坝街租门面房给二儿子开杂货店开错了？

吴水月说，有错不是我俩的错，是二儿子好吃懒做的错，是二儿子游手好闲的错。

在大河湾村，没有第二家像这样子，花钱在外地供养两个儿子念书；没有第二家像这样子，花钱在外地给儿子开杂货店浪败钱。韩立海怀疑两者都有过错。吴水月只怀疑后者有过错，不怀疑前者有过错。韩立海怀疑两者都有过错，是他只看见两者花钱的坏处，看不见两者花钱的好处。二儿子在土坝街开杂货店浪败钱，肯定不是一桩好事。大儿子和三儿子在古城中学花钱念书，是不是一桩好事，韩立海说不清。韩立海说不清，是他不知道他们家过日子的方向在哪里。吴水月说得清，是她知道他们家过日子的方向在哪里。

吴水月说，我们家跟别人家不是比孩子挣钱，是比孩子念书。

韩立海问，念书不挣钱有什么用？

吴水月说，到有用的时候自然就有用。

读书无用论，不是韩立海最先说出来的。是村人说闲话，韩立海听见的。村人说，韩立海家花钱让儿子去古城念书有什么用，还不是穷得叮当响？村人说，韩立海家花钱让儿子在土坝街开杂货店有什么用，不是还瞎扔钱？

韩立海问，那你说二儿子在土坝街开杂货店有什么用？

吴水月说，最起码他知道土坝街在哪里。

韩立海说，土坝街在哪里，村人哪一个不知道？

吴水月说，知道和知道不一样。

韩立海说的知道，是地理方位的知道。吴水月说的知道，是经商门道的知道。第二年，韩新水就扔下杂货店，跟一帮狐朋狗友贩运煤炭了。

在大河湾村，别人家的孩子在村子里念一念小学，顶多再跑祁集中学或者毕家岗中学念一念初中，就外出打工挣钱了。男孩子外出去打工挣钱，女孩子外出去打工挣钱。男孩子外出去打工挣钱，没有女孩子去外出打工挣钱挣得多。男孩子力气大，挣钱少。女孩子力气小，挣钱多。韩立海和吴水月不知道这是哪一家的道理。后来他俩听说，村里的女孩子在城里打工发生不少龌龊事，就一点不奇怪了。简单地说，男孩子在城里打工，凭呆头呆脑挣钱，凭笨力气挣钱，挣钱就挣不多。女孩子在城里打工，凭脸蛋子挣钱，凭身条子挣钱，挣钱就挣得多。大河湾村人家，过去十有八九住的是土坯房，现在不少人家扒倒土坯房盖新瓦房，盖新平房，盖新楼房。村里盖新楼房的人家，十有八九都是女孩子外出打工挣钱盖起来的。几年过去，前后左右只有韩立海家依旧是三间土坯房。老话说，笑贫不笑娼。家住新楼房的人家，看见韩立海家的三间土坯房，指指戳戳的，像是韩立海在外面做过什么见不得人的事。又过几年，韩新水发大财，拿出一笔钱，扒倒三间土坯房，盖起大河湾村最漂亮的一座楼房。韩立海和吴水月才算把憋着的一口气顺过来——这是后话了。

这一天，韩立海担着一副挑子，领着老丫头韩新苗一起去古城。挑子的一头是三十斤面，挑子的另头是三十斤米。除此之外，韩立海的口袋里还装上三十块钱。三十斤面、三十斤米、三十块钱，是韩新苗去古城跟着大哥大嫂念书的一个月费用，也是韩立海能拿出手的最大费用。此后几年间，韩新云一家人过日子吃的麦子面，是韩立海在家里磨出面按月送过去，韩新云一家过日子吃的大白米，是韩立海赶集买回头按月送过去。一年喂养四头大肥猪，年底卖掉，家里留下一点油盐花销钱，余下来的韩立海按月送过去。

2

再返过头来说一说韩新云的婚事。韩立海跟吴水月说，儿孙自有儿孙福，我俩操不上这份心，就不操心。韩立海说的是一句甩手话，说的是一句不负责任话。韩立海能甩手，吴水月不能甩手。韩立海不负责任，吴水月不能不负责任。吴水月有什么好办法呢？吴水月再一次想到张翠花这么一个女人。这一次，吴水月再一次找上张翠花的家门,就是想把韩新云的婚事交给张翠花去操心,想请她出一出主意,想一想办法。

吴水月是这么打算的,大儿子在古城中学工作,成家只能在古城,不能回大河湾村。要是大儿子找一个农村丫头成家回大河湾村,将来老婆孩子留在大河湾村,不是白考上学校,不是白走出大河湾村?张翠花的娘家在古城,那一边有她的老师同学,有她的亲戚邻居,有她的各种关系。

上策是在古城找一个有正式工作的丫头,将来大儿子家就是双职工,将来大儿子的孩子就是城市户口,将来大儿子一家就是正经八百的城里人。中策是在古城找一个没有正式工作的城里丫头,将来大儿子的孩子依旧是城市户口,将来大儿子一家依旧是正经八百的城里人。但一个双职工家庭跟一个单职工家庭,是大不一样的。双职工的家庭工资高、单职工的家庭工资低是一方面,关键是在社会上的地位不一样。老婆有没有正式工作,在人们的眼里,男人的脸面是大不一样的。要是上策上不了,中策中不了,那就只剩下下策了。下策是在古城找一个蔬菜队户口的丫头,将来大儿子的孩子是蔬菜队户口,将来大儿子一家落户在古城。这样子都比大儿子找一个农村丫头强,都比大儿子的孩子是农村户口强,都比大儿子在大河湾村安家强。

上策、中策、下策,像三样贵重的礼物,吴水月手上提着,沉甸甸地走进张翠花家。吴水月走进张翠花家的家门,三样贵重的礼物依旧在手上提着放不下来。虽说三样贵重礼物是无形的,吴水月的手上提没提,一副神态还是不一样。

吴水月开门见山地说,我这一趟来是为了你家大侄子。

韩立海和张翠花的男人同姓平辈,按辈分韩新云算是张翠花的侄子。

张翠花问,韩新云有什么事?

张翠花就是这么一样女人,自个念书不多,文化不高,却处处显示念书多的样子，文化高的样子。喊男人不喊小名，喊孩子不喊小名，喊村人不喊小名。似乎喊别人的小名就算念书少，文化低；喊别人的大名就算念书多，文化高。

吴水月直奔主题地说，你家大侄子的婚事。

张翠花神色夸张地问，该不是下喜帖，请我去你家喝喜酒吧？

吴水月伸手拍一下子张翠花的肩膀说，你这个浪骚货真会说话，你家大侄子连对象都没找好，跟板凳去成亲摆喜酒呀？

你这个浪骚货——听起来是一句骂人话，实则是一句亲昵语。在大河湾村，女人与女人之间，显示很亲密的样子，才这么骂一骂。

张翠花说，你真是得着便宜还卖乖，我家大侄子会没有对象？

吴水月说，你家大侄子人老实，见到丫头说一句话都脸红，找谁家的对象去？

张翠花脸上褪笑，认真地问，真没有？

吴水月说，我瞒别人，能瞒你？

张翠花啪啪啪连拍三下子大腿说，这件事包在我身上。

吴水月说，我这一趟来你家，就是想让你看一看古城那一边可有合适的丫头，介绍一个给你家大侄子。

张翠花问，我家大侄子找对象可有什么要求？

吴水月不能亮出底牌，不能说上、中、下三策。吴水月避重就轻地说，你看着合适就合适。

张翠花大包大揽地说，那我就当一回这个家。

当家，就是责任。吴水月不相信张翠花轻易地就能担起这个责任。

吴水月问，这个家你打算怎么当？

张翠花说，我明天先回一趟娘家瞧看一下子。

瞧看一下子，有打探路子、查听情况的意思在里边。

吴水月说，我明天在家候着你。

在村子里，吴水月和张翠花的关系原本就有些特别。特别就特别在张翠花的娘家侄子从古城中学考上上海的一所大学，吴水月的大儿子从古城中学考上本市的一所师范专科学校。从表面上看，她俩似乎有了其他女人之间没有的共同东西，有了其他女人之间没有的共同话题。实际上，吴水月从来都没有向张翠花交过心，说过毫无保留的话。张翠花从古城嫁到大河湾村的那一天起，在村子里就跟其他女人不一样，不一样在她的娘家在蔬菜队，她嫁到大河湾村，算下嫁。下嫁出一身的傲气，下嫁出一脸看不起人的神色，下嫁出说话要占别人的上风、做事要在别人的上面。这样子一个女人，在村子里，很自然地就把自个孤立起来。要是吴水月不上一上门，很难有上她家门的女人，要是吴水月不跟她说一说话，很难有跟她说话的女人。吴水月跟村里其他女人不一样，她不拒绝与张翠花交往，是觉得张翠花有村里其他女人不及的所在。这个不及的所在就是她的娘家在古城蔬菜队。一个人的出身就是一个人的标识，张翠花的长处在她的出身，短处也在她的出身。出身是一把双刃剑，利端与弊端都清清楚楚的。吴水月和张翠花交往，谋求的是她的利端，不是弊端。比如说，吴水月喜欢听张翠花说一说古城里的事。古城里的事就是城里的事，就是大河湾村之外的事。这些事恰恰是大河湾村和周围村子所没有的。相比较，吴水月更喜欢听张翠花说一说她娘家侄子在上海那一边的事。上海那一边的事，更是大河湾村之外的事，更是大河湾村和四周村子所没有的。张翠花经常回娘家。张翠花回一趟娘家，就会专门过来跟吴水月说一说。说一说古城里的新鲜事，说一说她娘家侄子的新鲜事。

张翠花一连上两趟古城，就把韩新云的亲事说定了。头一趟，张翠花从古城回大河湾村，把一个丫头的照片交在吴水月手上。这个丫头不是别人，是她的娘家侄女，名叫张玉玲。张翠花上面有两个哥哥。考上上海的大学的那个侄子是她大哥跟前的，照片上的这个丫头是她二哥跟前的。吴水月手上拿着照片，不去看照片，先问这个丫头在古城干什么。按照吴水月的猜想，她的侄女顶多有一个蔬菜队户口，就算做成这门亲事，也只能算下策。吴水月能接受按下策替韩新云找对象，只是没了上策、中策过渡，一下子滑落到下策，吴水月不甘心。

吴水月问，你家这个侄女在家帮父母兴一兴菜园子？

兴一兴菜园子，就是种菜。

张翠花说，我家这个侄女不在家里种菜，天天都要去县针织厂上班。

去县针织厂上班，不在家种菜，吴水月不惊奇。吴水月内行地问，是长期临时工，还是短期临时工？毕家岗煤矿就有各个工种的工人，除去正式工，还有集体工、临时工，临时工分长期临时工、短期临时工。

张翠花说，我家这个侄女是占地招的正式工。

张翠花故意不去一下子说明白，就像纸里包裹的一样东西，一点一点露出来。吴水月"噢"一声明白过来。毕家岗煤矿就从周边农村招不少占地工。占地工算正式工，这吴水月是知道的。

吴水月问，听你这么一说，你家侄女的户口迁到城里了？

张翠花说，招工时户口一发子办上去的。

吴水月问，听你这么一说，你家侄女是一个有城里户口的正式工？

吴水月心里存疑惑，张翠花心里不存疑惑。

张翠花语气坚定地说，真的假不了，假的真不了。

有城里户口，有正式工作，是上策。吴水月的心里扑通扑通一阵子打鼓，还是不相信天上能掉下馅饼。就算天上掉下馅饼，也不应该掉在她面前，也不应该砸在韩新云的头上。张翠花不知道吴水月的上策、中策、下策，就不知道吴水月心里扑通扑通的原因。

张翠花说，我家侄女这么好的条件，可不是一般人家都嫁的。

吴水月点头应付说，那是，那是。

吴水月摊开手心，两眼紧紧地盯住照片。

张翠花说，我是单眼皮，我家侄女是双眼皮。

照片上的丫头确实是双眼皮。

张翠花说，我是黑皮肤，我家侄女是白皮肤。

照片上的丫头看不出皮肤白、皮肤黑。

张翠花说，我家侄女比韩新云大两岁。

照片上的丫头长一副大牙花子，抿嘴照相也能看出来。

张翠花说，我家侄女初中毕业，文化程度没有韩新云高。

照片上的丫头模样长相，有几分像张翠花。张翠花眼皮单，皮肤黑，腰身胖，两腿短，算是一个丑女人。吴水月现在不是欣喜这个丫头是有城里户口的正式工，是担心长相跟张翠花差不多，是一个丑丫头。一个丑丫头在古城找不着婆家，才找上她家的门。吴水月在心里想对策。

吴水月放下照片说，我看这样子办，你叫你家侄女来一趟大河湾村，我先见上一面，再跟韩新云说这件事不晚。

张翠花说，我家侄女最近一段时间上班不歇闲，怕是一时两时来不了。

吴水月果断地说，不怕候，候一候就候一候。

张翠花说，不如让两个孩子在县城先见一见面，你再见面不晚。

吴水月坚持原则说，我先见。

张翠花说她娘家侄女上班不歇闲，不是真的不歇闲，是不想让吴水月见面。吴水月说她不怕候，要先见一见张翠花娘家侄女，其实她俩这样做的目的是一致的。吴水月怕看不上张翠花娘家侄女的长相，张翠花也怕吴水月看不上她娘家侄女的长相。吴水月要是看不上她娘家侄女的长相，就不会同意两个孩子见面，一桩婚事怎么都成不了。

中间隔两天，张翠花第二趟回娘家。吴水月知道张翠花悄悄地回古城。按照吴水月的理解，张翠花悄悄地回古城，是催她娘家侄女快一点来大河湾村走亲戚。只有张翠花娘家侄女走亲戚，吴水月见过面点下头，韩新云和她娘家侄女才能见着面。张翠花说她娘家侄女一时两时来不了，不会就是相隔这么两天的事。这么急说明什么呢？说明她娘家侄女的长相肯定不怎么样。要是她娘家侄女模样好，又是县针织厂的正式工，会拖到现在找不到婆家？吴水月暗暗地得意，决定自个先见面，是完全正确的。张翠花去一天娘家没回头。张翠花去两天娘家没回头。第三天傍晚黑，张翠花回头来。张翠花回头不来吴水月家，不说她去古城的事。像是这一趟回娘家跟她娘家侄女一点相干都没有，像是这一趟回娘家原本就不是牵线搭桥的事。张翠花沉住气，吴水月沉不住气。张翠花沉住气，不往吴水月家来。吴水月沉不住气，不好去张翠花家。万一这件事出岔子，万一她家侄女反悔，吴水月找上门，不是疤瘌眼照镜子，自找难看吗？

这一夜，张翠花睡好觉睡不好觉，吴水月不知道。吴水月知道自个一夜没睡好觉。吴水月一夜没睡好觉，也没有把问题想明白，不明白张翠花的葫芦里到底装的什么药。要是张翠花娘家侄女是一个模样周正的丫头，有城市户口，有正式工作，一只煮熟的鸭子扑棱棱地飞掉，后悔都已经来不及。吴水月不可能再去找张翠花，就算再去找张翠花，一件枯黄的事也不可能活过来。吴水月的心里隐隐地生出一丝疼痛与悔意，越是疼痛，越是睡不着觉。

隔天一大早，有人敲吴水月家门。吴水月打开门，见到的不是张翠花，是她家的大儿子。

吴水月觉得有些蹊跷，急忙问，你怎么这么早回来啦？

韩新云说，我回来家跟你们说一件事。

吴水月问，一件什么事？

韩新云说，我找对象的事。

吴水月心里一紧，怎么会这么巧，这两天她忙着去操办这件事，人家自个找着了。

吴水月问，快跟娘说一说是哪里的丫头？

韩新云说，是张翠花的娘家侄女，名字叫张玉玲。

吴水月一下子明白张翠花这两天回古城去做什么了。

吴水月问，是张翠花带她侄女找上学校的？

韩新云说，是学校老师出面介绍的。

吴水月问，你同意啦？

韩新云点一点头。

吴水月问，张翠花娘家侄女到底长相怎么样？

韩新云红脸说，娘你看一看不就知道了。

吴水月勃然大怒地说，你都点头了，娘还看一个屁！

张翠花迈过吴水月脸面，去找古城中学老师出面，把她娘家侄女介绍给韩新云。这一招是吴水月没有想到的。韩新云点过头，一锅生米煮成熟饭，吴水月再坚持反对，就没有多大必要了。后来吴水月见着张玉玲。张玉玲长相一般，好不到哪里去，差不到哪里去。吴水月见一面就知道，这样子一个女人将来会是一个本本分分过日子的女人。一个本本分分过日子的女人，有好的一面，也有不好的一面。好的一面是，一个本本分分过日子的女人就会一心一意地过日子，不会把眼光往别的男人身上乱晃悠，不会给男人戴绿帽子。不好的一面是，一个本本分分过日子的女人只会一心一意地过日子，只会把眼光盯在一大堆鸡毛蒜皮的琐碎事上面，只会把眼光盯在一大堆蝇头小利的世俗事上面，男人跟这样子一个女人一起过日子会很厌、很烦、很疲、很惫、很劳、很累。

张翠花跟吴水月说，我家侄女挑过来拣过去就想找一个老师，你说不找你家大儿子，去找谁？

吴水月说，我家大儿子找你家侄女，算是这辈子打着灯笼找着了。

3

在吴水月心里，老丫头跟三个儿子不一样。吴水月的这种感觉是在韩新苗去古城上小学之后产生的。不是说韩新苗是个丫头，在性别上跟三个儿子不一样。而是说韩新苗离开家，在吴水月心里留下来的疼痛深浅程度，跟三个儿子不一样。

那一年，大儿子离开家去古城上高中，吴水月心里空落落的，一连好多天，白天没有心思去干活，夜里两眼大睁睡不着觉。说开来，不是大儿子去古城不放心，更不是舍不得大儿子离开家，吴水月就是觉得心里空落落的，就是觉得心里疼痛痛的。吴水月心里空落与疼痛不敢跟韩立海说一声，生怕韩立海说她是个没有出息的女人，生怕韩立海说她是个无事生非、自找不自在的女人。吴水月不去说一声，不代表韩立海察觉不出来。韩立海赶紧地去一趟古城，回头把韩新云在学校的枝梢末节详详细细地说一遍。吴水月心里空落，两眼就表现出一副空洞无物的样子，韩立海说的话她像是一句没有听进去。韩立海问，你到底听没听我说话呀？吴水月说，我不需要听。韩立海说，听你这么一说话，算是我白跑一趟古城。吴水月说，大儿子要走的一条路，我俩不能替代他去走，就像大儿子吃下的一碗饭，我俩不能替代他去吃。

相隔几年，二儿子离开家去土坝街开商店。吴水月的一颗心又一次空落和疼痛起来，又一次波澜起伏起来。这一次，韩立海吸取上一回教训，说你不放心二儿子在土坝街开商店，你去带他一起开。吴水月说，我不是不放心，我不会去土坝街。韩立海问，那你白天干活没精神，夜里躺床上不睡觉？吴水月说，我是一个没有出息的女人，孩子真要出家门，我就是心里空落，我就是心里疼痛。韩立海说，孩子一个一个离开家，我心里不空落？我心里不疼痛？吴水月说，做老子的跟做娘的不一样。韩立海问，怎么不一样？吴水月说，孩子一个一个不是你怀胎生养的。

那一年，韩新雨去省城的一所农业中专学校念书。说好的，临开学，韩新云领上韩新雨去学校报名，韩立海和吴水月跟着一起去省城。跟上两个儿子一起去那里，有见一见世面的意思在里边，有逛一逛省城的意思在里边，更有劳苦功高的意思在里边。韩新云考上师专学校，有吴水月的一份功劳。韩新水在土坝街开商店，有吴水月的一份功劳。韩新雨考上省城的一所农业中专学校，有吴水月的一份功劳。这么三份功劳加在一起，就是老天那么大的一份功劳。韩立海怎么样去奖赏吴水月的劳苦功高呢？一想就想到带着吴水月，跟上两个儿子一起去省城。韩立海这么做，当然有假公济私的成分。首先是韩立海想去见一见世面、逛一逛省城。首先是韩立海觉得自个劳苦功高，想这么奖赏自个一下子。那些年，吴水月很少出家门，出家门顶多去祁集那一边赶一趟集，顶多去毕家岗那一边上一趟矿。去祁集那一边赶集，是为了卖家里多余出来的粮食，是为了买家里缺少的油盐酱醋。去毕家岗那一边上矿，是为了卖家里多余出来的蔬菜，是为了买家里缺少的针头线脑。很少有赶集就是为了闲逛的时候，很少有上矿就是为了闲逛的时候。这一趟去省城，不是为了卖什么，不是为了买什么，就是为了见世面，就是为了逛省城。韩新雨去省城农业学校的东西准备齐全，韩新云送韩新雨去省城农业学校的东西准备齐全，韩立海和吴水月跟着一起去省城闲逛的东西准备齐全，单等韩新雨开学的日期来到，一家四口人就动身离开家门。

吴水月有些不相信地问韩立海，我真要跟上你们一起去省城？

韩立海说，我带上你一起去省城，弄不丢你。

吴水月说，我怕你把自个弄丢。

韩立海嘿嘿地笑着说，怎么会呀？

吴水月问，将来老丫头要是学习好，考上北京的哪一所学校，你去不去那里逛一逛？

韩立海问，怎么不去？我做梦都想去京城逛一趟。

吴水月说，看来让几个孩子上学上对了。

韩立海说，就是上学上得家里穷得叮当响。

吴水月说，我们家的穷根子不在孩子上学上面。

韩立海问，不在孩子上学上面在哪里？

吴水月说，在猪长得慢上面。

韩立海说，四头猪一年长起来不算慢。

吴水月说，要是一个月长起来，我们家就不会这么穷。

韩立海说，那不是喂猪，那是吹气球。

面对相同的一件事，面对相同的一个问题，韩立海往往是悲观派，吴水月往往是乐观派。

那个时候，大中专学校都还没有收学费，一家四口人去省城的费用，包括韩新雨去省城农业中专学校的生活费都是韩新水从口袋掏出来的。准确地说，是韩立海去韩新水那里借来的。那一年，韩新水丢下土坝街商店，开始跟一帮狐朋狗友贩运煤炭，开始往口袋里大把大把地挣钞票。开头韩立海反对二儿子贩运煤炭，认为不好好开土坝街商店，就是不务正业，就是败家子。在这件事上面，吴水月倒是比韩立海看得开、看得远、看得全。吴水月说，做生意跟种庄稼不一样。韩立海问，怎么不一样？吴水月说，种庄稼不怕多，做生意怕多。韩立海问，什么叫种庄稼不怕多，什么叫做生意怕多？吴水月解释说，种庄稼上千亩上万亩，你家种你家的，我家种我家的，你不妨碍我，我不妨碍你，各家种各家的庄稼，各家收各家的庄稼；在土坝街开商店就不一样了，上百家商店，南家和北家卖的货物差不多，东家和西家卖的货物差不多，你说这生意怎么做？你说开这样子的商店去赚谁家的钱？韩立海说，当初不是你让二儿子去土坝街开商店的？吴水月说，要不是二儿子当初去土坝街开商店，现在也想不起来跟着一帮狐朋狗友贩运煤炭，就算想起来跟着一帮狐朋狗友贩运煤炭，人家也不会带上二儿子。韩立海说，你说话绕来弯去的，我听不明白。

吴水月往明处说话，往直处说话。

吴水月说，我们家要是不在土坝街开商店，一帮狐朋狗友不在商店里吃喝拿，二儿子跟他们就不会有这么一层关系，他们贩运煤炭就不会带上二儿子。

韩立海说，你这么一说我听明白了，在土坝街开商店，表面上亏本，实际上不亏本。

吴水月说，是给二儿子铺路子，是叫二儿子贩运煤炭挣大钱。

韩立海说，这么说你早打算走这步棋？

吴水月说，我哪里会长前后眼。

韩立海说，你不长前后眼，比长前后眼看得还清楚。

吴水月说，二儿子他们贩运煤炭担风险。

韩立海问，担什么风险？

吴水月说，赚钱赚得多，赔钱赔得就多，不如开商店安稳。

韩立海说，说来说去我怎么觉得贩运煤炭不是一条正路子。

吴水月问，怎么不是一条正路子？

韩立海说，贩运煤炭不就是过去的投机倒把吗？

吴水月说，过去叫投机倒把，现在叫经商。

韩立海说，投机倒把就是钻空子，一样货两分钱买过来，三分钱卖出去，中间赚一分钱。

吴水月说，一样货三分钱买过来，两分钱卖出去，亏本一分钱，那叫倒贴本买卖。

韩立海说，世道一天一天变，哪一条是正道，哪一条是邪道，现在不好说。

吴水月说，不好说就让二儿子走一走看。

韩立海说，二儿子现在不走这条道，没有其他道好走。

吴水月说，二儿子走这条道是命摊的。

韩立海问，要是二儿子犯法呢？

吴水月说，你就让他犯法去。

韩立海问，要是二儿子犯法蹲班房呢？

吴水月说，你就让他蹲班房去。

韩立海说，一个人一旦走上一条道，很难半路岔下道。

吴水月说，只有一条道走到黑。

借钱是韩立海去向韩新水张口的。韩立海去毕家岗煤矿找到韩新水住处，不说借钱，只说手头紧，从他那里拿钱周转一下子。拿好多钱呢？韩立海说出一个数，韩新水慷慨地加两倍给出一个数。韩立海第一次从二儿子手上拿钱，没有想到二儿子出手这么阔绰。韩立海手上拿着钱，心想看来二儿子口袋里真的挣上不少钱。韩立海手里拿着的钱差不多有一头大肥猪那么多。喂一头大肥猪需要一盆草一盆料地端一年，从二儿子手上拿到这些钱只是一眨眼的事。韩立海手里拿着钱，有一种恍惚的感觉，有一种不真实的感觉。韩立海跟二儿子说，年底卖掉家里的大肥猪还给你。韩新水说，你想还就还，不想还就不还。韩立海跟二儿子说，除去你三弟去省城的上学钱，我带你娘一起去省城逛一逛、看一看。韩新水说，你想带你就带，你不想带就不带。韩立海跟二儿子说话，比手上拿着的钱还陌生。

这一天，离三儿子去省城上学只剩下三天，吴水月的心里猛然间空落和疼痛起来。一撕一裂地疼，一揪一拽地疼，一搅一拌地疼。三天时间一过，一家四口人就坐火车去省城。三天时间说明什么呢？说明韩新雨离开家的日子越来越近，说明韩新雨离开吴水月的日子越来越近。韩新云和韩新水离开家的时候，吴水月心里感觉过空落和疼痛，只不过这种空落和疼痛，是一种精神上的，不是生理上的。这一次，吴水月心里疼痛是真疼痛，疼得吴水月脸色发白，疼得吴水月额头冒汗。吴水月一边忍受心里的疼痛，一边明白过来三个儿子中她最疼的是韩新雨。

四丫头韩新苗离开家的情况，正好跟三儿子相反。四丫头韩新苗离开家跟着大哥大嫂在古城念小学四年级。四丫头韩新苗离开家之前，吴水月心里不空落、不疼痛；四丫头韩新苗离开家之后，吴水月心里不空落、不疼痛。吴水月暗暗地惊奇和疑问。惊奇自个怎么会没有一丝一毫空落的感觉，惊奇自个怎么会没有一丝一毫疼痛的感觉。难道四丫头不是我亲生的？难道四丫头跟着大哥大嫂一起过日子不算离开家？吴水月找原因，不往四丫头身上找原因，不往外在处找原因，找自身的原因，找内心的原因。吴水月一找原因，吓自个一大跳，吓自个一身冷汗。这些年来，吴水月一直都没有把四丫头韩新苗当成自个的孩子。在吴水月心里，四丫头韩新苗从来就是一个多余的孩子，从来就是一个多余的存在。多余的原因，是四丫头韩新苗与三儿子间隔的时间长，是吴水月在心里一直把三儿子当成丫头。四丫头比三儿子小六岁。四丫头出世前，吴水月就把三儿子当成丫头。四丫头出世后，吴水月依旧把三儿子当成丫头。也就是说，四丫头从来就没有在吴水月心里占一块位置。或者说，吴水月从来就没在心里腾出一块地方留给四丫头。四丫头是一个多余的存在，没有离开家，吴水月不会在心里过分地去关心她；离开家去古城，吴水月在心里依旧不会过分地关心她。

这一天，吴水月一个人躲在家里呜呜溜溜地哭起来。韩立海见着问，你哭什么呀？吴水月说，四丫头死了。韩立海说，你这个女人胡说什么呀？吴水月说，我说的是真话。韩立海说，那我赶紧地去古城看一看。吴水月说，你不用去，四丫头在这里死了。吴水月伸手指一指自个的心口窝。

4

韩新苗上初中一年级这一年，市里公开出卖城市户口。前后限三天时间，一个城市户口明码标价三千块钱。城市户口农村人一想想了几十年，现在一下子变成一件稀奇古怪的商品摆放在货架上，一时间各个派出所门前排起一条长长的队伍。有的人笑，有的人哭。笑的人是因为多年的梦想实现了，哭的人同样是因为多年的梦想实现了。心喜而笑，喜极而泣。韩新水得着消息提着几沓钱回来家，说是要把全家人的户口都买到城里去。韩新云、韩新雨考学把户口带到城市里，现在全家六口人还剩下四个农业户口，要转城市户口就花钱买剩下来的四口人。花钱买城市户口的好处韩立海没看见，不好的地方倒是看一个清清楚楚的。那一年大儿子韩新云把户口迁出村，第二年属于他名下的一亩半责任田就被划走了；又一年三儿子韩新雨把户口迁出村，属于他名下的一亩半责任田第二年又被划走了。现在家里还剩下四口人的六亩责任田。

韩立海问二儿子，要是你买上城市户口，城市里给你安排工作吗？

韩新水一副财大气粗的样子，冷笑一声说，我要他们安排什么狗屁的工作，什么样的狗屁工作有我贩煤炭来钱快来钱多呀？

韩立海问，我和你娘买上城市户口，城市里发退休工资吗？

韩新水说，做这种亏本的买卖，城市里领导没有这么傻。

韩立海问，那我和你妈没了责任田赶明吃什么喝什么呢？

韩新水说，我们兄弟几个轮流养活你们俩。

韩立海说，依我看还是在村里种几亩地安稳，我不去当那个空名声的城里人。

一个没有用的城市户口，韩新水想要花钱买。韩新水就是要当城里人，就是要图一个城里人的空名声。

韩新水说，我买上城市户口就跟李圆圆办结婚手续。

韩新水的农村人身份，经常遭到李圆圆的嘲笑与奚落。这似乎也成为他俩同居几年不能结婚的原因之一。一个城里丫头不愿意跟一个农村的小伙子。一个农村的小伙子手里再有钱也是一个农村的小伙子。韩新水花钱买上一个城市户口，就变成一个手里有钱的城里小伙子，就能跟一个城里的丫头般配了。

韩立海说，手里钱是你的，买户口也是你的，你自个的事你自个当家吧。

韩新水问，小妹的户口买不买呢？

韩立海跟吴水月的事，韩立海能拿定主意。老丫头的事，韩立海拿不定主意。韩立海拿不定主意，去问吴水月。吴水月拿不定主意，自个问自个，一个城市户口总比农村户口好一些吧？要不干吗城市户口能卖钱，农村户口不能卖钱呢？要不干吗有那么多人花钱去买城市户口呢？

韩立海犹犹豫豫地决断说，要买你们兄妹俩一块买上吧！

老丫头韩新苗买上一个城市户口，就走上一条不一样的考学路。初中毕业那一年，她考上一所煤矿技校。技校只招城市户口的学生，要是农村户口，花钱都上不上。

老丫头上煤矿技校，韩立海很不甘心。准确地说，四个孩子没一个考上正经八百大学的，很不甘心。大儿子考的是一所师范专科学校，原因是外语成绩差，拖后腿，影响上一所好学校。"文革"过后，国家恢复高考，先是外语不算分，后是百分之三十、百分之五十、百分之七十，一年一年往上涨。大儿子参加高考那一年正好外语百分之百计入总分，他英语只能考二三十分，相当于瘸掉一条腿。二儿子原本就不是一块念书的材料，别人一分算一分，他一分算两分都考不到清华、北大去。三儿子是大儿子当家让他初中毕业考的一所农业中专学校，没有上高中，没有参加高考，离上大学相差十万八千里。老丫头生性贪玩，上课打瞌睡，抄别人的作业都出错，上一所煤矿技校，将来能找一份工作就算不错了。老丫头上技校是二儿子当的家。在学习这一点上，老丫头跟二儿子是同一个类型人，都是"上课打瞌睡、抄作业都出错"。

二儿子当家说，就叫小妹上技校，我跟煤矿的头头脑脑熟，不愁没工作。

韩立海问，赶明去煤矿上班能吃饱一碗饭吗？

二儿子依旧打包票说，哪一座煤矿效益好，我叫小妹去哪一座煤矿上班。

韩立海问，听你说话的口气，煤矿倒像是你家开的？

二儿子说，煤矿要是我家开的，那我亏本就亏大了。

那两年，市里上百家大大小小国有企业哗啦一下子全部倒下来。煤矿的效益也是一天比一天差，上万名矿工下岗回来家，眼看着一座座煤矿就要变成烂摊子。那两年煤矿技校招生，考生不用考试，拿着初中毕业的分数单就能去报名，就能去上学。说白了，技校受煤矿影响，招生困难，见学生就收。

韩新苗一脸稚气地说，我喜欢上这样子的学校。

老丫头恨不能煤矿技校不上课，不考试，交上钱，直接发一张技校文凭，直接安排去煤矿工作就好了。韩新苗渐渐地长大，渐渐地懂事，想走一条自个的路子。在大哥大嫂家，韩新苗知道学习好、学习差不重要，重要的是要在大哥大嫂家做家务活，重要的是要替大哥大嫂带孩子。韩新苗不在大哥大嫂家等着吃、等着喝，主动地去扫地、抹家具，主动地去择菜、洗衣服，主动地去抱孩子、哄孩子。韩新苗知道在大哥大嫂家干一部分家务活，大嫂就高兴，大哥就高兴。大哥大嫂高兴，韩新苗就有一种家的感觉，就有一种没被家人遗弃的感觉。韩新苗需要大哥大嫂，需要大哥大嫂这个家，相应地大河湾村那个家就可有可无了，韩立海和吴水月就可有可无了。放假天，韩新苗就不回大河湾村，去毕家岗煤矿找二哥。那个时候，韩新水跟李圆圆同居在一起。韩新苗去找二哥，就是去找李圆圆。家里其他人不承认李圆圆是韩家人，韩新苗却一口一声“二嫂子、二嫂子”地喊。韩新水制止说，我跟李圆圆没结婚，你不要“二嫂子、二嫂子”地胡乱喊。韩新苗撒娇说，我高兴喊，我就要喊。李圆圆跟韩新水说，没结婚我俩住一起，我就是你老婆，小妹就得喊我“二嫂子”。韩新苗知道李圆圆心里喜欢听什么，就“二嫂子、二嫂子”地天天喊。假期天，韩新苗跟二哥一起过，不需要干家务活，只需要陪着李圆圆一起上街买吃的、买喝的、买穿的，只需要陪着李圆圆一起花二哥口袋里的钱。韩新苗极力地讨好李圆圆,其目的是为了讨好韩新水。韩新苗知道将来靠父母靠不住,靠大哥大嫂靠不住,只有靠二哥。韩立海和吴水月不是她的人生支柱,韩新云和张玉玲不是她的人生支柱,李圆圆不是她的人生支柱,只有韩新水一个人是她的人生支柱。韩新水是她的人生支柱,不是因为别的,就因为韩新水口袋里有钱。

三年后韩新苗技校毕业,韩新水出面花钱把工作安排好了,她却心生一计,要接着上煤矿职工大学。一个从来不喜欢念书的丫头怎么会突然地喜欢念书了呢?吴水月和韩立海糊涂了。韩新水更是暴跳如雷,不知道一贯听他话的小妹怎么会一下子变得不听话了。三年技校的学杂费、生活费全部是他出的,外加杂七杂八的费用,不得两万块吗?

韩立海问,煤矿职工大学算不算正经八百的大学?

二儿子一脸讥讽地说,一个破成人大专学校,还不如大哥的师范专科学校呢。

吴水月说,不算正经八百的大学,老丫头也是上学好。

二儿子说,我为她找工作花的钱不是白花啦?

说开来,韩新苗上职大是为着一个男孩子。这个男孩子家境好,长相帅,是许多女孩子追逐的对象。技校三年,韩新苗追求这个男孩子没有结果,其他女孩子追求这个男孩子也没有结果。三年技校毕业,男孩子考上煤矿职工大学,韩新苗跟着一起考上煤矿职工大学,走上新一轮追逐之路。

又三年,煤矿走出低谷,在这座城市的最西端——凤台县境内相继开发出几座大型的现代化煤矿。所谓现代化煤矿,就是用人用得少,出煤出得多,机械化程度高。这个男孩子从煤矿职工大学毕业去了其中的谢桥煤矿,韩新苗又跟着一起去了这座煤矿。三年煤矿职工大学期间,这个男孩子还是没有许诺任何一个女孩子。

韩新苗没有把追求这个男孩子的事跟家人说。一件没有结果的事说什么呢?

韩立海问老丫头,我不知道你去一百多里远的谢桥煤矿图什么?

韩新苗说,我图那里工资高。

老煤矿、新煤矿工资相差很大,听说一个煤矿职工大学的毕业生去那里工作,一年转正后一个月能拿四五千块。

第六章 吴水月

送郎送到半山坡，
干鱼饼子卷馍馍，
叫声情哥吃饱些，
省得路上挨饥饿。
——淮河流域花鼓灯情歌

1

吴水月生下的四个孩子间隔比较大，大儿子比二儿子大四岁，二儿子比三儿子大三岁，三儿子比老丫头大六岁。这样子一来，大儿子与老丫头间隔就有十三年。吴水月生老丫头这一年，大队开始号召村人计划生育。所谓号召计划生育，就是自觉自愿地计划生育，不是硬性的，不是强迫的，有那么一点先进和荣光的意思在里边。那年头，有许多种先进和荣光的行为。参军是一种先进和荣光的行为。下放是一种先进和荣光的行为。评上“学习毛泽东思想积极分子”是一种先进和荣光的行为。加入“批林批孔”战斗队是一种先进和荣光的行为。这里说的计划生育，不是男人戴避孕套，女人吃避孕药或上环子，是真枪实弹地上手术台，是货真价实地做绝育手术。这之前，大河湾村的计划生育是一片空白地带，只在耳朵里听说过，没有一个村人身体力行地去实践过。有一件事，大河湾村人是知道的——那就是劁猪，那就是骟羊，那就是阉牛。一窝猪秧子，是小母猪的不想让小母猪长成大母猪，是小公猪的不想让小公猪长成大种猪，就一头一头地拿刀劁掉。是小公猪的割除属于公猪的那一部分东西，是小母猪的割除属于母猪的那一部分东西。一头小公猪没有了属于公猪的那一部分东西，就不分公母地只管长肉上膘，一头小母猪没有了属于母猪的那一部分东西，就不分公母地只管长肉上膘。骟羊、阉牛，都这样。一头羊骟过了，就老老实实地吃草增肥。一头牛阉过了，就老老实实地耕田耙地。一个人怎么计划生育呢？男人计划生育，是不是拿一把柳叶刀，把男人的家伙咔嚓一下子割下来。这样子一个男人岂不是皇宫里的太监了？女人计划生育，是不是拿一根套被大针，把女人的家伙咔嚓一下子缝合上。这样子一个女人就没法跟男人睡觉了，就没法怀孩子生孩子了？那个时候，计划生育刚从城市开展，算是一项新生事物吧。大河湾村人听说，煤矿上有不少男人女人都计划生育了。女人叫扎管，男人叫骟筋。女人是空心的，有管子；男人是实心的，有骚筋。扎管，就是把女人的管子扎上；骟筋，就是把男人的骚筋挑断。大河湾村的女人听说，女人的管子一旦扎上，就不想跟男人睡觉了，一个女人不跟男人睡觉，自然地就怀不上孩子了。大河湾村的男人听说，男人的骚筋一旦挑断，家伙就硬不起来了，一个男人想跟女人睡觉都没有办法睡觉，女人自然地就怀不上孩子了。

村里的女人说，我们不去扎管，我们想跟男人睡觉。

村里的男人说，我们不去骟筋，我们想跟女人睡觉。

计划生育还没有从城市铺展到大河湾村，就遭到大河湾村的男人女人共同抵制。

韩立海和吴水月不会说这些闲话。他们俩跟大河湾村的大多数社员一样，静静地去听说这件事，静静地去观察这件事。

那一年，毕家岗煤矿上有工宣队驻在村子里。工宣队，是“工人阶级毛泽东思想路线教育宣传队”的简称。工宣队有一男一女两个人。男的姓马,叫马强胜。女的姓罗,叫罗新矿。马强胜是本来的名字,罗新矿是新改的名字。女的本名叫罗翠花,参加工作之后改名叫罗新矿。马强胜和罗新矿在煤矿上的同一个造反派战斗队。造反派战斗队按营编制,罗新矿是其中一个营的营长,马强胜是副营长。煤矿上派他俩来村里任工宣队,马强胜是队长,罗新矿是副队长。村人喊马强胜马队长,喊罗新矿罗工宣。不喊罗队长,不喊罗副队长,喊罗工宣,是罗新矿自个要求的。这样子喊就与马队长区别开来,就不会混淆视听,就没有篡权的嫌疑。罗新矿在造反派战斗队是营长,马强胜在造反派战斗队是副营长,原本就是一正一副的搭档,只不过现在一正一副反过来。为什么会这样子?村人听说,罗工宣的工作出了问题。工作出什么问题?有一天,罗新矿领着造反派战斗队上街一边游行一边带头呼口号。呼的口号是:誓将无产阶级“文化大革命”进行到底!慌乱中,喊错了。错喊成:誓将无产阶级“文化大革命”进行到家!上纲上线地说,错一个字就是现行反革命。是一个现行反革命,弄不好就要蹲班房,弄不好就要丢公职。罗新矿写检查,挨批斗,总算避开牢狱这一关。造反派战斗队的营长是不可能当了,由副营长马胜强接任。上街游行带头呼口号的资格是没有了,也由马强胜接任。说起来,罗新矿跟马强胜是一个地方人,同为上海阿拉老乡。罗新矿说普通话,人们都能听得懂。马强胜说不好普通话,蛮音格朗的,人们听不懂。就算马强胜带头呼口号,人们一样听不清楚。不过听不清有听不清的好处,那就是喊错一个字两个字,不会有人听出来。马强胜上街带头呼口号,故意加重乡音。乡音加重,喊错的可能就减少。一年过后,罗新矿和马强胜来大河湾村。一个工作出问题的女人,为什么能来村里当工宣队?村人听说,罗工宣有新的立功表现。新的立功表现是什么?是在煤矿上带头计划生育。罗工宣在煤矿带头计划生育,马队长不甘落后紧跟着计划生育。计划生育在煤矿上同样是自觉自愿的。罗新矿有立功表现来村里当工宣队副队长，马强胜立大功来村里当工宣队队长，就顺理成章了，村人就能理解了。

两个人来到大河湾村，很自然地就把计划生育这个新生事物带过来。不是说很快地就在村里实施计划生育，而是先发动先动员先宣传，等待思想通顺了，等待时机成熟了，再在村里大张旗鼓地计划生育一下子。大河湾村人历来有崇尚务实的一面，不喜欢听他俩宣讲的大道理小道理，什么计划生育不是你家我家的小事，是全国人民的大事；什么计划生育计划好了，社会主义就强大了，就跑步进入共产主义了。村人很务实地问他俩两个问题，第一个问题是你们俩到底有没有计划生育，第二个问题是计划生育影响不影响男人女人睡觉。针对第一个问题，他俩的“回答”只能是当场脱下裤子，露出肚皮上的疤痕给村人看。马强胜脱下裤子给村里的男人看，罗新矿脱下裤子给村里的女人看。村人查验的结果，他俩的肚皮上确实有半拃多长的一道疤痕，红虾虾的，皱巴巴的，像一条死去的虫子。村里男人和村里女人私下里把两个人的刀疤做对比，他们觉得马强胜肚皮上的刀疤长一些，罗新矿肚皮上的刀疤短一些。为什么男人的刀疤要比女人的刀疤长？刀疤长，难度大。刀疤短，难度小。村人猜测说，看来男人计划生育要比女人计划生育难度大，看来女人能计划生育，男人不能计划生育。就劁猪而言，把小公猪的两个蛋子一挑完事，干净利落，比劁小母猪省事多了。小母猪的东西嘟嘟噜噜的，有很强的隐蔽性，想劁都劁不干净。计划生育跟劁猪没办法相比较，人不是猪，猪不是人，劁猪跟计划生育不一样。

马强胜和罗新矿回答村人提出来的第二个问题有困难。怎样向村人说明计划生育不影响男人女人睡觉呢？罗新矿说，你们没见我每个礼拜都回一趟煤矿吗？罗新矿回煤矿，就是回煤矿的家里，就是回煤矿的家里跟男人睡觉。罗新矿说话隐晦，村人听得出来。村里的女人说，你一个礼拜回一趟煤矿，就是说你一个礼拜跟男人睡一觉，我们在家里可是天天跟男人睡觉，夜夜跟男人睡觉。马强胜不是一个礼拜回一趟煤矿，有时候回去开一开会，要是不开会，十天半个月都难得回一趟。村里的男人就把目光对准马强胜，显然他缺乏应有的证据来证明他计划生育过后照样可以睡女人。马强胜的脸色难看起来，红红紫紫，变幻莫测，没有比怀疑一个男人不能睡女人丢面子的了。马强胜跟村里的男人说，你们哪一位怀疑我，半夜里把你们的老婆送我房间里试一试。马强胜说这话，显然有狗急跳墙的意思在里边，显然有与工宣队的身份不相符合的成分在里边。

村里的男人说，马队长说这话跟煤矿上的小痞子差不多。

村里的女人说，看一眼马队长的长相就知道，他从来就不是一个好家伙。

马强胜和罗新矿来村里宣讲计划生育这件事，到此算是告一段落。

大河湾村和毕家岗煤矿毕竟相隔一条河，计划生育这件事只能在淮河的那一边徘徊不止，就是上不了渡船，过不了淮河，上不了大河湾村的庄台，进不了大河湾村的人家。好在他俩来村里不是只宣讲计划生育这么一件事，还有学语录，搞批判，念文件，读报纸，工业学大庆，农业学大寨，一大堆大事在等待。好在计划生育这件事不会就此无声无息地在村里枯萎去。

这一天，马强胜那一边突然就有了大动静。大动静发生在深夜里，却在大白天有了响声和波澜。那就是马强胜跟大队妇女主任好上了。大队妇女主任是个三十多岁的小媳妇，名叫黄玉梅，娘家在大河湾村北边十里路的黄家岗，高中毕业，能说会道，有几分姿色，有几分本事。黄玉梅的男人，名叫韩大嘴，当年参军去部队，经媒人牵线，他俩谈上对象，后结婚成家。韩大嘴从部队退伍，分配在毕家岗煤矿下井扒煤，早早晚晚两头跑。前一段时间，大队妇女主任空缺，不是说大队妇女主任不重要，是说选来选去没有适合的人选。马强胜来大河湾村，亲手挑选黄玉梅当大队妇女主任，接着就挑选进被窝里。这件事是黄玉梅的婆婆最先觉察到的。黄玉梅的婆婆没有逮住儿子媳妇和马队长睡觉的手脖子，是从儿子媳妇的眼神里看到的。那些天，黄玉梅都不是一个黄玉梅了，脸色红润，眼睛发亮，走路轻飘，一身浪骚，都像一只发情的母猫了。当上大队妇女主任就应该是这样子？上午往大队里跑一趟，下午往大队里跑一趟，晚上往大队里跑一趟。白天往大队里跑说是工作，晚上往大队里跑说是值班，这种鬼话连鬼都不相信。

黄玉梅的婆婆提醒儿子韩大嘴说，这些天你有没有察觉到你老婆走路不对头呀？

韩大嘴说，我们家的黄玉梅当上大队妇女主任，跟从前走路是有些不一样。

黄玉梅的婆婆进一步说，这些天你有没有察觉到你老婆整天围着马队长比围着你的时间长？

韩大嘴说，我们家的黄玉梅跟马队长接触得多一些，那是有工作上的关系。

黄玉梅的婆婆说，我怕除掉工作上的关系，还有其他的关系。

韩大嘴问，娘——你到底想说什么呀？

黄玉梅的婆婆说，我怕你老婆不守妇道，将来生下的儿子不姓韩。

韩大嘴说，娘——你说这种话是冤枉我们家的黄玉梅。

黄玉梅跟马队长走得近乎，韩大嘴知道。黄玉梅为什么跟马队长走得近乎，韩大嘴也知道。韩大嘴下井下够了，当一个井下扒煤工，不如做牛做马。做牛做马不会时时刻刻有生命危险，下井扒煤时时刻刻命悬一线。黄玉梅跟马队长走得近乎，就是想托马队长替韩大嘴调工作，从井下调井上。在煤矿上，十个扒煤工有十个做梦调井上，十个有十个做梦醒来一场空。人们说，在煤矿上，最容易发生的就是在井下扒煤砸伤人，最难心的事就是从井下调井上。黄玉梅做着把男人调井上的梦，是因为韩大嘴自个做着调井上的梦。黄玉梅跟韩大嘴说，你的事我跟马队长说过了。韩大嘴急忙问，马队长怎么说？黄玉梅说，他愿意帮这个忙。韩大嘴说，马队长答应帮忙就好，过些天你再催一催。黄玉梅说，过些天我再催一催。没用过些天，中间隔两天。韩大嘴问黄玉梅，你催没催马队长？黄玉梅说，我催过了。韩大嘴问，马队长怎么说？黄玉梅说，马队长说他再加一把油就有个差不多。韩大嘴说，那你叫马队长加一把油。黄玉梅答应说，我再催马队长加一把油。

就在黄玉梅催马队长加一把油的时候，黄玉梅的婆婆提醒韩大嘴留心他老婆。韩大嘴不能跟娘说出黄玉梅与马队长套近乎的原因，只好在嘴上打哈哈说："娘——你说这种话是冤枉我们家的黄玉梅。"马强胜先是提拔黄玉梅做大队妇女主任，接着替韩大嘴调工作，这种好事，韩大嘴不好在娘的面前瞎嚷嚷。黄玉梅的婆婆不是一个凡角。前些年，韩大嘴在部队里，黄玉梅过门不安分，她村前村后把儿子媳妇看紧紧的。那个时候，黄玉梅刚过门，刚尝过男人的甜头。韩大嘴探亲一个月回部队，黄玉梅独守空房，那份煎熬与躁动，黄玉梅的婆婆能理解。她村前村后看几年，韩大嘴总算从部队回来家，分在毕家岗煤矿下井扒煤，隔上一条河，两头五里路远，早早晚晚能回来，算是止住黄玉梅的一份焦渴与躁动。俗话说，红颜命薄。漂亮的女人中看，不中用。黄玉梅的脸蛋漂亮是漂亮，就是肚子瘪瘪的。黄玉梅的身材窈窕是窈窕，就是不开怀。进门三四年，一个孩子怀不上。黄玉梅当上大队妇女主任，像一条跑窝的母狗整天跟在马队长的屁股后面，乐颠颠地往东跑半天，乐颠颠地往西跑半天，白天黑夜不沾家。就算黄玉梅的婆婆知道儿子媳妇向马队长提出替儿子调工作的事，她也不会相信这么一对狗男女是干干净净的。

黄玉梅的婆婆怎么对付这件事呢？她一想就想到罗新矿这么一个女人。黄玉梅的婆婆早已经看出来，罗新矿跟马强胜不得劲，两个人面和心不和。这一天，黄玉梅的婆婆就找到罗新矿说出她想说的话。黄玉梅的婆婆说，我们家过去是军婚，大队干部出面保护，我们家现在是矿婚，你们工宣队一样得出面保护。军婚听说过，矿婚头一回听说。罗新矿笑一笑问，你说我们工宣队怎么保护你们家的矿婚呀？黄玉梅的婆婆说，我们家的黄玉梅是大队妇女主任，整天在大队里工作，跟你接触得最多，哪些男人想占她的便宜，你比我看得清楚吧？罗新矿是一个明事的女人，一听话音就知道黄玉梅的婆婆暗指谁。罗新矿表态说，这样子吧，我组织一个保护矿婚的民兵小分队，整天看守着黄主任，哪一个男人都欺负不上她。黄玉梅的婆婆同样是一个明事的女人，从表面上来听罗新矿说的是一句虚头巴脑的虚话，实际上却是一句实实在在的实话。黄玉梅的婆婆说，我听罗工宣这么一说话，我们家的矿婚就有保护了。罗新矿问，你知道什么叫打草惊蛇吧？这些天你不要打草更不要惊蛇。黄玉梅的婆婆说，这些天，我眼瞎，我耳聋，我什么都看不见，我什么都听不见。

大队部是一个四合院，北边是一排正房，是大队书记、大队长、大队妇女主任、工宣队办公室；东西两排是偏房，西一排做办公室，是共青团办公室、基干民兵营办公室、大队会计办公室、大队诊所、大队代销店；东一排做宿舍，大队干部值班住里边，马强胜住里边，罗新矿住里边，民兵值班住里边；南边一排是伙房、饭堂、传达室。一条东西路，从南边一排房屋门前穿越而过，算是进出大队部的必经之路。罗新矿把眼睛放开，堵住这条路，不管白天黑夜，哪一个人进出大队部院子，都逃脱不掉她的监视。罗新矿监视黄玉梅的一举一动不用这么辛苦，因为嫌疑人就是马强胜。黄玉梅每一天的大部分时间待在大队部，马强胜每一天的大部分时间待在大队部，大白天他俩想媾和，人多眼杂，不方便。经过分析与梳理、综合与判断、假设与想象，他俩媾和只能选择在夜里，只能选择在黄玉梅值班的晚上。马强胜每一天晚上都睡在大队部，黄玉梅只有值班睡在大队部。罗新矿就把一颗心留意在黄玉梅值班的夜里。马强胜住东一排房屋的北头，罗新矿住东一排房屋的中间,大队值班室在东一排房屋的南头。也就是说,罗新矿只要晚上把眼睛紧紧地贴在门缝上,眼光透过狭窄的门缝,就能看见从门前经过的他俩。马强胜去黄玉梅那一边,或者说黄玉梅去马强胜那一边,都能看得清楚。一个晚上过去,两个晚上过去,三个晚上过去,罗新矿的两眼瞅涩了,瞅斜了,瞅肿了,也没见着马强胜去黄玉梅那一边,或者是黄玉梅去马强胜那一边。明显的是一对狗男女,就是看不见一对狗男女从门前经过。一对狗男女的眼神不一样,一对狗男女的体态不一样,一对狗男女的脸色不一样。一对狗男女的眼神从来不直视对方,曲里拐弯地却时刻离不开对方。一对狗男女的体态是轻飘的,是失稳的,两人相见的一刹那,总有轻浮的动作做出来,总有轻浮的眼神瞟过来。一对狗男女的脸色不一样,是愧疚的,是羞涩的,是不怀好意的,是鸡鸣狗盗的。

罗新矿坚信,只要黄玉梅在大队值班,就一定跟马强胜睡一块。罗新矿的坚信把自个折磨得痛苦而神伤,痛苦而神伤在于这两个人没从门前过,怎么会睡到一起去?难道地下挖的有暗道?难道他俩变成一对飞蛾子?罗新矿自个告诫自个说,我是一个历史唯物主义者,挖暗道不现实,变飞蛾是唯心。不走地下走地上,不走前门走后门,后门就是后窗户,一下子罗新矿心里的一层窗户纸被捅破,连验证都不用去验证,肯定是马强胜半夜里翻窗户去黄玉梅那一边,不会是黄玉梅半夜里翻窗户去马强胜那一边。理由是,再下贱的女人在男人面前都要拿一拿架子,就像再下贱的母狗面对公狗的追逐都要往前跑上那么一截子路,再站住狗腿撅起尾巴,塌下腰身,让公狗爬上去。这一天后半夜,罗新矿就叫上四个民兵,把守在东边一排房屋的后面。罗新矿说,大队部里最近出现一个贼,这个贼不偷钱不偷物单偷人,我们逮住这个贼不打他不骂他单捆上他送煤矿去。罗新矿这么一说话,四个民兵就明白晚上要做一件什么事。

下半夜,整个大队部一片温馨祥和。罗新矿带领四个民兵拿枪拿绳,埋伏在东一排房屋的后面。后窗是一排规规矩矩的黑洞,看不出窗户打开关闭的样子,看不出谁翻越谁窗户的样子。四个民兵猜测出干什么,精神抖擞一点困倦的意思都没有。埋伏的地方离后窗有一段距离,听不到看不出窗户里边的样子。罗新矿不去查实,不去打草惊蛇,一副胸有成竹的样子。罗新矿答应过黄玉梅的婆婆,要保护他们家的矿婚,就不能只对抓现行感兴趣。罗新矿的计划是天亮时分,候马强胜离开黄玉梅的被窝,从黄玉梅的后窗翻出来,从自个的后窗翻进去,她才领上四个民兵捆绑住马强胜,押送去煤矿。五更时分,吱呀一声响动,马强胜的后窗打开,跳出一个人。从这个人的身架子来看,就是黄玉梅。黄玉梅半夜翻马强胜的后窗,不是马强胜半夜翻黄玉梅的后窗。黄玉梅比罗新矿想象的还要下贱,还要不要脸。一条母狗见着公狗追上来,停下狗腿,塌下腰身,撅起尾巴,已经够下作了,哪有母狗送上门的道理呀!看来黄玉梅不如一条母狗。黄玉梅从容地翻出马强胜的后窗,从容地翻进自个的后窗。四个民兵问罗工宣怎么办?罗新矿不说话,朝马强胜的后窗走过去。罗新矿前面走,四个民兵后面跟。窗台不高,翻进去翻出来很容易。马强胜的后窗没有插上,罗新矿打开房间的后窗,一翻身跳进去。马强胜知道有人进来,这个人除去黄玉梅还有谁?马强胜躺在被窝里,紧闭两眼,看都没看进来的人。

马强胜问,你怎么回来了?

罗新矿说,我不是黄玉梅,我是罗新矿。

马强胜扑棱一下子坐起身子问,你进来干什么?

罗新矿说,我送你回煤矿。

四个民兵先后从马强胜房间的后窗翻进来,三下五除二,就把马强胜捆绑上。罗新矿交代马强胜不要反抗,不要声张,她不会打扰黄玉梅,她不会对村人说这件事。一切静悄悄地进行着,一切按部就班地进行着。走到这一步,马强胜还有什么好说的呢?

马强胜说，我知道我当工宣队队长你不服气。

罗新矿说，这个工宣队队长本来就不该你来当。

马强胜问，黄玉梅是你指派的诱饵？

罗新矿说，不是。

马强胜说，我为她跌一跤值，我为你跌一跤不值。

罗新矿得意地笑一笑。

马强胜就这么悄无声息地被遣送回煤矿。

马强胜跟黄玉梅睡觉被抓这件事，只有马强胜知道，只有黄玉梅知道，只有黄玉梅的婆婆知道，只有罗新矿知道，还有就是四个民兵知道，韩大嘴知道不知道都在两可里(指不确定)。俗话说，没有不透风的墙，纸里包不住火。就算马强胜不说，就算黄玉梅不说，就算黄玉梅的婆婆不说，就算罗新矿不说，谁能保证四个民兵不说？谁能保证大河湾村的其他村人不胡乱猜想？罗新矿跟村人说马强胜工作犯错误被押解回煤矿，村人就相信啦？罗新矿说话含糊其辞，不甚明朗，只是大略地这么说一说，马强胜在工作上具体犯什么样的错误，就不去细说了。不说一般村人不清楚马强胜被押解的真正原因，就是大队干部都是头脑糊涂一问三不知。一股强劲的风，总算从墙里透出来，一团强劲的火，总算从纸里冒出来。原来马强胜跟黄玉梅半夜里睡觉被罗新矿抓住。村人“噢”一声明白过来。怪不知道黄玉梅低头走路了，怪不知道罗新矿理所当然地成为工宣队的罗队长。

村人“噢”一声明白这件事的同时，又“噢”一声明白另外一件事。那就是马强胜的家伙计划生育过后照样可以睡女人。要不他俩半夜里躺在一个被窝里干什么？有了罗新矿做榜样，大河湾村的女人不怕计划生育了。有了马强胜做榜样，大河湾村的男人不怕计划生育了。榜样的力量是无穷的。有了这么两位榜样在那里树立着，大河湾村的男人女人都蠢蠢欲动了。大河湾村的男人说，说不定计划生育过后的家伙更硬朗、更好使。大河湾村的女人说，说不定罗新矿在大河湾村也有相好的，她的手下那么多基干民兵小伙子，个个都是金刚钻，说不定不是一个两个呢！

谣言狼烟一般四处弥漫。谣言鬼魅一般蛊惑人心。罗新矿听见谣言不去辟谣、不去反驳，而是更好地利用谣言，快一点在村里推行计划生育。女人和男人一样，有男女关系谣言有什么不好呢？关键看你是真有、是假有。关键看你怎样去化解、去利用。这些天，罗新矿走在路上，能感到村里男人的眼神热辣辣地一浪一浪地往身上扑，想解开她的褂子，想脱下她的裤子，想扒开她的肚皮，想砸碎她的骨头。自觉不自觉地，罗新矿就要行色匆匆，两只手捂住裤带，生怕有村里男人猛然一下子跑上来，当众扒开她的裤子，光天化日之下睡上她。罗新矿加紧与煤矿医院联系，加紧转移村人的视线和注意力。这一天，煤矿医院就同意派医生、护士来大河湾村。来大河湾村干什么？当然是计划生育了。一石激起千层浪，大河湾村炸开锅，经久不息地议论开。地点定在大队诊所里，人数定为十个人，只做女人的扎管，不做男人的骟筋。罗新矿在大队广播里说，煤矿医院为了方便村里的广大干部群众，专门抽调一部分思想好、医术强的医生、护士来大河湾村计划生育，计划生育的重点是计划，目的是不生育，合起来就是计划不生育。

大河湾村正好十个生产队，一个生产队合一个名额。这个名额还有外人的份吗？早被各个生产队的妇女队长揽在怀里不松手。计划生育跟各种先进有点不一样，要是一个先进的名额揽怀里不松手，就有点利用职权不谦虚的样子了。计划生育跟下地干重活也有点不一样，下地干重活是妇女队长应该干的，一个妇女队长下地真不想干重活，也有推辞的理由。仔细地想一想，计划生育有些介乎于先进和干重活之间的那么一种新生事物。你不能说计划生育没有一种先进的成分在里边，你不能说计划生育没有一种带头下地干重活的成分在里边。既然两者都有，那就是介乎于两者之间的一种不伦不类的东西。

2

按理说，十个计划生育指标被十个生产队的妇女队长争抢去，就不会挨上吴水月的边。吴水月不是生产队的妇女队长，横说竖说这一次计划生育都跟她不相干。偏生地吴水月所在生产队妇女队长的男人死掉了。一个死掉男人的女人还计划谁家的生育呀？这个看似简单明了的道理，罗新矿跟这个女人说半天没有说明白。这个女人就是要计划生育，罗新矿不让她计划生育就是欺负她这个死去男人的寡妇女人。

罗新矿问，你连男人都没有，计划生育干什么？这个女人说，我现在没有男人，不代表往后不结婚没有男人。罗新矿说，等你结婚有男人，计划生育不算晚。这个女人说，我现在就要计划生育，我想赶上村里的头一茬子。罗新矿说，你现在计划生育，将来结婚找男人，要生孩子怎么办？这个女人说，我有孩子，我找不要生孩子的男人结婚。罗新矿说，我同意你计划生育，我犯错误。这个女人说，我自个要计划生育，不关你的事。

罗新矿苦口婆心地说，不厌其烦地说，说到最后面，这个女人让步说，头一茬子我不计划生育，这个指标也不能随便地给旁人。罗新矿说，你说给谁就给谁。这个女人说，我给吴水月。罗新矿问，为什么给吴水月？这个女人说，吴水月对我好。

这个女人名叫赵秀琴，长一张大胖脸，长一副大胖屁股，是一个矮矮墩墩的胖女人。赵秀琴的男人韩新江，是一个瘦瘦叽叽的小个头男人。村人说，韩新江是被赵秀琴欺压死掉的。其实，韩新江是替生产队挖白芋窖，泥土塌方，埋死在里边的。韩新江是为生产队死的，算工伤，按年生产队照顾他家一份工分、一份口粮。大队干部问赵秀琴，你还有什么要求提出来？赵秀琴说，我想当生产队的妇女队长。大队干部问，你为什么要当生产队的妇女队长呢？赵秀琴说，我可以不干活。韩新江一死，赵秀琴的头脑受刺激，大队干部不好不同意她当生产队的妇女队长，赵秀琴真的假的就把自个当成妇女队长了。这些年，左邻右舍都躲避赵秀琴，只有吴水月经常地过去看一看。现在赵秀琴指名道姓地把计划生育指标让给吴水月，时间紧迫，罗新矿亲自去韩立海家征求意见，吴水月一口答应说，照（行），我计划生育。韩立海在地里干活不在家。罗新矿问，要不要去找韩立海商量一下子？吴水月说，不用，这件事我当家。

吴水月说过这句话，就跟罗新矿去大队诊所，两条腿一叉拉，做掉了绝育手术。吴水月躺在大队诊所的手术台上，脸上笑眯眯的，好像一点疼痛都没有，显得很幸福。吴水月跟做手术的医生、护士说，我跟韩立海整整十五年，前后生下三男一女，现如今我要儿子有儿子，要闺女有闺女，是个儿女双全的女人，做结扎值了。去大队做结扎手术的各个生产队的妇女队长不这样，哭的哭，号的号，像杀猪，像宰牛。一般都是生过两个孩子的女人，生过两个男孩的还想生一个丫头，生丫头的愿望破灭，就使劲地哭，就使劲地号。生过两个丫头的还想生一个男孩，生男孩的愿望落空，不能不哭，不能不号。男孩丫头都有的，心生恐惧，照样杀猪一般地哭，照样宰牛一般地号。就算不恐惧，为了造声势，为了引起别人的注意，照样杀猪一般地哭，照样宰牛一般地号。作为一个女人，吴水月知足了。一个知足的女人，就算现在去死都值得了，还怕肚皮上不深不浅地划一刀子？

韩立海得着音信已经晚了。韩立海从地里使劲地往家里跑。韩立海怎么都不相信吴水月会去大队诊所计划生育。计划生育原本跟他们家八竿子打不着边，为什么吴水月会没有前兆地去计划生育呢？韩立海跑进家门，吴水月躺在床上，身子虚弱弱的，脸色白拉拉的。韩立海问，你真的计划生育啦？吴水月点点头。韩立海问，你为什么不跟我商议一下子？吴水月说，我怕你不同意。韩立海问，那你为什么要计划生育呢？吴水月说，你看黄玉梅长相好看不好看？韩立海问，跟黄玉梅长相好看不好看有什么关系呀？吴水月说，黄玉梅这么好看的一个女人就是不能怀孕，就是不能生孩子。韩立海问，跟黄玉梅生不生孩子有什么关系呀？吴水月不回答韩立海的问话，顾自往下说自个的。

吴水月问，你看赵秀琴的五短身子能干不能干？

过去赵秀琴在生产队干活，没有哪一个女人能比得过她。

韩立海问，怎么又扯赵秀琴身上去了？

吴水月说，赵秀琴跟自家男人过日子好好的，男人突然地撒手死去，你说撇下的老婆孩子恓惶不恓惶？

韩立海失去耐性地问，你说你到底为什么计划生育？

吴水月说，我没有黄玉梅长相好看，我有儿有女是一个儿女双全的女人，我没有赵秀琴能干，我跟自家男人过日子过一个好好的。

韩立海问，你绕来绕去想说一个什么呀？

吴水月说，我挨上一刀子是老天爷的旨意，老天爷的旨意我不能违抗。

韩立海天上地下寻找好多遍，就是不见老天爷在哪里。韩立海问，你说老天爷在哪里？

吴水月指一指自个的心口窝说，老天爷在这里。

韩立海说，那我问你的老天爷，你凭什么叫吴水月计划生育？

吴水月说，过去我过日子不安心，总觉得家里会出事，现在挨上一刀子心里安泰了。

韩立海说，你这个女人说半天鬼话，我一句话听不懂。

吴水月说，你听不懂说明你过日子安心，说明你是一个有福气的男人。

这一年，淮河发大水，淹了大河湾。大河湾就是大河湾村的土地，就是四周堤坝围拢起来的土地。淮河发大水不稀奇，淮河发大水淹了大河湾更是家常便饭一样不稀奇。稀奇的是，这一年淮河发大水是在老天爷的不断下大雨的哗啦声中发起来的，是在吴水月不断上茅厕的尿尿声中发起来的。简单地说，吴水月肚子上挨一刀子，落下来两个毛病，一个是阴雨天刀疤隐隐地疼痛，一个是不断地上茅厕尿尿。刀疤隐隐地疼痛，吴水月能咬牙忍受住，尿频不断地上茅厕，吴水月有些忍受不住。吴水月忍受不住，不是上茅厕尿尿本身，是在地里干活根本就没有茅厕可上。大河湾的土地是一片无遮无拦的寥天空地，哪里有茅厕？庄稼棵子，就是茅厕。干沟底子，就是茅厕。一个生产队的男人女人在一块干活，就看吴水月不断地往庄稼棵子里边钻，不断地往干沟底子里边跑。一个女人尿一泡尿倒是没什么好说的，问题是吴水月不断尿尿，好像吴水月原本就是一个不好生干活的女人，原本就是一个干活耍奸偷懒的女人。

生产队长说，吴水月你还是在家歇一阵子吧。

吴水月不好意思地说，那我就在家再歇两天。

按照大队的统一规定，计划生育的妇女可以在家休养半个月。这半个月不上工算上工，工分照拿，一分不少。吴水月休息半个月去生产队干活，干活不干活事小，不断地跑来跑去尿尿就影响其他女社员干活了。女人尿尿传染，一块干活的女人，要是有一个女人去尿尿，就会有一大嘟噜女人去尿尿。半天活干下来，就看一个个女人轮番跑去尿尿，像走马灯一样往庄稼棵子里边钻，往干沟底子里边跑。

吴水月去大队找过罗新矿。罗新矿说，我回煤矿医院问过那个主刀医生，那个医生说这是手术并发症，过一过就会好。吴水月问，得要多长时间？罗新矿说，这个说不准，总得要十天半个月吧。吴水月说，十天半个月早过去。罗新矿说，那就时间再长一点。吴水月问不出一个所以然，就在家继续休养。吴水月待在家里，就不怕尿频上茅厕了。一来是家里有茅厕，二来是上茅厕有空闲。上午或下午，韩立海下地干活，三个男孩上学，一个老丫头在家里的床上睡觉，一个茅厕就是吴水月的专用茅厕，想什么时候上茅厕就什么时候上茅厕，想上茅厕好长时间就上茅厕好长时间，不再有心理负担。在生产队地里干活不这样子，越是害怕尿尿，越是想尿尿，越是害怕生产队长看她，生产队长的一双眼落在她身上就是不放松。这样子在生产队地里干半天活，吴水月就是受半天煎熬，就是受半天活罪。现在好了，可以放心大胆地敞开尿尿，可以没有心理负担地轻松尿尿。要是有人问吴水月，你现在最大的心愿是什么？吴水月一定会说，就是像现在这样子，想尿尿就尿尿。一个想尿尿的人，一下子把尿尿掉了，真的很享受，真的很幸福。

吴水月不断地去茅厕，不是尿多，是尿少，滴滴答答的，像是水龙头的阀门关不严，随时随刻都有几滴尿滴答出来。一小会上一下茅厕，一小会又上一下茅厕，半天时间里，吴水月除去上茅厕，好像什么事都做不了。吴水月家的茅厕坐落在庄台坡上，土里埋一口水缸，四周拦上秫秸，留出一个门，一个简易的茅厕就建造出来。上茅厕蹲里边，秫秸缝里透风透亮，四下里的风景瞧看一个清清楚楚的。有什么风景可瞧看的呢？这些天淮河发大水，眼见涨到半庄台。要是再往上涨一尺，就会欺近她家的茅厕缸。要是再往上涨三尺，就会淹进大河湾。淮河水淹进大河湾，不是堤坝不够高，挡不住洪水，是国家要炸坝子，让大河湾蓄洪，保护上游和下游的城市。庄台是一溜斜坡，慢慢地往下伸展，慢慢地往水里伸展。要想知道淮河水上涨得快与慢，方法很简单，折一根柳条，刻上尺寸，笔直地插水里。淮河水一寸一寸地沿着刻度往上涨，涨一寸花好长时间，就一目了然了。尿一泡尿，淮河水涨一寸。尿两泡尿，淮河水涨两寸。吴水月蹲在茅厕里一边尿尿一边观察柳条上的刻度变化，眼睛惊呆了，有些不相信。淮河水上涨会有这么快？吴水月索性蹲在茅厕里不起来，继续观察淮河水的暴涨速度。庄台下面有柳树，柳树下面有坝塘，坝塘下面有河滩地，河滩地下面有淮河。吴水月观察的角度是从庄台上面往下面，是从北边往南边。也就是说淮河在最南，依次往北是河滩地、坝塘、柳树、茅厕。淮河发大水，河面膨胀拓宽，淹没了河滩地，淹没了坝塘，只有柳树的枝杈摇曳在河面上，只有上半截庄台暴露在河面上。这一次，吴水月两眼观察得清楚，不会出差错，确确实实尿一泡尿时间，淮河水往上涨一寸。淮河水上涨这么快意味着什么呢？意味着大河湾的土地很快就要沦陷为蓄洪区。吴水月在茅厕里蹲不住了，慌慌张张地提裤子，慌慌张张地系裤带，慌慌张张地往生产队里跑。吴水月想提前告诉生产队的村人这么一件实事，那就是淮河水快要淹大河湾了。早做准备，少受损失。生产队的粮食存放在仓库里，生产队的仓库在庄台下面，生产队的粮食要赶紧地转移到庄台上。生产队的牲口在生产队的牛屋里，生产队的牛屋在庄台下面，生产队的牲口要赶紧地转移到庄台上。除此还有生产队的大车，还有生产队的犁耙，还有生产队的扬场锨，还有生产队的大秤，还有生产队的账本。哪一样生产队的东西不及时地转移到庄台上，都是一笔很大的损失。吴水月一边往生产队跑一边想着这些事，心里着急，两腿哆嗦，像是一个天真的快要塌下来。

不是说生产队的村人不知道淮河水暴涨这件事，不是说生产队的村人袖手旁观不去转移生产队的东西，专等吴水月来提醒。在一条村路上，吴水月就遇见忙忙碌碌的生产队村人。这条村路一端连接庄台上面的一片空场，一端连接庄台下面的仓库、牛屋、麦场。吴水月没有见村人扛粮食、牵牲口、拉大车、搬农具。生产队的男人、生产队的女人，一人一副扁担绳，前呼后拥地把麦场上的麦秸往庄台上面搬运。生产队的男人忙一身汗水，生产队的女人忙一身汗水，只有吴水月一个闲人站路边，村人不搭理她，她也不搭理村人。吴水月好不容易等到韩立海。韩立海流淌一头一脸汗水，沾染一头一脸麦草，一个邋遢肮脏的韩立海都不像韩立海了。韩立海气喘吁吁地问，你怎么在这里？吴水月说，我来跟你说一件事。韩立海问，你说什么事，我收工回家不能说？吴水月说，是一件急事。韩立海说，那你快一点说！一条村路不宽，韩立海跟吴水月说话，肩膀上的挑子放不下来，路面上的两条腿站不下来。韩立海担一挑麦秸前面走，吴水月跟在后面撵。

吴水月说，快淹湾了。

韩立海说，我知道。

吴水月说，河水涨得噗噗响。

韩立海说，我知道。

吴水月说，我尿一泡尿工夫涨一寸，我尿两泡尿工夫涨两寸，我尿三泡尿工夫涨三寸。

韩立海依旧说，我知道。

吴水月大声地说，你不知道，快要炸坝子了。

韩立海小声地回答说，已经炸坝子了。

吴水月不相信地问，我怎么没听见？

韩立海说，刚刚炸。

炸坝子往年都在大河湾村西边五里处，今年不会换地方。韩立海跟吴水月说话时走在庄台下面。吴水月往村西看一眼，密密麻麻的柳树遮拦着，炸坝子的地方什么都看不见。吴水月丢下韩立海，铆足劲地往庄台上面跑，铆足劲地往家里跑。吴水月家的房屋盖在一处特别的地方，庄台从西边往东边垒过来，在她家的房屋处向北弯出一个不大不小的弧线。往年炸坝子，吴水月站在自家的房屋后面，都能看见炸坝子的地方，白浪滔滔的河水翻过炸开的豁口，跌跌撞撞往大河湾奔跑、跌落、溅起。这一天是阴天，天上一直下着雨。下雨天，乌云密布，雾气蒙蒙，吴水月就看不见炸开的堤坝，但脚下能够感到从远处传来的微弱震动，耳朵能够听到从远处传来的微弱轰鸣。一时间，天上雨大起来，哗哗啦啦地淹没去轰鸣声，脚下的震动却更加的靠近，更加的有力。一瞬间，吴水月就有了很强的尿意。吴水月赶紧地往自家茅厕跑。来不及，房屋前后不见行人，吴水月更改主意，解开裤带，敞亮屁股，就地蹲下来。哗哗啦啦，哗哗啦啦，哗哗啦啦，吴水月畅快地尿出一泡惊天动地的长尿。吴水月的尿频毛病就此好了。

那一年，有计划生育并发症的不止吴水月一个人。三队的妇女队长吴桂珍，肚皮开过刀，刀口长不上，一直往外流黄水。黄水有一股刺鼻的臭味，她的男人韩大牙受不住，一次觉都不愿跟她睡。韩大牙说，我受不住你身上的一股子臭味，我跟你睡一张床都要憋死掉。吴桂珍睡一张床，韩大牙睡一张床，两口子连一张床都不能睡。前后大半年，吴桂珍的刀口愈合，不再流黄水，韩大牙还是不愿跟她睡觉。吴桂珍问，我肚皮上的刀疤好了，我身上不流黄水了，你为什么不跟我睡觉？韩大牙说，你肚皮上的刀疤好了是好了，你身上不流黄水是不流黄水了，可那一股臭味还在你身上。吴桂珍专门买来一块香肥皂，上上下下地洗一遍，里里外外地洗一遍。吴桂珍跟韩大牙说，这下子我身上该没有臭味了吧，这下子你该跟我睡觉了吧？韩大牙说，一股子臭味扎根在你身上，任你怎么洗都洗不干净。吴桂珍绝望了。吴桂珍说，我有办法洗干净。半夜里，吴桂珍跳进淮河里。

七队的妇女队长名叫陆小凤。陆小凤结扎过后不尿频，刀疤上不淌黄水，从外表上看，瞧不出有什么不正常。十年后，陆小凤的肚子开始出毛病，不是其他毛病，是不知不觉地怀上孩子，肚子一天比一天往外大。这个时候，村里的计划生育风声一天比一天紧，扒房罚款，鸡飞狗跳，躲避计划生育的男人女人到处跑。陆小凤腆着一个大肚子，哪里都不去躲藏，整天村东村西招摇过市闲溜达。当年陆小凤生过三个孩子做结扎，现在肚子里的孩子要是生下来，算是第四胎。横说竖说，陆小凤肚子里的孩子都算超生。横说竖说，陆小凤肚子里的孩子都不该生下来。可偏生地村干部都是睁眼瞎，没有一个找上门。

最后还有四个人要交代。那一年，黄玉梅出事后就跟韩大嘴离婚了。离婚是黄玉梅提出来的。黄玉梅说，我俩在一块过日子一点意思都没有了。韩大嘴说，那就你过你的，我过我的。黄玉梅问，你怎么过你的，我怎么过我的？韩大嘴说，你在大河湾村过，我在煤矿上过。黄玉梅说，我哪里有脸在村里待下去。韩大嘴问，那你说怎么办？黄玉梅说，离婚。韩大嘴跟黄玉梅离婚后各自成家。韩大嘴跟老婆住在煤矿上，生下两个儿子。黄玉梅跟男人住在娘家的村子里，生下两个丫头。

罗新矿在煤矿工会工作，马强胜就是煤矿工会的副主席。蹊跷的是，罗新矿跟马强胜最终变成两口子，生有一儿一女。他俩有着怎样的一番变故，大河湾村人就不知道了。

3

四个孩子一年一年长大。四个孩子一个挨一个离开家门。一年三百六十五天，差不多有三百天，家里就韩立海和吴水月两个人。韩立海整天面对吴水月一个人，吴水月整天面对韩立海一个人，还有就是家里的四头猪，还有就是家里的几亩地，还有就是家里的鸡鸭鹅。老两口的生活是充实的，是寂寞的，更是安逸的。吴水月是个细胳膊细腿的小个头女人，看着不起眼，做起事来却十分地麻利，十分地勤快，身上像是有使不完的力气。吴水月跟着韩立海这些年，不讲究吃，不讲究穿，不多言，不多语，大多数时候想不起她的存在，可家里地里却处处存在着、时时存在着。

这一天早上，吴水月没能按时起床，睡在床上跟韩立海说，我头有点晕，我想在家里睡一觉。韩立海愣一愣神，看一眼睡在身边的女人，看不出她有头晕的迹象，看不出今天的她跟昨天的她有什么不一样。韩立海爬起床，吃罢饭，扛一把铁锨单独一个人下地干活去了。以往一天三顿饭都是吴水月烧好端面前，今天早上韩立海吃一块剩馍，喝一碗白开水，没吃饱不说，一肚子鼓鼓囊囊地不舒坦。以往下地干活都是吴水月跟着他一块干，这一天韩立海一个人在地里干活，总觉得心里空空落落的，无滋无味的。以往吴水月像是一个铁女人，很少有头疼脑热的时候,偶尔有个伤风感冒什么的,也不会耽误在家烧饭、下地干活。韩立海这么一想,头脑闪开一道大缝隙,有了一种不好的想法——要是吴水月在家里有个三长两短呢?要是吴水月这么躺在床上一睡不起呢?韩立海心里虚慌,胳膊腿发软,一刻都不能在地里干活,自个跟自个说,我要快一点回家去看我老婆。没到晌午收工的时辰,韩立海破天荒地扛着一把铁锨一颠一颠地往家里跑。韩立海跑得心慌肉跳。韩立海跑得气喘吁吁。韩立海一进家门,看见吴水月正在锅屋里忙着烧饭。

韩立海脸色煞白,满头是汗,站在吴水月面前,不知道该说什么话。

吴水月惊慌地问,你这是怎么啦?

韩立海极力掩饰内心的喜悦说,没什么事,我就是想快一点跑回家看一看你。

吴水月一眼看穿韩立海的心思,笑一笑说,我不会撇下你跟四个孩子,你们韩家的锅我还没有烧够数呢!

这一天下午,吴水月就跟着韩立海一块去下地。

韩立海问,头晕好了?

吴水月回答说,好了。

韩立海问,要不要找医生瞧一瞧。

吴水月说,我不是那种娇贵的女人。

下午忙半天,晚上闲下来,韩立海跟吴水月一边看电视,一边唠闲话。自从家里买一台黑白电视机,韩立海就扔下那台老旧的收音机。从电视里了解国家大事,能听能看,比收音机先进多了。韩立海依旧喜欢看新闻,中央电视台新闻联播、省电视台新闻联播、市电视台新闻联播,每天晚上从中央到地方能“联播”几茬子。国家领导这一天干些什么事,省领导这一天干些什么事,市领导这一天干些什么事,他从电视上知道一个清清楚楚的。韩立海坐在电视机前一边看新闻联播一边心里很受用，不能说国家领导、省市领导亲自面对面向他汇报这一天干些什么事，最起码给他的感觉是播音员替代他们在电视里向他汇报的。韩立海有一种太上皇的感觉，有一种管着省市领导的感觉。这样子一来，韩立海看电视跟听收音机就大不一样了。从前韩立海听收音机可谓聚精会神地听，广播员一句话紧接着一句话往外说，生怕一不留神，听岔其中的一个字一句话。一件事由一个一个字一句一句话构成。一个字听岔，一句话听岔，就有可能听岔这件事。电视上播新闻不是一句话紧接着一句话往外说，这句话与那句话之间要插播一大段画面。播音员可以一边看画面一边说画面，韩立海也可以一边看画面一边说画面。韩立海说，美国不是一个好东西，今天打这个国家，明天打那个国家，人家的国家跟你美国相隔那么远，你说你凭什么去打人家？韩立海说，我们国家不能眼睁睁地看着美国胡乱打人不问事，这就像两家人吵架，总要有人去拉架，没有人去拉架，不是越吵越红脸？这一天，省电视台说一位省领导贪污腐败被中纪委宣布“双规”。这一次，韩立海倒是见怪不怪地说，哪一个当干部的不想捞好处？不说别人，就说我们村的村长，不是在村里盖最高的楼，盖最漂亮的楼？还不是抠脑子占村人便宜占来的……吴水月看电视是可有可无的，最关键还是听不懂普通话。韩立海翻译给吴水月听，一件事他明明说得很清楚，吴水月还是听不懂。吴水月说，我不听你们日白扯（瞎胡说），我上床睡觉去。吴水月一说“我不听你们日白扯”，就好像把韩立海往外猛一推，就好像韩立海跟电视台是一伙的，专门说吴水月听不懂的话。吴水月一睡觉，韩立海就得跟着上床去睡觉。韩立海不想睡这么早，就得跟吴水月说，我俩说一说四个孩子吧。吴水月说，就算说四个孩子，我俩也要睡在床上说。韩立海问，为什么要睡在床上说？吴水月说，我坐板凳时间一长就坐不住。韩立海说，这么说你的头晕病还没有好透彻。吴水月说，哪会这么快。到晚上韩立海已经忘记吴水月早上头晕这件事。韩立海能忘记，吴水月不能忘记。

“我俩说一说四个孩子吧”——这才是他们俩的共同话题，永恒话题。

四个孩子，一个孩子挨着一个孩子说，说他们的生活，说他们的婚姻。

先说大儿子一家子。大儿子媳妇在县针织厂上班，厂子先是不死不活地不景气，后是咔嚓一下子停下来。大儿子是个老实人，先是伸手办一办学生的课外辅导班，捞一点外快补贴家，后来学校老师一个跟一个学习，办辅导班的老师多起来，影响了学校的声誉，影响了学校的正常教学秩序，学校就明令禁止老师开办各类课外辅导班，韩新云就没有办法挣钱补贴家。再后来大儿子跟前的孩子上初中、上高中，韩立海手里的几个活便钱，照旧长流水一般偷偷摸摸地倒贴过去。大儿子一家子的经济条件差，他的头上早早地泛出半白的头发，走出家门连一件像样的衣裳都没有。老两口说起大儿子，心里总是一揪一揪地疼，一酸一酸地痛。

韩立海自责地说，那一年我要是不打坝子（阻拦），让他留在市里兴许就好了。

韩立海认为大儿子考学走出大河湾村没有错，错是错在他不该让他回古城。

吴水月宽慰他说，人没长前后眼，谁知哪一步路会走对，哪一步路会走错？

吴水月这样子一说，不是宽慰韩立海当初打坝子，更不是否定韩立海当初打坝子。说来说去就是韩立海打坝子，大儿子才走到现在这种境况的。

电视荧屏蓝莹莹的，一闪一闪的，上面播放着国际新闻，美国出兵去打一个国家，天上跑着飞机，地上跑着坦克，海里跑着军舰，一副兴师动众的样子。韩立海转移话题说，人不能有钱，人一有钱就变坏。韩立海说的是美国。吴水月接话茬依旧说四个孩子，这次说的是二儿子韩新水。吴水月说,可不是,二儿子要不是口袋里有几个钱烧的,他敢拖着李圆圆这些年不娶她?

前两年韩新水贩煤炭出了一点岔子。一个煤矿领导出纰漏,牵扯到他行贿。煤矿领导多卖煤炭,他就把钱塞进煤矿领导的口袋里。上面传唤他去核实这件事,煤矿领导交代不少,韩新水死活不认账。据说韩新水花去一大笔钱,才把这件事平息掉。从此,韩新水收手不做煤炭生意,一转脸改做房地产开发了。

老两口一说说到三儿子身上。

不去说韩新雨开农机维修铺的事,操心的是他不成家。眼见到了三十岁,不去相亲,不去交往女孩子,不动不摇地像是一块连杂草都不生长的盐碱地。韩立海说三儿子,你想学你二哥吗?三儿子说,我怎么能跟二哥相比呢?他是有女人跟他他不娶,我是没女人跟我我娶谁?韩立海说,你二哥跟李圆圆不结婚还不是一个样。三儿子说,要是有女人今天愿意跟我,我明天就跟她结婚。

韩新雨说话算数,快得老两口连眼皮都没有眨一下子,就跟一个女人结婚了。

女人名叫钱丽,是个离过婚的女人,有房子,有孩子,家里锅碗瓢盆样样都齐全,韩新雨不用操心,不用出力,搬过去就能过日子。

韩立海说三儿子,你怎么能娶一个二婚的女人呀?

韩新雨说,省心,省事。

韩新苗去谢桥煤矿又四年——前后一共十年整,总算把这个名叫苏聪的男孩子追到手。这时候,老两口才明白老丫头为什么技校毕业上职大,为什么职大毕业去谢桥。老两口见着新女婿,人长得如白面书生,像个老实的孩子,像个读书的孩子,他俩觉得老丫头有眼光,就点头同意他们结婚了。

吴水月说,老丫头什么都好,就是有一条不好,离家太远。

韩立海说,说远其实不算远,一百多里路,想回来两个钟头足够了。

……

吴水月说，说开来四个孩子没有一个我放心的。

韩立海说，我喜欢说老话，老话说儿孙自有儿孙福，我俩操不下这么多心就不要操。

吴水月说，我是操心操够了。

韩立海说，我也是操心操够了。

吴水月说，你早唻，我不操心你接着操。

就是这一天晚上，吴水月去世的。

老两口睡在同一张床上，一点动静都没有。隔天天亮，韩立海搭手一摸，吴水月的身子都发硬了。韩立海找来村里的医生王麻子。王麻子问，吴水月死前有没有什么不好的征兆？韩立海想一想说，昨个早上吴水月说她头晕，在家里睡半天觉。王麻子说，听你这么一说就对了，这说明她有高血压，只有脑溢血才会这么不声不响地死去。

韩立海问，一点抢救的办法都没有了？

王麻子说，人都发硬了，还怎么救？

王麻子走后，韩立海趴在吴水月身上，铆足劲地哭上一阵子。韩立海说，你不是说你不会撇下我跟四个孩子吗？你不是说我们韩家的锅你还没有烧够数吗？看来你知道自己的大限已到，存心不想跟我说一声呀！

韩立海一边哭一边说几句吴水月，而后转过头来说自个。韩立海说，我这个男人家怎么这么粗心呀，你早上说头晕，我怎么没带你去瞧一瞧医生呀，要是经一经医生眼，要是吃几粒药，兴许你就不会死得这么快，你说我怎么跟四个孩子交代呀？

韩立海答应吴水月死后埋在自家地里。

大河湾村人死后不愿意埋在大河湾村，都埋往远远的别处去，要么往北过河埋远远的北边去，要么往南过河埋远远的南边去。原因是大河湾村的土地容易遭水淹，棺材埋在这里不安生。吴水月生前说，我不怕水，我死后哪里都不去，就埋在自家的地头前。韩立海说，我赶明留在这里陪着你。

大河湾村人的祖先无疑是淮水河畔最古老的古居民之一。就韩立海这一支血脉来说，到了他这一代无疑是最后居住在这里的一代人了。四个孩子不会回来，将来他们的后代更不可能回来。吴水月死了，家里就剩下韩立海一个人的土地。要是韩立海死后，这块土地归落谁家现在还说不准。不过不管这块土地将来划归谁的名下，乡里乡亲的，老两口占据这么一片地方都不算太过分。

韩立海面对吴水月心里哭空朗，停下哭，一个一个打电话通知四个孩子回家奔丧。

4

那一年，毕家岗煤矿扒煤炭从淮河底下扒到大河湾村。

轰隆隆——轰隆隆——不时地有放炮声从地下传上来。村人在地里干活，都能听一个清清亮亮的。村人骂煤矿人是一群祸害人的老鼠。村人这样子说，一是说他们像老鼠一样从淮河下面掏出一个大洞，钻进钻出的，把大河湾村土地下面的煤炭扒走了；二是说他们像老鼠一样贼眉鼠眼地不安好心，更是危及大河湾村的村庄与土地。村里人都知道，一旦煤矿在大河湾村的土地下面扒煤炭，不要两三年时间，土地就会慢慢地塌陷长不好庄稼，庄台就会慢慢地塌陷住不安人家。这样子的事例在煤矿四周多得很，遭殃受害的村庄不是十个八个的。你说这样子的一群矿工跟老鼠有什么区别呢？

这一天，韩立海猛然一阵子发笑起来，哈哈哈哈，笑得无拘无束，像一个傻子，像一个疯子。吴水月不清楚韩立海为什么要这样子发笑，为什么要这般不要命地狂笑、痴笑。韩立海哈哈哈哈地笑着说，你说说，你说说，我要当老鼠一样的矿工做什么？吴水月听明白，大炼钢铁那一年韩立海去煤矿当矿工跑回大河湾村，为着这件事吴水月埋怨他几十年，韩立海后悔几十年，现在总算找到一个说法，把憋屈几十年的一口气舒缓出来。

吴水月说，你要是当矿工来大河湾村下面扒煤炭，说不定跑在最前面的就是你，你就是那一只领头的大老鼠。

中间相隔两年，煤矿在淮河南岸规划出一片地方，催着一家一户赶快重新盖房屋，赶快拆迁搬家。他们派人来村里挨家挨户地丈量房屋，按规定赔偿一家一户拆迁钱。轮到测量韩立海家的这一天，吴水月拦着煤矿人说，我们家的房屋不用量，我们家不拆迁。具体负责测量的工作人员不管这些事，你家不测量，就去下一家。

韩立海说，搬家不搬家是公家人说话算数，不是你吴水月说话算数。

公家人就是村里干部、乡里干部、煤矿干部。

吴水月说，我就是不搬家，谁能把我怎么样？

韩立海说，你不搬家，赶明庄台塌陷、房屋倒塌，你不能住。

吴水月说，我盖一间草庵子住，天塌地陷都不怕。

吴水月温顺一辈子，好说话一辈子。这一回吴水月却破天荒地像一头倔驴，尥起蹄子来了。

临到拆迁那些天，煤矿上没有一个干部来，只见村干部、乡干部乱转悠，像是走马灯，一个个汉奸二鬼子似的向着煤矿说话，什么煤矿赔付的拆迁费已经高于国家的规定标准啦，什么新划分的宅基地比现在的宽敞大方啦，什么搬迁到淮河南岸，少一条淮河拦着，村人走出去更便当，更利于大河湾村走向一条康庄大道啦。

吴水月不跟村干部、乡干部说这些大道理小道理，她不愿搬迁的理由只有一条——我在大河湾村住一辈子习惯了，现在哪里都不想去。

村干部、乡干部跟吴水月说不通道理就不说，他们手上有一台推土机，到了规定时限，一声令下，推土机突突突地冒出一股子黑烟，哪一家的房屋推不掉？哪一家的房屋不敢推？

韩立海没办法，搬来四个孩子，轮流说服吴水月。

老丫头韩新苗抢着先说话。老丫头说，娘，我家在谢桥的房屋多，你搬到我家住。

吴水月说，你三个哥哥家我都懒得去住一天，单单去你家？

按照这里人家的风俗习惯，养老在儿子家，不去闺女家。

韩新水一直拖着没成家，韩新雨跟一个二婚女人结婚，两家都不好让娘过去住。

韩新云说话很勉强。韩新云说，娘，你要是不嫌我家地方小，就去我家住一阵子吧。

吴水月说，家里现成的三间新瓦房，我干吗要住你们家？

韩立海在淮河南岸的新地盘上，已经统一盖起三间新瓦房。

韩立海说，这么说，你同意搬迁啦？

吴水月说，同意是同意，只是你得答应我一个条件。

韩立海说，莫说一个条件，就是十个八个条件我也答应你。

吴水月说，我没有那么贪心，你只要允诺我一个条件就够了。

韩立海说，好，你说吧。

吴水月就说她死后要埋在自家的土地里。她说她喜欢淮河水，不怕淮河发大水淹进棺材里。她说她喜欢听淮河浪的哗嘘、哗嘘声响，死后睡在自家地里就能听得见。

韩立海当着四个孩子的面点头答应下来。

吴水月说，现在你就跟着我去把墓地选出来。

他们家的土地一共有三块，三块土地都是南北走向，三块土地大小块面不同，离堤坝远近不同。换句话说，哪块土地离堤坝最近，哪块土地离淮河就最近，哪块土地离堤坝最远，哪块土地离淮河就最远。

吴水月要是选择就应该选择靠堤坝最近的一块土地做墓地，这是自然的。蹊跷的是，吴水月把墓地选在这块土地的最北端，而不是选择在这块土地的最南端。

韩立海猜测说，你知道过些年土地塌陷的时候，靠着淮河一边的土地先塌陷，先沉陷出一口大水塘，说来说去你心里还是害怕水淹。

吴水月说，这话你说错了，这块地有堤坝挡着，淮河浪声传过来，我睡在南头没有睡在北头听得清。

吴水月死去就埋葬在她生前选择的这块地方。夜深人静的时候，韩立海会走过去，站在吴水月坟前，仔仔细细地听一会隔着堤坝远远传过来淮河浪声，哗嘘——哗嘘——一浪推动一浪，节奏感很强，声音很响。过一过，韩立海走到这块土地的南端，又仔仔细细地听一会隔着堤坝远远传过来淮河浪声，哗嘘——哗嘘——一浪推动一浪，节奏感弱下来，声音也弱下来。

韩立海很惊奇，这么微妙的一件事吴水月生前是怎么知道的呀！

第七章　张玉玲

送郎送到柞刺棵，
柞刺扎了郎的脚，
侬拿钢针给他拨，
一拨一个血窝窝，
拨的虽是郎的肉，
心痛的是侬家我。
——淮河流域花鼓灯情歌

1

韩新云有一次转运机会没抓住，随风一吹飘散掉。

那一年县政府招考秘书，明文规定是从全县中小学老师中选调。韩新云学的是中文，又是古城中学为数不多的骨干语文教师，报过名还没有考试，夺魁的呼声就一浪高过一浪。学校里的同事、学校里的领导都以不同的话语、不同的方式提前祝贺了。要三名秘书，全县一百多人报考，考试前五名进入考核对象。考试成绩出来，韩新云排在第二名。考试前，韩新云心里没底，就没回家跟韩立海说这件事。成绩公布出来，进入考核阶段，韩新云回一趟大河湾村。韩立海跟大儿子说，在县政府当秘书当然是一件好事，跟县领导关系处理好，受到提拔重用，将来就能做小官、中官、大官，一步一步就会有大出息。这些年，韩立海听收音机、看电视，面场上的套话会说一大堆。韩新云自个却担心考试第二名没有用。理由是，考试第一名的老师就在他们学校里。这个人教书教得差，不是一个喜欢读书学习的人，闲下来喜欢拉各种社会关系，喝各种社会闲酒，考试能得第一名显然事先知道了考试题目或是试卷批阅有猫腻。韩新云当老师多年，社会知识淡薄，与考试相关的五花八门手段却不陌生。因此，韩新云担心考试不公平，考核也很难能公平。

韩新云的担心不久成为现实，考试第一名取了，第四名、第五名取了，第二名、第三名刷掉了。韩新云去一趟县政府问情况，人家答复说这是领导集体研究决定的。“集体”是由许多位领导构成的，“集体研究”不是某一位领导单独定下的，想问理由也问不出一个所以然。韩新云站在县政府的大院里，扬脸望天，连这个“集体研究”黑的红的都不知道。“集体研究”就这么扼杀了他的前途和命运。韩新云气鼓鼓地去一趟县政府，垂头丧气地回家里。考试多是书本知识，考核多是社会知识。就算韩新云社会知识欠缺，就算考核结果差一点，考试和考核两项相加一综合，也不至于排不上前三名吧。现实往往就是这样子，“集体研究”不给说法，群众给说法。有人说韩新云当不上秘书是因为家庭有历史问题，有人说韩新云当不上秘书是因为档案里有处分，更有人说韩新云当不上秘书是因为老婆经常跟他吵嘴磨牙影响的。

俗话说：说者无心，听者留意。韩新云听见这么多条“有人说”，自个对照着一条一条地分析失利的真正原因。不能说集体研究不偏颇，不能说集体研究就公平，但偏颇要有偏颇的理由，缺公平要有缺公平的理由吧。毛主席他老人家就说过这种话：“世界上没有无缘无故的爱，也没有无缘无故的恨。”爱和恨是有缘故的。韩新云要是长一头乌黑浓密的头发，“集体研究”说他是一个秃子就是一个秃子啦？第一条，有人说他有家庭历史原因，那是真的胡扯淡。不要说“文化大革命”已结束，阶级斗争不再年年讲月月讲天天讲。就算放在“文化大革命”年代，就算放在阶级斗争年代，韩新云的家庭三代贫农、八代清白，家庭历史不会有一丝一毫污点。第二条，有人说他的档案里有处分，就更属无稽之谈了。不说小学初中没有档案，学生表现记载不进去。不说高中一路成绩领先，年年都是三好学生，有记录也应该记这些光辉点。就说师专两年，韩新云是班级干部、优秀毕业生，档案记录更不会差到哪里去。面对这样子一番求学经历，有人说他档案里有处分，不是大睁两眼说瞎话吗？

接着往下想，韩新云心里猛然间一凛。不是说他的档案里真的有什么问题，是他意识到问题可能来自两年前开办课外辅导班这件事。开办课外辅导班，本身没有错，错就错在校领导按照教育局文件要他停办下来的时候，他不愿意停办。就为这件事，校领导汇报到教育局，教育局汇报给分管县领导。分管县领导批示六个字：不停办，就停职。辅导班与公职相权衡，韩新云只能选择保留公职，停下辅导班。韩新云真的舍不得停办辅导班，辅导班就是他老婆的一份工作，就是他一家过日子的柴米油盐，就是他人生的一剂安宁药。老婆下岗没有多少钱，孩子上学要花钱，一家人过日子要花钱，停办辅导班，指靠韩新云一个人的工资，一家人怎么过日子？

两年前，韩新云刚开办辅导班的时候，县针织厂一直就不好不坏地活着。针织厂从银行贷上款，买回原材料，职工上一上班，机器开一开，生产一点产品，卖一点产品，赚一点钱，发一点工资。要是银行不贷款，机器和职工都闲着。机器闲着，产品生产不出来。职工闲着，工资发放不出来。就是这时候，韩新云想到开办辅导班。这件事不是凭空想出来的，韩新云去市里的同学家玩，见到他们开办辅导班。凡事，市里都比县里早走两步路，市里的老师开办辅导班，县城里还没见动静。当时，韩新云回家跟张玉玲说这件事，觉得老师开办辅导班不是一件正经事。一个老师不好生地备课上课批改学生的作业，一心想着去办班，一心想着去敛财，怎么能算一件正经事呢？古人云：君子爱财，取之有道。那个时候，韩新云想做一个谦谦君子似的教师，想都不想去办班敛财这件事。后来有一件事刺激到韩新云，迫使他改变已有的想法。这一年学校往市里申报学科带头人。市里的指标下到县里，县里的指标下到学校。也就是说，校长想把指标给哪一个老师，哪一个老师就是市一级学科带头人。平常里，韩新云在学校教学出众。出众的原因是韩新云一心扑在教学上，花别人没有花过的时间，花别人没有花过的精力。当然各个行当都要有各个行当的天赋。韩新云就是教师这个行当里有天赋的老师。说应试教育，韩新云带的班级学生考试成绩，比别的老师带的班级学生考试成绩高。说素质教育，韩新云在课堂上穿插大量书本之外的知识，学生都爱听他的课。这样子说吧，韩新云带哪一个班级，学校老师就把孩子往哪一个班级里送，学校领导就把各种社会关系的孩子往哪一个班级里送。这样子一个老师，申报市一级学科带头人，是理所当然的一件事。理所当然的一件事，学校领导就是不理所当然地去做。其结果，学校领导就把这个指标交给了别人。这个老师姓黄，就是后来考县政府秘书第一名那一位。韩新云不服气，去问校领导。校领导不躲闪，说这个指标是县教育局戴帽子下来的。所谓戴帽子，就是指标跟着人一块下来。真是这样子的吗？不用去县教育局核实，就能看出这是学校领导耍弄出来的一个小花招。

好生地在学校上课教书，竟然得不到学校领导的认可，韩新云心灰意冷起来，随即心理和行动发生很大的扭曲与变形。韩新云自个问自个，我干吗要老老实实地教书呢？我干吗要循规蹈矩地做人做事呀？当学生循规蹈矩，当老师循规蹈矩，现在我就不去循规蹈矩了。就是这个时候，韩新云想到开办课外辅导班。课外辅导班，这个名称起得真好。从今往后我只忙课外辅导班，课内教课就可以马马虎虎不去认真了。韩新云总算找到一个内心宣泄的窗口。

前后两年间，韩新云开办的课外辅导班大致经历过这么三个阶段。第一个阶段，开班在班级里。第二个阶段，开班在租来的房屋里。第三个阶段，开班在张玉玲的娘家。第一个阶段，招的都是自个班级里的学生。利用下午放学时间，像是增加一节课。每个学生交费很少，五块钱，一筐烂白菜的价格。韩新云的最初想法，敛钱不是主要目的，主要目的是要引起学校老师的注意，引起学校领导的注意，算是对他们的一种抗议吧。事实却反过来，老师和校领导都以为他加班加点只是为了给学生开小灶。足见一个兢兢业业的老师，想要改变形象是困难的，是要有一个漫长的被认知过程的。老师和校领导知道他一个学生收五块钱，恰恰忽略的也就是这么一点钱。足见古城人的思想观点是多么质朴与滞后。

反对者不是一个都没有。这个人就是张玉玲。那一天，韩新云向张玉玲宣布要办辅导班，要收学生的补习费，真的引起张玉玲的惊讶与不解。韩新云说话的语气是咬牙切齿的。韩新云的面部表情是鱼死网破的。张玉玲认识韩新云这些年，他一直做人做事都是前怕狼后怕虎，畏畏缩缩的。这一回韩新云跟往常有了很大不一样。

张玉玲问，在班级开办辅导班不好吧？

韩新云说，怎么不好？我就是要这个不好。

张玉玲问，开办辅导班收学生钱不好吧？

韩新云说，怎么不好？我就是要这个不好。

张玉玲问，学校老师知道会怎么说？学校领导知道会怎么说？

韩新云说，我管他们怎么说，他们想怎么说就怎么说。

张玉玲问，这样子做不是得罪学校的老师和领导吗？

韩新云说，我就是要跟他们唱对台戏。

张玉玲问，你跟他们唱对台戏有什么好处呢？

韩新云说，我不跟他们唱对台戏，不是狗屁的好处都没有？

韩新云说得泪水汪汪，一副委屈的样子，一副含冤不明的样子。

第二个阶段开办辅导班，韩新云就不限于自个班级的学生了，收费也慢慢地高起来，倒像一筐新鲜西红柿的价格或是一筐新鲜黄瓜的价格了。这样子一来，辅导班办在教室里不合适，就转移到学校附近的两间房屋里。是韩新云花钱租来的房屋，张玉玲去管理，去打扫，去收费，像是一个合伙人。县针织厂眼见着要垮台，张玉玲替韩新云打下手，算是早早地下岗再就业。这种时候，县城里的各种辅导班多起来、杂起来、乱起来，谁都想开办辅导班，谁都想招学生敛财。凡事都宜早不宜迟，赶别人想起开办辅导班，韩新云的辅导班已经成形见规模了。初一、初二、初三，三个班次，每个班次两个班，每一个班二十五个学生，拢共一百五十个学生。一个学生一个月收费二十块钱，一个月正好三千块钱。张玉玲按月数着手上的钱，满身的疲倦一扫而光。办班累不累？真是累。累得韩新云在学校上课没精神，能马虎一节课就马虎一节课，能马虎一个月就马虎一个月。韩新云跟学生说，你们课堂上听不懂就去上辅导班，你们不去上辅导班，成绩上不去不要怨我。韩新云就是用这种方法把学生往辅导班赶，赶过去一个学生就是赶过去一份钱。累得张玉玲回家连饭都懒得烧，学校附近的饭店就是她家的锅屋。韩新苗在大哥大嫂家上学，放学后第一件事是替大哥大嫂带孩子，第二件事是端上两个钢精锅去饭馆，一个钢精锅买饭，一个钢精锅买菜。学校里有食堂，那里的饭菜哪里吃得下？张玉玲吩咐韩新苗说，你去买一碗红烧肉给你大哥补一补身子。大嫂子这样子说话，不是大哥喜欢吃红烧肉，是她自个想吃红烧肉。韩新苗买回来的一碗红烧肉，大嫂子稀里哗啦吃下肚子一大半，大哥只象征性地吃两块。张玉玲说韩新云，你不喜欢吃红烧肉，明天叫小妹去买红烧鱼。

办班有钱就是好。想吃红烧肉就买一碗红烧肉，想吃红烧鱼就买一碗红烧鱼。半夜里，韩新云和张玉玲一并排躺床上，累过一天反倒睡不着觉。张玉玲说，办辅导班比我在县针织厂上班强一百倍，比在县针织厂当厂长都要强。韩新云说，我怎么觉得照这样子下去不是一个事，我怎么都觉得照这样子下去会出事。张玉玲警觉地问，你觉得会出什么事？韩新云说，不知道。张玉玲说，不知道不要瞎说话。韩新云说，我就是心不安。张玉玲是身累，韩新云是心累。身累和心累不一样。张玉玲往韩新云的身子上蹭一蹭，发出一种强烈的求偶信息。韩新云接收到信息，往旁边趔一趔。张玉玲知道韩新云这是表示他不想。韩新云说，明天晚上吧？张玉玲说，我想让你轻松一下子。韩新云说，我真累。一个男人连女人都不想睡，不是真累是什么？

俗话说，好景不长。韩新云花钱租房办班半年，市教育局就下文件明令禁止老师开办各类课外辅导班。学校领导及时地传达文件精神，老师和领导的眼神不在文件上，都在韩新云的身上。不是说别的老师不办课外辅导班，是说韩新云办班的规模最大。规模最大，收益最大，停办难度自然最大。韩新云有办法对付学校和文件，当场表态说，我立刻停办。韩新云说停办，当然不会真停办。这么多学生说一声停办就停办不现实。韩新云说停办，是停下花钱租房，把辅导班转移去张玉玲的娘家，一处远离学校的隐蔽地方。这算是韩新云办班的第三个阶段吧。

老师和领导的眼睛一齐盯着韩新云，看他真停办、假停办。这一天，学校领导就摸到张玉玲的娘家，把韩新云堵在辅导班的课堂上。韩新云不怕学校领导查找，不怕学校领导知道他没停办辅导班，他心里暗暗等候的就是这一天。韩新云跟学校领导说，你们在门外等一等，我把这一节课上完，你们有什么话再跟我说不迟。学校领导不是一个人，是由几个校领导组成的一个调查小组。校领导不会等韩新云下课说理，直接状告到县教育局。县教育局领导不知道怎么处理这件事，汇报给县政府分管领导那里去。分管县领导批示六个字：不停办，就停职。韩新云知道这是当面违抗校领导的后果。他就像一个闹人的孩子。闹人的目的就是要引起县教育局领导的注意，就是要校领导知道他不是一个好惹的家伙。

韩新云停下办班,回到学校,回到班级,一心一意地教书。第二年,学校领导就把市一级的学科带头人指标给了他,算是对他教学的肯定,算是对他开办辅导班对抗校领导的既往不咎。

鉴于此,有人说韩新云当不上秘书是因为档案里有处分,不是无稽之谈是什么?

2

有一条“有人说”,韩新云是反驳不了的,那就是老婆经常地跟他吵嘴磨牙。虽不能说他当不上秘书跟这一条有直接关系,但这一条无论如何都是他们夫妻生活中的“污点”。

张玉玲不是一句话两句话就能说清楚的一个女人。我们都知道张玉玲在县针织厂上班。嘈杂的环境造就出来的挡车女工一个个都是一副大嗓门。她们平常跟人说话,喜欢一边指手画脚,一边可着嗓门去说,生怕别人看不明白,生怕别人听不清楚。问题是,韩新云住在校园里,不是住在针织厂,更不是住在她娘家,偏偏校园的一栋楼房里就张玉玲一个人是针织厂的挡车女工。学校里的教师温文尔雅,出门进门相互间打招呼都是轻声慢语的,都是君子礼让的。张玉玲不入乡随俗,在校园里走路风风火火,横冲直撞,跟人说话粗声粗调,一惊一乍,左右门邻很不习惯。——这些还只是问题的一个方面。老话说,谁家的锅底没有灰,谁的牙齿跟舌头不犯戗。夫妻间过日子没有顺顺当当的,免不了磕磕绊绊,免不了气头上拌几句嘴。别人家拌嘴,关上门,关上窗,吵一吵就吵一吵,吵了吵了,左邻右舍都不会知道。轮到韩新云两口子吵嘴就不大一样了,就算关上门,就算关上窗,张玉玲的一副大嗓门照样能把声音顶出去。左邻右舍虽说听不清他们两口子吵什么,但墙壁一震一震的,玻璃一嗡一嗡的,吵架的源头还是十分明晰的。邻居明知故问地猜测说：

——这是韩老师两口子吵架吧？

——是啊，别人家的女人哪里有这样子的大嗓门。

他们两口子吵话，张玉玲说上十句，韩新云说不上一句。张玉玲横眉恶眼一副凶狠的样子，恨不能一口把男人吞下去。韩新云缩头缩脑一副受气的样子，恨不能找个地缝钻进去。

韩新云拿出一副协商的口气说，你就不能小声一点吗？

张玉玲问，我凭什么要小声一点？

韩新云说，左邻右舍听见会说闲话。

张玉玲回话说，他们爱说什么让他们说去吧，叫我小声说话，不憋死我？

韩新云说，你不在学校上班，你是什么都不顾忌。

张玉玲说，哟哟哟，你嫌弃我大嗓门，我俩明天去离婚。

离婚，是张玉玲的撒手锏。吵嘴的时候，张玉玲会经常地、适时地把撒手锏亮出来。韩新云忌讳“离婚”两个字。一个女人家怎么动不动就说离婚呢？女人能说，男人不能说。张玉玲一出这一招，韩新云就无条件地败下阵。韩新云面对张玉玲提出离婚的回答只有不说话，或是少说话，由她一个人去吵，由她一个人去闹。俗话说，一个巴掌拍不响。韩新云像一只泄气的皮球待在一边，任由张玉玲单边作战，吵一吵，闹一闹，就失去战斗力，就噤声了。有时候张玉玲一个巴掌拍不响，手心痒，不罢休，偏要去找韩新云的另一个巴掌拍一拍。

张玉玲问，你心想当缩头乌龟，当泄气皮球，我就不跟你吵架啦？

韩新云说，我这不是听你说理吗？

张玉玲问，你今天倒要跟我说说清楚，你为什么不同意跟我离婚？

韩新云说，我不是舍不得你吗？

张玉玲说，我不就是一个大嗓门女人嘛！我不就是一个闲着没事跟男人吵话的女人嘛！我不就是一个文化低跟你这个师专生不相配的女人嘛！

韩新云说，你是一个过日子的女人。

韩新云说的是心里话，这也是张玉玲最突出的优点之一。论长相，张玉玲长得圆头圆脑的，圆胳膊圆腿的，腰连屁股水桶一样分不开。从见张玉玲的头一眼起，韩新云就没觉得她是一个漂亮的女人。换句话说，韩新云从来就没看上她的长相。论家庭，张玉玲的娘家是县城菜农，占地照顾招工名额，才进县针织厂当一名挡车工。在县城里，针织厂的挡车工从来就不是一个好工种，累人，吵人，工资低，不如学校食堂里的一个打饭工。张玉玲的长处就是会操持家过日子，就是会知冷知热地伺候男人和孩子。此地的男人都是主外不主内，甩手不做家务事。学校里就不一样了，知识改造习惯，读书破坏风俗，左邻右舍的男老师在做家务事方面就涌现出不少劳动模范与准劳动模范。张玉玲不要韩新云插手做家务活，她遵循学校之外的古城风俗与习惯。男人就是男人，就是一个甩手掌柜的。家里的烧刷洗弄是张玉玲一手操持，家外的买油买粮是张玉玲一手操办。张玉玲分配给韩新云的唯一一项家务活，就是看管孩子的学习。

张玉玲说，我当初就看上你有文化，我才跟上你。

张玉玲小学没毕业。

张玉玲说，我就看上你将来能把孩子教育好，我才跟上你。

他们家的闺女，小学、初中、高中，一路成绩都拔尖。

他们俩吵话，韩新云能少说一句话的，绝不多说一句话；张玉玲能多说一句话的，绝不少说一句话。韩新云先是应付差事地说两句话，后来就听张玉玲一个人说话，闭上眼睛呼呼呼地睡觉了。

半夜争吵，半夜风雨，子夜时分偃旗息鼓。

俗话说，两口子吵话没有隔夜仇。说的就是韩新云和张玉玲这么一种情况。

隔天早上，左邻右舍老师遇见韩新云喜欢问一问。

——韩老师,昨天晚上又跟老婆干嘴仗了吧?

韩新云的脸上红一红,脑袋勾一勾。

——是为孩子学习上的事,我们俩争吵两句。

韩新云大事化小、小事化了地应付一下子。

韩新云是一个安分守己的男人,远离吃喝嫖赌。张玉玲是一个安分守己的女人,吃喝嫖赌不沾边。他们俩吵话,肯定是为了鸡毛蒜皮的小事,想找一件能摆上台面的大事都找不见。真的要想找原因,家庭经济不宽裕,过日子撑不开场子,恐怕算是一条主要因素。古语说,贫贱夫妻百事哀。说的就是他们这样子的一对夫妻吧。一阵风吹过来,呼呼啦啦,可能就是他们俩吵话的原因,关上门,关上窗,吵半夜;一阵雨下过来,哗哗啦啦,可能就是他们俩吵话的原因,关上门,关上窗,吵半夜。韩新云越吵话越少,张玉玲越吵话越多。韩新云一吵话就困得睁不开一双眼,张玉玲一吵话就两眼放光睡不着觉。韩新云一吵话就厌倦,张玉玲一吵话就兴奋。

张玉玲说,今天晚上我跟你吵话,你不能睡觉。

韩新云说,不是我想睡觉,是我困得实在受不了。

张玉玲说,受得了得受,受不了也得受,要是今天晚上你睡觉,明天早上我俩就去法院离婚。

韩新云说,就算明天早上去法院离婚,今天晚上我也要睡觉。

张玉玲一旦吵起话来,第一要紧的事是吵话。韩新云一旦吵起话来,第一要紧的事是睡觉。

张玉玲说,你现在就起草《离婚协议》。

韩新云说,去法院离婚不需要起草《离婚协议》。

你胡说,没有《离婚协议》怎么离婚?

写好《离婚协议》,那是去民政局离婚。

我俩明天早上就去民政局离婚。

你存心想折腾我不睡觉。

我就是要折腾你不睡觉。

我没跟女人离过婚，我不会写《离婚协议》。

你不会写，我会写。

你会写你写，我睡觉。

我俩一起写，我就不让你睡觉。

张玉玲拿出一支笔，拿出一张纸，一条一条地写。写一条，张玉玲与韩新云协商一条。张玉玲会写《离婚协议》，是从电视上学习的。电视上有一档普法栏目，每个周末播一集，张玉玲像看电视连续剧一样，每周追随着看。第一条，孩子归谁抚养。第二条，房屋归谁所有。第三条，家庭财产怎样分割。第四条，依照《中华人民共和国婚姻法》，夫妻双方自愿离婚……

时过子夜，一份《离婚协议》草拟出来，韩新云和张玉玲都睡下来。这一夜，张玉玲没有睡觉，韩新云同样没有睡觉。他们俩吵话，张玉玲不睡觉是正常，韩新云不睡觉就不正常了。张玉玲不睡觉，想着这些年跟韩新云过日子的一些事。韩新云不睡觉，同样想着这些年跟张玉玲过日子的一些事。在韩新云的想法里，一个家穷不穷跟他这个做男人的有直接关系。早些年，韩新云按月拿一份工资，张玉玲按月拿一份工资，一家三口人过日子紧紧巴巴的，韩新云就归结为双方家里贴补少。张玉玲的娘家没多少钱贴补他们家，韩新云自个老家也没多少钱贴补他们家。相反地，韩新云要贴补弟弟妹妹在古城上学的费用，张玉玲要贴补娘家妈生病吃药的费用。那两年，县针织厂不景气，张玉玲不能按月开一份工资，他们家的生活一下子吃紧起来。这个时候，韩新云自个老家贴补面、贴补米、贴补钱是真的，张玉玲娘家妈生病吃药不好张口要钱是真的。依靠老家接济过日子，韩新云内心的一份窘困是可想而知的。开办补习班之后，家庭经济收入有了翻天覆地的改善，韩新云内心的窘困平复过来。韩新云明白古人说过的一个道理——马无夜草不肥。什么叫马无夜草不肥？当一个老师，死板板地靠一份工资过日子,是不会把日子过好的。这些年,他们家的日子没过好,就是他没想办法挣外快,把一个家的日子过成了一潭死水。韩新云没有去责怪县针织厂不景气,没有去责怪老婆收入低。男人是家里的顶梁柱,一根顶梁柱没有顶起来,责怪老婆就是没有本事的表现。市教育局下文件禁止在职教师开办课外辅导班。要是韩新云不在职,要是韩新云辞掉公职,就不属于在职教师了。韩新云没有勇气把公职辞掉。辞掉公职,他就失去教师身份,就算开办辅导班,也招收不着学生。不办辅导班,韩新云拿什么挣钱养活老婆孩子呢?韩新云一时两时想不到一个挣钱的办法,就只能在学校继续拿一份死工资,一个家就只能继续过穷日子。张玉玲看待这件事倒是一分为二,气头上唠叨说韩新云是一个没有本事的男人,是一个让老婆孩子跟着吃苦受罪的男人,是一个除去上下课一分钱外快挣不着的男人。冷静下来的时候,一口气消下去的时候,张玉玲会跟韩新云说,是我拖累了这个家,要是我的工资正常,这个家就不会穷成这样子。一个穷家不可怕,可怕的是一个穷家是非多,可怕的是一个穷家老吵话。吵话吵不出一分钱,只能吵一肚子气,只能损伤夫妻间的感情。吵话结束,心情恢复,有一个标志性的事件,那就是同床共枕,和好如初。经过一番激情与温柔,张玉玲经常会眼泪汪汪地说出这样子一句话。张玉玲说,从今往后我俩好好地过日子,不再吵话了。韩新云说,这种话只有你自个相信。张玉玲问,那你说我俩为什么就不能不吵话?韩新云说,我俩是一对叮当夫妻。张玉玲问,什么叫叮当夫妻?韩新云说,叮当夫妻就是吵话夫妻。张玉玲问,这是我俩的命?韩新云说,这是我俩的命!

鸡鸣五更,校园里喂不少鸡。狗吠日出,校园里养不少狗。人喧上班,校园里住不少人。就算一夜没睡觉,也该起床了。张玉玲爬起床烧早饭,韩新云爬起床备课。这是夫妻俩每天早上必做的功课。就算那两年开办课外辅导班,张玉玲每天早上都要做早饭,韩新云每天早上都要备课。张玉玲每天早上做早饭,是尽一个妻子的责任。韩新云每天早上备课,是尽一个老师的责任。张玉玲每天早上烧早饭,看似一件小事,却是一般女人想做都做不到的。一个女人是不是过日子的女人,每天早上做不做早饭,恐怕算是一条衡量的标准吧。同理,韩新云每天早上备课,看似一件小事,却是一般老师想做都做不到的。一般老师上一次课备一次课就算认真的了,韩新云上一次课备两次课,这恐怕就是一般老师不及韩新云的地方吧。这两天他们家的闺女在姥姥家。说是那边离学校近,其实是张玉玲有意送过去的。张玉玲把孩子送去姥姥家,就是为了跟韩新云吵话,就是为了吵话不影响孩子学习。吵话是一种毒素,积淀在心里,积淀到一定程度,就要爆发一下子。地震是这么一种道理,火山爆发是这么一种道理,夫妻间吵话是这么一种道理。这一天早上,张玉玲烧一半锅停下来。

张玉玲说,我今天早上不要烧锅,你今天早上也不要备课。

韩新云问,你不烧早饭,我俩吃什么?

张玉玲说,下楼买着吃。

韩新云问,我不备课,怎么去上课?

张玉玲说,今天上午你不去上课。

张玉玲早上不烧早饭,下楼买着吃,韩新云觉得没什么。张玉玲叫他早上不备课,上午不上课,倒是有些反常了。

韩新云问,我今天上午不去上课干什么?

张玉玲说,我俩去离婚。

韩新云问,我俩真去民政局协议离婚?

张玉玲说,不去那里去哪里?

韩新云问,我俩去离婚要去这么早?

张玉玲说,早去排队好排头一名。

韩新云问,现在我俩就走?

张玉玲说,现在我俩就走。

张玉玲先出家门,韩新云后出家门。张玉玲前面走,韩新云后面跟。张玉玲前面走，一颗头上昂高高的，一副恩断义绝的样子。韩新云后面跟，一颗头耷拉低低的，一副缴械投降的样子。学校坐落在东大街上，走上东大街往西走几百米，就到十字路口，折头往北大街走，就是去民政局的方向。张玉玲前面走到十字路口，折头往南大街走。韩新云跟在后面喊，你走错路啦，民政局在北大街上。张玉玲装作没听见，继续往南大街走。韩新云站住脚，停一停，接着跟在张玉玲后面走。古城最大的商场在南大街上。张玉玲走到商场的大门，一折头钻进去。要说张玉玲往南大街走，韩新云莫名其妙；张玉玲钻进商场里，韩新云更加费神难解。张玉玲往南大街走，走的是一条跟民政局相反的路线，现在走进商场跟离婚更是不搭界。难道张玉玲的头脑出了毛病？韩新云心里惊慌，两只脚赶忙追上前。

韩新云问，你进商场干什么？

张玉玲说，买衣裳。

韩新云问，买衣裳干什么？

张玉玲说，穿新衣裳去离婚。

韩新云说，那我在商场门口等着你。

张玉玲说，我俩都要进。

韩新云说，你进，我不进。

张玉玲说，我买一身衣裳，你也买一身衣裳，我俩一起穿上新衣裳去离婚。

韩新云问，穿新衣裳，穿旧衣裳，跟离婚有什么关系呀？

张玉玲说，我俩连一身像样的衣裳都没有，你说还去离谁家的婚？

这一天在商场里，张玉玲买一套衣服，韩新云买一套衣服。韩新云买一套名牌衣服，花不少钱。张玉玲买一套普通衣服，没花好多钱。韩新云的一套名牌衣服，是张玉玲当家买的，过去她来看过好多遍，就是舍不得花这笔钱。商场里的名牌女装不少，张玉玲看上眼的也不在少数，就是舍不得花这笔钱。气头上，张玉玲原本想下一次狠心，自个给自个买一套像样子的衣服,楼上楼下转悠好几趟,还是狠不下来心。张玉玲买上一套普通衣服就走出商场回家去。韩新云跟着张玉玲一起回学校。

3

县政府招考秘书的转运机会韩新云没抓住,随风一吹飘散掉。

韩新云落选县政府秘书,命运从此开始往下坡路上走。古城是一个世俗风气浓郁的地方,学校坐落其中没有办法幸免。得势者众人捧,失利者众人推。韩新云是一个自尊自谦的男人,过去在学校最起码算是一名优秀的老师,有许多学生家长托关系走后门,想方设法把孩子送到他所在的班级里。韩新云报考县政府秘书失利后,真可谓门前冷落车马稀,连他的教学水准都受到很大质疑了。紧接着,县针织厂哐当一声破产倒闭,张玉玲彻底地回来家。张玉玲回来家,按月拿一百多块钱的下岗补贴钱。

有一次,张玉玲跟韩新云吵嘴,说自己瞎眼没找着一个好男人,一起下岗的谁谁谁,人家男人在县政府工作,一转脸把老婆调到环卫局去工作,虽说顶着一个扫大街的不好听名声,可人家一天大街都不扫,照样不少拿一分钱。又说一起下岗的谁谁谁,人家男人在县委办公室开车,前几天把老婆调到县中医院当会计。

韩新云没有当上县政府秘书,原本心里就窝火,原本就是一块烂伤疤,别人戳不得,一戳就流血。张玉玲过去数落韩新云什么话,韩新云都能忍受住,这一回韩新云没能忍受住。

韩新云问,你可知道我为什么没当上县政府秘书吗?就因为你这个大嗓门丧门星!

半夜里,韩新云一摔门走出去。这是韩新云过去从来没有过的举动。过去他们俩吵起话,韩新云的第一个举动就是关门关窗户,或者说去查看门和窗户有没有关严实，接下来就往书房里躲，就往远离张玉玲的地方躲，一副好男不跟女斗的样子，一副不发一声就败下阵来的样子。这一次发生意外。张玉玲感到韩新云的举动意外，不全明白韩新云说的话，他就摔门走出去了。韩新云一边心里疼痛，一边走出家门。韩新云一边伤疤流血，一边走出家门。心里疼痛的时候，韩新云是两手紧紧地捂着心口窝。伤疤流血的时候，韩新云是两眼大睁泪水汪汪的。韩新云两手紧紧地捂着心口窝的一副模样，张玉玲看不见。韩新云两眼大睁泪水汪汪的一副模样，张玉玲看不见。张玉玲不会撵着韩新云一起走出家门，张玉玲不是那样一个女人。气头上，张玉玲只会把火越烧越旺，不会自动把火熄灭掉。这是张玉玲性格刚烈的一面，也是韩新云生活不尽如人意的一面。一个男人找上这样一个女人怎么办呢？离婚是一条彻底解脱的路子，又是一条韩新云缺乏勇气去走的路子。忍受，忍受，再忍受。韩新云反复告诫自个的就是这个词。这一天晚上，一团火闪耀着蓝光从天灵盖冒出去，韩新云的一口气就忍受不住了。

这是个阴雨天，四周黑咕隆咚的，想下雨没能下下来。离开家门，韩新云没地方好去，就去学校的操场上使劲地转圈子，像一头拴进磨道里的倔驴，看不见绳子在哪里，看不见磨盘在哪里，可绳子确实存在，磨盘确实存在。这么一种徭役似的举动，却是韩新云多次向往没有实现的。白天在办公室看见其他老师的异样眼神，韩新云就想一个人去学校的操场上转圈子。晚上在家里跟张玉玲吵话，韩新云就想一个人去学校的操场上转圈子。白天，操场归学生所有，韩新云不是体育老师，去操场上转圈子肯定不适合。晚上，操场归夜色所有，韩新云不是昼伏夜出的蝙蝠，去操场上转圈子同样不适合。白天，韩新云不去操场上转圈子，顾及最多的还是其他老师的异样眼神，就像夜晚韩新云不去操场上转圈子顾及最多的还是张玉玲吵话。这一次，韩新云天灵盖冒蓝光破罐子破摔，一口气走到操场上。操场上空空荡荡的，有夜风，有夏虫。夜风吹过来吹过去，夏虫叫过来叫过去。韩新云在操场上转圈子，打扰不着夜风的吹荡，打扰不着夏虫的鸣叫。今天这个夜晚是它们的，也是韩新云的。今天这个操场是它们的，也是韩新云。夜风自由自在的，夏虫自由自在的，韩新云自由自在的。韩新云想，在操场上转圈子真好，从今往后，白天我不能来操场上转圈子，最起码半夜我能来操场上转圈子。一圈子转下来，两圈子转下来，八圈子十圈子转下来，身上渐渐地出汗，两腿渐渐地发酸。韩新云转圈子的速度明显地慢下来。总不能就这么一直沿着跑道转圈子吧？总不能就这么一直沿着跑道转圈子到天亮吧？韩新云的家就在操场另一端，距离不足五十米，远远地能看见整座楼房黑咕隆咚的。黑咕隆咚的楼房中透出一丝微弱的光亮，那就是他家的位置，那就是他家卧室的位置。一丝微弱的光亮说明什么呢？说明张玉玲在家里等着韩新云，等着韩新云回归，等着韩新云和解。韩新云站下脚跟，停下转圈子，两眼望着一丝微弱的光亮，自个问自个，你愿意回去吗？你就这么轻易地回去吗？韩新云自个回答自个，我一千个不愿意回去，我一万个不愿意回去。韩新云自个问自个，你不愿回去去哪里？你不愿回一丝微弱的光亮那里回哪里？一下子，韩新云想到一个去处，想到一个想去的地方，想到一个能去的去处，那就是大河湾村。韩新云恍然苏醒，差不多有半年时间没有回大河湾村了。韩新云凛然一醒，我这样子的一个儿子还是儿子吗？大河湾村的不肖子孙呀！人生的悲凉像深夜的凉意一样，从韩新云的脚下慢慢地向身上渗透，扩散到身子的每一处，扩散到神经的每一个枝节末梢。

韩新云决定半夜回大河湾村。

这种时候没有车子，只能走路回去，出县城门，过淝水河，越八公山，抵淮河边，一条路有二十多里长，差不多够走两个半小时。这条路他上高中时来来回回走过不少趟，只是工作后一次没走过，只是半夜里一次没走过。韩新云清晰地记得上一次徒步走这条路是在高考结束那一天。考完最后一门功课，整个校园像是鸡炸窝，吵吵嚷嚷的，鸡鸣狗跳的，住校的学生一个个卷上铺盖卷回家去，宿舍就剩下韩新云一个人。原本韩新云的一颗心是安定的，打算在学校住一夜，隔天一大早回家去。考完试，最后一趟县城到市区的班车早开走，韩新云不在学校住一夜，就回不去大河湾村。喧嚣散逝，校园空落，死寂沉沉，如一座巨大的墓园一般。这样一座弥漫死亡气息的校园，韩新云还怎么留下来？韩新云一个人待在宿舍里，有一种恍若隔世的感觉，有一种死亡窒息的感觉。韩新云骨碌一声从床上爬起来，干脆走路回家去。韩新云身上背着铺盖，手里提着包袱，义无反顾地走出校门。出县城门的时候太阳还有一竹竿那么高，过淝水河的时候天色已经麻挤眼，一溜黑黢黢的八公山就在不远迎候着。好在那是一个月亮天，四周暗淡下来的时候，月亮渐渐地爬上来。头顶一轮明月走进八公山，近处的树木怪模怪样，远处的岩石面目狰狞，韩新云初生牛犊不怕虎，连老虎都不害怕，一座空山有什么可怕的。脚下的一条崎岖山路连接着一条平坦的土路，一条平坦的土路通向淮河边，最终一条哗哗流动的淮河截断回家的路。码头在月光下是空朗的，是白亮的。河水在月光下是平展的，是闪动的。村庄在河对岸，模糊一团。渡船在河对岸，一点看不见。韩新云只能止步于码头，止步于河边，没有渡船，回不到真正的大河湾村，回不到真正的一个家。不知怎么的，韩新云一屁股坐在码头上，竟然呜呜呜地哭起来。哭不为什么，又什么都为。韩新云的心情简单而复杂，复杂而简单。此时此刻他就是想面对着河水，面对着对岸的村子，面对着村子里睡熟的父亲、母亲等家人好好地哭一哭，流一流眼泪。

码头附近有八号井。八号井是毕家岗煤矿的一处通风井，有一口竖井连接采煤的主巷道，安装上鼓风机，就能把地面上的新鲜空气，源源不断地输送到采煤区。八号井地势低洼，四周垒一圈堤坝，拦住河水上涨。里边有几户住家，有几间废弃的瓦房。韩新云坐在码头上，面对淮河哭一哭，擦一擦眼泪，就背着铺盖，提着包袱，转身去八号井。韩新云找见一户有光亮的人家，敲开房门，说明缘由，这户人家的主人就打开一间废弃的瓦房，把他安顿在里边。房间里没有电灯，这户人家的主人点亮一盏电石灯送过来。电石就是乙炔，浸泡在水里能产生乙炔气体，点燃就成灯。韩新云合上门，捡一块干净的地面，打开铺盖睡下来。高考过后的疲乏是可想而知的，没有吃晚饭，在一阵阵咕咕噜噜肚子的饥饿叫声中，韩新云和衣睡着。半夜里，一团乌云铺展开来，遮挡住月亮，遮挡住星空，淅淅沥沥地下起小雨。迷失在茫茫夜空里的蚊子，寻找到电石灯的光亮，寻找到韩新云身上的汗味，前赴后继地破门破窗，嗡嗡嗡地围拥过来。韩新云的头上脸上叮满蚊子，胳膊上腿上叮满蚊子，手指缝里、脚趾缝里、牙齿缝里、眼睛缝里叮满蚊子，就是苏醒不过来。韩新云在梦里被一群恶狗追赶着，无处可逃时钻进一片刺棵里。刺棵茂密尖利，刺破衣服，刺破头脸，寸步难行。眼见一群恶狗狂叫着咬上来，韩新云妈呀一声醒过来。灯光下，蚊子密密麻麻地像苍蝇一般覆盖他身上，叮咬他身上，吸吮他身上。韩新云使劲地拍打身上的蚊子，拍打了满手的鲜血，拍打了满手的肉酱。韩新云浑身上下火辣辣地一片疼痛。眼睛睁不开，被蚊子叮肿了。脸上木胀胀的，被蚊子叮肿了。鼻子出气吸气不顺畅，被蚊子叮肿了。韩新云不敢再睡觉，跟蚊子持续不断地斗争着。

天色刚亮，韩新云就卷上铺盖离开八号井，去码头上等候渡船。河当心一条渡船摇呀晃地摆过来。不是摆渡人，是韩新云家的邻居，名叫黑泥鳅。黑泥鳅担两筐马铃薯，上煤矿赶早市。黑泥鳅两眼躲闪，神色鬼祟，韩新云就知道他的两筐马铃薯肯定是来路不正。黑泥鳅小时候死老子，他娘改嫁找一个姓马的晚老子。他娘管不住他，晚老子管不住他，他偷鸡摸狗的习性早年就养成。在村子里，黑泥鳅偷鸡摸狗有经验、手段高，滑得像一条泥鳅，村人很难逮住他的手脖子。黑泥鳅慌慌张张地担两筐马铃薯上岸走人。韩新云会摆船，自个摆自个。淮河岸边长大的孩子，第一会凫水，第二会摆渡。就这么韩新云自个把自个摆回河对岸，肿眼、肿脸、肿鼻子地回家去。韩立海跟吴水月吓一跳，好像大清早看见鬼。吴水月问，你是韩新云？韩立海问，你怎么这么早回来家？韩新云不说一句话，咚一声扔下手里的包袱，咚一声再扔下身上的铺盖，空着两手朝着床走过去，扑通睡下来，连续睡一天加一夜……

事隔多年，这天夜里，韩新云停下在学校操场上转圈子，想着应该徒步走回大河湾村一趟，应该坐在码头上面对淮河水好好地哭一场，只是不知道还能不能流出眼泪来。

第八章：李圆圆

送郎送到大门旁，
抬头看见二婶娘，
扯起罗裙遮住脸，
管她婶娘不婶娘，
婶娘年轻也送郎。
——淮河流域花鼓灯情歌

1

韩新水跟李圆圆同居十五年，最终要跟一位售楼小姐结婚了。

李圆圆不是一个善茬子，一哭、二闹、三上吊，这些都是祖辈女人上千年流传下来的老方法，俗是俗一点，却一试就灵验，是女人与男人争斗的制胜法宝。屡战屡胜，无往而不胜。而后他俩进入实质性的多轮谈判阶段，这是韩新水从商以来最难抉择的一笔生意，一笔只有输不见赢的生意。

韩新水早就萌生一脚踹开李圆圆的想法，只是一直找不到适当的机会，或者说一直找不到一个替代李圆圆的女人，是售楼小姐给了他内在的动力与决心。这位售楼小姐模样长得排场，架子端得周正，说韩新水要是不跟李圆圆彻底断裂开，莫说结婚不可能，就连她身子边都沾不上一下子。售楼小姐守身如玉,说到做到。韩新云使出浑身解数,穷尽各种办法,一次次败下阵来。这些年韩新水畅游商海,南里北里,经见过不少女人,像售楼小姐这样子洁身自好的女人还是头一遭经见。韩新水问,你想不想我口袋里的钱?售楼小姐说,我想你口袋里的大钱,不想你口袋里的小钱。韩新水问,你说出一个数,多少钱算小钱,多少钱算大钱?过去韩新水就是拿钱摆平各种女人的要求和身子,只要女人说出一个价码,只要韩新水愿意从口袋里掏出这个钱数,一笔交易就算完成了。

售楼小姐说,你口袋里的全部钱是大钱,其余的钱都算小钱。

韩新水说,你是我见过的最贪钱的女人。

售楼小姐说,我不贪钱,我只要你的人,不要你的钱。

韩新水说,你不要我的钱,只要我的人好办,我现在就把我的人给你。

售楼小姐说,你现在给我的不是你的人。

韩新水问,不是我的人是什么?

售楼小姐说,顶多算是一具臭皮囊。

售楼小姐不是真的不想要韩新水口袋里的钱,是要钱之前他要满足她的一个要求,那就是跟李圆圆彻底决裂,不再同居住一起。售楼小姐的这个要求,是韩新水想办到而不容易办到的。售楼小姐说,你办不到,我就办不到。售楼小姐是韩新水认识的许多女人中的一个,她的许多方面他并不了解。

韩新水问,我能问你一个私密的问题吗?

售楼小姐说,我没有什么私密的问题,我的一切都是敞开透明的。

韩新水问,请问你现在是一个处女吗?

售楼小姐说,现在不是回答你这个问题的时候。

韩新水说,你要是一个处女就不会跟男人玩这么多花招,你要不是一个处女干吗能跟别的男人睡觉,就不能跟我睡觉?

可以说,售楼小姐是韩新水花心思最多、见成效最少的一个独特女人。

售楼小姐说,你真是一个愚蠢透顶的男人。

售楼小姐大学艺术系毕业,学过舞蹈,学过唱歌,一看就跟别的女孩子不一样。韩新水不会轻易地放弃售楼小姐,售楼小姐也愿意跟韩新水继续交往下去。韩新水喊售楼小姐一起吃饭,售楼小姐欣然应允。韩新水喊售楼小姐一起去 KTV,售楼小姐欣然应允。韩新水喊售楼小姐一起出差,更是她推脱不掉的分内工作。售楼小姐应约有一个条件,李圆圆不能在场。每一次售楼小姐都要多余地问一问,你不会带上李圆圆吧?韩新水说,怎么可能呢?售楼小姐说,我必须问一问,这是我的一个条件。售楼小姐应约还有一个原则要坚守,那就是不跟韩新水睡觉。售楼小姐陪着韩新水一起吃饭,吃过饭就跟韩新水分手。售楼小姐陪着韩新水一起去 KTV,散场就跟韩新水分手。售楼小姐陪着韩新水一起出差,出过差就跟韩新水分手。有一次,韩新水借着一点酒劲,在 KTV 包厢里一把抱住售楼小姐,一张嘴急不可待地就合在售楼小姐的嘴上。售楼小姐嘴巴紧闭,不迎合,不反抗,任由韩新水把她往包厢里的沙发上按,任由韩新水去扒她的衣服。售楼小姐的上身衣服被韩新水扒光,售楼小姐的下身衣服被韩新水扒光。韩新水开始腾出两手去脱自个的衣服,一锅生米眼看快要煮出一锅熟饭,冷不防地,售楼小姐的一只脚抬起来,照着韩新水的胸膛就是一下子。韩新水的两脚站不稳,连连后退好几步,呼通一声撞墙上。

韩新水望着沙发上的一堆香肉傻眼了。

售楼小姐说,我学过两年跆拳道,对付你这样子的男人还是绰绰有余的。

售楼小姐的父亲是一个地级市的主要领导,在地方上说一不二、说二不一。母亲是一所中学的音乐老师,信奉基督教,吃饭睡觉之前都要面对耶稣做祷告。母亲经常跟父亲说,你当的官越大,我的心越不安。父亲问,你的心有什么不安的?母亲说,你当的官越大,你说话的声音越含有杀气。前后两年时间,父亲连续挫败几个官场上的对手。怎样挫败对手呢?就是利用反腐倡廉这一把利剑,把一个个对手请进牢狱里。父亲过去是一所大学的老师,慢慢地走上官道,慢慢地坐上这座城市的头一把交椅。母亲要闺女跟着她信奉基督教,父亲不同意。父亲说,自个强大,别人想欺负都不敢。父亲送闺女去学跆拳道。两年后,父亲遇见一个更加强大的对手,败下阵来。被举报。“双规”。受审。判刑。坐监。母亲不堪承受家庭的灾变,走上一条上帝指引的天国之路。圣书上说:“你要专心信赖耶和华,不可依靠自己的聪明,在你一切所行的事上都要认定他,他必指引你的路。”那一年,售楼小姐大学四年级,正是人生不上不下的关口。售楼小姐大学毕业,走出她所在的城市,辗转数个工作,到韩新水的房地产公司做售楼小姐。俗话说,不打不成交。售楼小姐一脚制服韩新水,滔滔不绝地说出一大堆家事。

售楼小姐说,现在我父亲在监狱里信奉起上帝,就像圣书上所说:“但如今奉主耶稣基督的名,并借助我们神的灵,已经洗净、成圣、称义了。”

韩新水问,什么叫称义了?

售楼小姐说,就像从来没犯过罪一样。

韩新水说,犯过罪就是犯过罪,没犯过罪就是没犯过罪,犯过罪怎么可能就像没犯过罪一样呢?

售楼小姐说,这就是宗教信仰。

韩新水说,我没有宗教信仰。

售楼小姐说,我也没有宗教信仰。

韩新水说,我信钱。

售楼小姐说,我也信钱。

售楼小姐像是一块奇特的香肉,挂在韩新水面前,能看得见,能闻得见，就是摸不见，更是吃不到嘴里去。韩新水的胃口被售楼小姐吊起来，眼睛血红，垂涎三尺，就像一只饿狼。

韩新水问，你家的变故跟我俩交往有什么关系呢？

售楼小姐说，大学毕业前我一直过着衣食无忧、家境富裕的生活，我现在不习惯过穷日子，也过不了穷日子。

韩新水问，所以你想找一个有钱的男人做靠山？

售楼小姐说，应该说我想找一个有钱的好男人做靠山，一个坏男人做靠山能靠得住吗？

韩新水问，你看我像一个好男人吗？

售楼小姐说，只要我能制服你，你就不会坏，就像刚才一个样。

在 KTV 包厢里，售楼小姐穿戴整齐，韩新水穿戴整齐。他俩面对面坐在不同的沙发上，不唱歌，不跳舞，只说话，只谈心，像一对最纯洁的情侣。

韩新水问，难道你每天都要用跆拳道对付我？

售楼小姐说，我有许多种招数。

韩新水说，我倒想多多地领教一番。

售楼小姐说，那你就等着瞧。

售楼小姐的本名叫方方。李圆圆的小名叫圆圆。方是圆的克星。韩新水为了方方只好舍弃圆圆。韩新水一天都不想拖下去，就跟李圆圆提出分手，在李圆圆面前自然就节节败退了。不是说李圆圆舍不得离开韩新水，她也想个人利益最大化。说白了，李圆圆也在寻找离开韩新水的最佳时机，你跟我一年一年干耗着，我也跟你一年一年干耗着，你不提出来分手，我也不提出来分手。显然在他俩分手的问题上，谁先提出来谁就输一半。

韩新水不得不最先提出来。

李圆圆说，那我俩先把账算一算。

算账就是算钱，就是分资产。这是大头，主要的。

李圆圆说,这些年就算我俩合伙做生意你也该付我一半钱吧?

韩新水手里有多少钱,李圆圆心里一本清账。

几个回合谈判下来,他俩谈妥一个钱数。李圆圆心里满意了,韩新水心里却一揪一揪地疼痛好多天。

紧接着李圆圆跟韩新水谈判第二项。

李圆圆说,这些年就算我是你包养的一个情妇,你也该给我一套房子吧?

有一套新装修好的房屋,他俩还没搬进去住。

韩新水割心割肉地说,这套房屋归你。

韩新水一脸怒色,李圆圆的脸上却露出一丝窃笑。

李圆圆跟韩新水继续谈判第三项。这一项根本就用不着谈判,或者说韩新水根本就没有谈判的资格。

李圆圆说,我手上的这辆跑车,你总不好意思往回要了吧?

韩新水咬紧牙关不说话。这辆跑车是韩新水花大价钱新买来的,没开过几次就交在李圆圆手上。李圆圆白天从来不开跑车上路,半夜里烦躁睡不着觉,就开跑车去郊区。那里车辆稀少,红绿灯稀少,摄像头稀少,开足马力来来回回地跑几趟,过过瘾。

李圆圆说,这辆跑车的锁匙在我的手上,跑车停在我的车库里,就算你舍不得给我你也没办法。

韩新水依旧不说话,已经一败涂地了。

想得到的,李圆圆都得到了,依旧不甘心。

李圆圆质问韩新水说,你怎么不说话呀?我问你,我跟着你十五年你为什么不娶我?

韩新水的一颗心像是包裹着好几层冰,自个都能觉着冰冷的、绝热的、坚硬的。

韩新水问,现在我俩说这些还有意义吗?

李圆圆说,有意义,我就是想不明白,你为什么不娶我?

这些年，韩新水的心里一直想着钱，两眼一直盯着钱，两手一直数着钱。钱上的灰尘一点一点积攒下来，在心里结上一层厚厚的盔甲。钱上的温度一点一点冰冷下来，把一层厚厚的盔甲冰冻上。

李圆圆含着眼泪离开了。

韩新水心里一软，知道自个还是爱着李圆圆，想把李圆圆喊回头，但牙一咬，嘴一闭，没有喊。往事如烟，人生如梦。他们之间的一切都烟消云散了。

2

韩新水和李圆圆同居十五年，前后认识差不多二十年。就是这么一对男人和女人说一声分手，咔嚓一声就断裂开。

那一年，韩新水从大河湾村小学毕业，去毕家岗煤矿中学上初中，就跟李圆圆同班。李圆圆是真正煤矿上的丫头，不是农转非从农村上来的，父亲是煤矿上的正式矿工，母亲是煤矿上的正式女工，天生地就比别的女同学有优越感。同班女同学中，一部分是从农村来的丫头，一部分是农转非的丫头，正儿八经煤矿上的丫头不多。在班上，李圆圆体现这种天生的优越感，跟其他煤矿上的丫头不一样。别的煤矿上的丫头体现这种优越感，是在班上不说话，不爱搭理男同学，也不爱搭理女同学，一双眼睛抬得高高的，一脸傲气，一身傲气，一副高不可攀的样子。李圆圆不这样子，在班上跟男同学说一说话，跟女同学说一说话，说好听话，喳喳喳，像一只花喜鹊，说难听话，呱呱呱，像一只黑乌鸦。要说班上同学分等次，无疑真正煤矿上孩子算第一等次，农转非的孩子算第二等次，大河湾村的孩子算第三等次。这种等次的划分，是自然形成的，也是人为划分的，但不是谁说一声改变就能改变的。韩新水在大河湾村当一窝村孩子头当惯了，最初去煤矿中学上学，一块去上学的村孩子依旧前呼后拥地围着他。他们在陌生的环境里不依靠韩新水,没有人可依靠。韩新水的态度是,你煤矿上的孩子不搭理我,我也不去巴结你煤矿上的孩子。韩新水的原则是,你煤矿上的孩子不招惹我,我也不去得罪你煤矿上的孩子。在班上,煤矿上的孩子是一个帮派,大河湾村的孩子是一个帮派,农转非的孩子是散兵游勇,不靠帮不成派。开学最初,两个帮派的孩子相互对峙,摸不透对方的底气,就不敢轻易地招惹对方。一窝煤矿上孩子的头是黑疤。一道道黑疤,就是一场场恶战的结果。无数道黑疤点缀在头上脸上身上,就像无数枚金光闪闪的勋章。黑疤像一条经验丰富的豺狗,阴郁着一双眼睛,在韩新水的身边转悠着、闻嗅着,伺机就想哼哧咬一口。韩新水的一双眼漠视着,像是什么都没看见,又像是什么都不当一回事。其实,韩新水的内心深处是胆怯的,毕竟在煤矿的地盘上,毕竟面对的是黑疤这种人。在大河湾村,韩新水领着一窝村孩子打架,那是拳打脚踢,那是小打小闹,从来没动过棍棒,更没动过刀子。黑疤他们一伙人打架是真动棍棒,是真动刀子,是真打。两派对峙不会有好结果,韩新水害怕对峙,想找一个化解的办法,却迟迟地找不到。

就是这个时候,李圆圆作为一个关键人物出现了。

这一天,李圆圆主动地跟韩新水说话。李圆圆跟韩新水说话,是想吃大河湾村的一种东西。民谣曰:大麦黄,桑葚紫。初夏天,大麦黄芒的时候,桑树上的桑葚就由青而紫地成熟了。煤矿上缺少桑树,大河湾村的桑树跟柳树一般多。李圆圆说话时,两只圆眼滴溜溜地盯着韩新水。韩新水不敢对视李圆圆。

李圆圆直截了当地说,我想吃你们大河湾村的桑葚。

韩新水问,你想吃桑葚跟我说干什么?

李圆圆说,我想让你带桑葚给我吃。

韩新水说,我不带。

李圆圆说,我不会让你吃亏的。

韩新水问,我带桑葚给你吃,我怎么会不吃亏呢?

李圆圆说，我带苹果给你吃，我带香蕉给你吃，我俩换着吃。

韩新水说，我不换。

李圆圆说，没想到你是这样子一个男同学。

韩新水说，我说不换，是说我带桑葚给你吃，我不吃你的苹果和香蕉。

李圆圆的嘴唇鲜嫩欲滴，本身就跟熟透的桑葚差不多。面对李圆圆的一双眼睛、一副嘴唇，韩新水实在拒绝不了。

隔天一大早，韩新水就把一包桑葚偷偷地递在李圆圆的手心里。

韩新水带桑葚给李圆圆这件事，不想让煤矿上的同学知道，也不想让大河湾村的同学知道。韩新水曾经约法三章不让村里的孩子带桑葚给煤矿上的同学吃，我们凭什么带桑葚给他们吃？馋死他们去，让他们嘴馋啃煤炭去。韩新水带头食言是一方面，更主要的李圆圆是一个女同学。别人知道他带桑葚给女同学吃，可说的话题就多啦。人多嘴杂。人言可畏。韩新水不得不多长一个心眼子。韩新水在家爬树摘桑葚是偷偷摸摸的。韩新水把桑葚藏在书包里往学校带是偷偷摸摸的。正当韩新水发愁怎样偷偷摸摸把桑葚交给李圆圆的时候，李圆圆早站在学校大门附近的一个岔路口等候着。韩新水上学路上单独一个人不容易，一起过河上学的村孩子几十个，一路上韩新水不断地假装上茅厕，才撇开别的村孩子。路旁哪里有茅厕？河南岸，一片灌木丛就是茅厕，韩新水跑过去，别的孩子跟着一起去。韩新水哗哗啦啦尿出一泡尿，别的孩子跟着哗哗啦啦尿出一泡尿。半道上，一间废弃的房屋就是茅厕，韩新水跑过去，别的孩子跟着一起去。韩新水滴滴答答尿出几滴尿，别的孩子跟着滴滴答答尿出几滴尿。村孩子问，几滴尿尿什么？韩新水说，不尿胀得疼。学校大门附近，有一座真正的茅厕，韩新水跑过去，别的孩子不愿一起去，问韩新水，你又想尿尿啦？韩新水说，这一次是屙屎。别的孩子说，我们不屙屎，我们先去教室。韩新水说，你们先去吧。桑葚在纸里包着。纸包在书包里藏着。桑葚娇贵,不能碰撞,不能挤压。一路上,韩新水上船下船的时候,两只手没有忘记护着书包里的桑葚。一路上,韩新水假装尿尿屙屎的时候,两只手没有忘记护着书包里的桑葚。

李圆圆一个人站在学校大门附近的一个岔路边,看见韩新水跟着大河湾村的同学一起走过来,没有喊他;看见韩新水一个人钻进茅厕里假装屙屎,没有喊他。李圆圆像个早熟的小女人,心眼鬼得很,知道怎样处理这件事。韩新水象征性地往茅厕里走几步,候大河湾村的同学走开,一转身退出来。韩新水慌忙地走近李圆圆,慌忙地从书包里掏出桑葚,慌忙地递在李圆圆的手上。韩新水心慌意乱。韩新水如释重负。韩新水转身就走。李圆圆说,你就不跟我说一句话吗?韩新水说,桑葚你下课一个人吃。李圆圆"哎"一声,算答应。李圆圆的一声"哎",像耳语,像浅唱。韩新水听见,心里一片麻酥酥的痒。

李圆圆坐在韩新水的前两排位置上。头一节课韩新水听不下去课,两只眼一直盯着李圆圆的后脑勺。那个时候,小女孩都喜欢扎两只小辫子。李圆圆长一头乌黑的头发,更没有理由不扎小辫子了。李圆圆知道韩新水在背后偷偷地看她。李圆圆不去动小心思,都知道韩新水的小心思。要是韩新水不在背后偷看她,韩新水就不是一个正常的男孩子了。李圆圆决定查看一下子韩新水。李圆圆伸手一拨拉,桌面上一块橡皮掉地上。橡皮不甘心地弹跳两下子,就平平稳稳地躺地上。李圆圆的橡皮掉地上,韩新水坐在后面看不见。李圆圆要的就是同桌看得见,韩新水看不见。李圆圆弯腰捡橡皮,出乎意料地扭头往后瞥一眼。韩新水的两眼紧紧地盯着李圆圆的后脑勺,李圆圆的后脑勺从韩新水的视线里移开,韩新水的两眼失魂落魄的一动不动。李圆圆的眼神冲韩新水斜拉地一瞥,韩新水浑身一颤,脸色就火红一片了。

韩新水赶紧地正襟危坐。李圆圆心里一片得意。

李圆圆吃桑葚在第二节课的课间休息时间。二十五分钟时间不算短,每个班级都要集体去操场上做广播体操。李圆圆手上拿着桑葚早不知道偷偷地溜到哪里去了。班主任一边清点人数，一边问体育委员都有哪些同学请假了。体育委员说，李圆圆和李世明请假了。李世明就是黑疤。李世明请假不请假班主任不去问。一粒老鼠屎坏一锅汤，李世明不来做操，少捣乱，少生事。班主任问体育委员，李圆圆请假为什么？体育委员说，她说身体不舒服。班主任问，怎么不舒服？体育委员说，她没有说，我不好问。体育委员是个男同学。班主任是个女老师。班主任说，有什么不好问的？下次有同学请假一定要问清楚，不能马马虎虎就放过去。同学跟着一起起哄说，对对对，有什么不好问的，一定要问清楚。紧接着是一阵子嘿嘿嘿坏笑。整个班级里，恐怕只有韩新水一个人知道李圆圆请假的真正原因，是嘴馋吃桑葚，偷偷地躲在一个背静的地方去。从表面上来看，李圆圆不做操跟韩新水不相干，实际上他俩就是同党与合谋。韩新水的心里一阵子窃喜，广播体操做得特别认真与卖力。

一件想不到的事在韩新水的窃喜中发生了，或者说早在韩新水还没有窃喜之前就发生了。课间二十五分钟时间过去，李圆圆回到教室座位上。李圆圆的神态是一副满足与羞愧。满足是吃过桑葚的满足，羞愧是为了什么呢？韩新水就不能理解了。黑疤同样按时坐在教室座位上，一副志得意满的样子，频繁地朝韩新水张望，频繁地露出一副阴谋得逞之后的丑恶嘴脸。一下子，韩新水从黑疤的嘴上看出破绽和秘密。那是一张被桑葚污染过的嘴巴，那是一张被桑葚污染过擦拭不干净的嘴巴，紫红泛黑，肮脏不堪。李圆圆吃桑葚细心，只污染手指，只污染舌头，不污染嘴巴。或许黑疤故意要这样子，有意污染给韩新水看。或许黑疤天生就是一个缺心眼的孩子，大意失荆州。黑疤哪里来的桑葚，显然是李圆圆给的。激灵一下子，韩新水的头脑清醒过来。李圆圆想吃桑葚，就是黑疤想吃桑葚。黑疤想吃桑葚不开口，让李圆圆开口。这么破解开，李圆圆的羞愧韩新水就能理解了，黑疤的小人得志与阴谋得逞韩新水就能理解了。

第二天，韩新水带两包桑葚去学校。老时间——早上上课前，老地方——学校大门附近的一条岔路口。韩新水当着李圆圆面把两包桑葚一齐掏出来。李圆圆惊喜地问，两包都给我？韩新水说，一包给你，一包给黑疤。李圆圆说，那我递给他。韩新水说，我站在这里等着，你让黑疤自个过来拿。李圆圆问，要是黑疤不想过来呢？韩新水说，黑疤喜欢吃桑葚，他会过来的。李圆圆的脸上嚓啦红一片。她知道她跟黑疤的鬼把戏，韩新水早识破。

黑疤大摇大摆地走过来。有人送礼，黑疤不会拒绝。

黑疤问，你怎么知道是我让李圆圆要桑葚的？

韩新水说，你的嘴巴开染坊，我还能看不出来吗？

黑疤下意识地抬衣袖擦一擦嘴巴说，你知道我跟李圆圆要好就好，你不要动她的歪心思。

韩新水说，下一回你想吃什么东西直接跟我说。

黑疤说，我跟李圆圆说，李圆圆再跟你说是一样子。

黑疤不愿在韩新水面前把架子放下来。

这之后，韩新水还从家里带过香瓜给黑疤吃。韩新水带东西给黑疤吃的真正目的，就是想化解他们之间的敌对情绪。同在一个班级里上课，大河湾村的孩子没有必要跟煤矿上的孩子你死我活地打一架。这一架韩新水想避免，黑疤却不想避免。打架的时间黑疤定下来，打架的地点黑疤定下来。时间定在礼拜六下午放学后，地点定在煤矿与淮河中间的七号井。韩新水再一次从家里带东西给黑疤吃。这一次是鬼豆。韩新水吃下去拉肚子不止。黑疤吃下去拉肚子不止。他俩一前一后往煤矿医院跑，哪里顾得上去七号井指挥两个帮派的孩子打架呀！就这么韩新水和黑疤变成一对朋友。李圆圆像一条小尾巴，经常地跟在他俩的屁股后面，摇一摇，摆一摆。准确地说，那个时候李圆圆这条小尾巴只在黑疤的身后摇摆，韩新水能试着一丝凉风，是沾黑疤的光。韩新水跟李圆圆相好同居，那是初中毕业在土坝街开杂货店之后了。

韩新水在土坝街开杂货店，黑疤带着李圆圆经常地去，在杂货店里吃，在杂货店里睡。吃里边的饼干，吃里边的烟酒，吃里边的糖果。那个时候，人们送礼时兴送水果罐头。玻璃瓶，铁皮盖，装上桃子的叫桃子罐头，装上苹果的叫苹果罐头，装上杏子的叫杏子罐头。不管什么罐头，里边都浸满糖水。黑疤喜欢抽烟喝酒、吃糖果，嘴里一直咕咚咕咚的、咯吱咯吱的。李圆圆喜欢吃饼干，吃水果罐头，不管吃什么，手上一直小心翼翼的，嘴里一直悄无声息的。韩新水自个不吃东西，一旁里看着他俩吃。韩新水不喜欢看黑疤抽烟喝酒、吃糖果。黑疤身上天生地有一股子杀气，抽烟喝酒一副凶狠的样子，吃糖果更见杀气腾腾的。黑疤抽烟恨不得一口抽半支，喝酒恨不得一口喝半瓶。糖果像是黑疤憎恨的一种有生命的东西，吃嘴里恨不得一口嚼碎嚼死。韩新水喜欢看李圆圆吃东西。李圆圆吃饼干，是一点一点地吃，是一舔一舔地吃，是一抿一抿地吃。李圆圆吃水果罐头，尖着手指去掏玻璃瓶里的东西，噘着嘴唇去喝玻璃瓶里的糖水。李圆圆一举手一投足，有一种轻柔的东西在里边，有一种女儿态的东西在里边，有一种令人心碎心疼的东西在里边。

黑疤吃杂货店里的东西从来不付钱。李圆圆吃杂货店里的东西从来不付钱。

黑疤吃杂货店里的东西不付钱，吃得理直气壮。李圆圆吃杂货店里的东西不付钱，有些不好意思，脸上一片羞涩，两只眼往地上落。黑疤吃东西没有一丝一毫不好意思的样子，看到李圆圆吃东西不好意思，反倒不理解。黑疤说，这有什么不好意思的？我跟韩新水这些年的交情别人不知道，你不会不知道吧，吃、吃、吃，吃饼干自个拿，吃罐头我来给你开。黑疤不管韩新水同意不同意，两只手朝货架上一齐伸出去，一只手拿一袋饼干扔给李圆圆，一只手拿一瓶罐头合嘴上。别人使螺丝刀都费劲的一件事，黑疤的牙齿三咬两咬就能把罐头盖子咬下来。黑疤的牙齿开过罐头，习惯性地朝地上吐一口唾沫。李圆圆心惊肉跳地问，你的牙齿没有掉下来吧？黑疤张开大嘴，转动脖子，冲着李圆圆和韩新水，啊啊啊地啊一圈。

黑疤说，我的牙齿能咬断八号铁丝，你们俩信不信？

韩新水连忙点头说，信、信、信。

李圆圆说，我不信。

黑疤说，李圆圆你不信那是你没有亲眼看见我咬断八号铁丝，哪天我高兴咬一次给你看一看，你就相信了。

韩新水没有必要去跟黑疤事事较真，说不相信黑疤能咬断八号铁丝。咬开罐头盖子的一副牙齿，说能咬破一个大天来，韩新水都相信。这些年，黑疤就像一块长长的跳板，一头搭在大河湾村，一头搭在煤矿上，韩新水只有通过这块长长的跳板，才能走进煤矿，才能跟煤矿发生关联。实际上就是这样子，煤矿一直是黑疤的地盘，得罪黑疤就走不上这块跳板，就走不进煤矿。因此，杂货店的东西任由黑疤消受，那是韩新水迫不得已而已。或者说，那是韩新水的一种手段，联系煤矿的一种手段。

黑疤带上李圆圆一块来这里吃一顿喝一顿不是目的，最终目的是睡一觉。杂货店里铺一张钢丝床，韩新水吃住在里边。那个时候，韩新水不能理解男人女人睡觉的真正内涵，认为男人女人睡觉，跟一个男人单独睡觉，或者一个女人单独睡觉没有太大的区别。韩新水这样子认为是幼稚，不成熟，没长大。李圆圆这样子认为就是有意装蒜了。李圆圆说，黑疤，你困你睡觉，我不睡。黑疤说，你不困，你就坐这里陪着我。黑疤顺手把剩下来的半包烟递给韩新水说，你上街上玩去吧，我跟李圆圆替你看杂货店。黑疤和李圆圆一起睡觉怎么看杂货店呢？这是黑疤想把韩新水支出去关上门，跟李圆圆消消停停地睡一觉。韩新水说，我不抽烟，我带烟干什么？黑疤说，我劝你带上烟，等你想抽烟的时候抽。韩新水说，我没有想抽烟的时候。黑疤说，那是你没到心急火燎的时候。韩新水拿上半包烟走出门，黑疤哐当一声就把杂货店门关上了。韩新水敲门问，你关上门，杂货店怎么做生意？黑疤打开杂货店门说，我睡觉不卖东西。韩新水说，你睡觉，李圆圆不睡觉，你让她卖东西。黑疤说，李圆圆不会算账。李圆圆两眼笑嘻嘻地说，我会算账，韩新水你莫让黑疤关门。黑疤不想再跟韩新水啰唆，哐当重新关上门。一瞬间，杂货店里生动静，像是在推搡，像是在打架。韩新水隔着一道房门问，黑疤你要睡到几点钟？黑疤喘着粗气说，我什么时候睡醒觉，什么时候打开门。李圆圆喘着粗气说，杂货店不开门，你不要来敲门。

李圆圆的心一直向着黑疤，关键时说话就向着他。你们推搡去吧！你们打架去吧！韩新水不得不离开杂货店，去土坝街上闲逛。一个土坝街能有多大呢？东西一条街，韩新水逛一遍。南北一条街，韩新水逛一遍。逛完这么两条街，韩新水就没有什么地方可逛了。逛街要有目的性，要货比三家，要讨价还价，要把想要的东西买到手，这样子才叫逛街。韩新水逛街缺乏目的性，只是为了消磨时间，就有点为难了。一个距离杂货店不远的街角，一个能看见杂货店的街角，一个能避开街上行人的街角，韩新水靠墙蹲下来，从口袋里掏出纸烟，掏出火柴，点上一支抽起来。韩新水抽烟是打发时间，是打发着急，等候黑疤睡好觉把杂货店的房门打开。韩新水抽烟跟黑疤一样凶狠，恨不得一口抽半支，大口大口地抽烟，大口大口地吐烟。这个时候，韩新水才知道什么叫心急火燎。这个时候，韩新水才知道一个心急火燎的人为什么想抽烟。这个时候，韩新水才知道一个心急火燎的人，抽烟就不会慢慢地抽。韩新水抽光半包烟，心急火燎的一颗心慢慢地平静下来。不知什么时候，韩新水靠在墙角上睡着了。一觉睡醒，天色大黑。杂货店的房门关着，里边一片黑灯瞎火没亮灯。韩新水跑回去敲门。理直气壮地敲门。地动山摇地敲门。韩新水一边敲门一边喊，你们俩在这里过夜，我睡哪里？

杂货店里没有丝毫动静。韩新水觉得好生奇怪，上下一检查，房门拧一根铁丝扔那里。很显然，黑疤和李圆圆早走掉。韩新水打开电灯，床上床下一片混乱，床单是皱的，枕巾是皱的，被子扔一边。这哪里像睡觉？不像睡觉像什么？就是这个时候，韩新水闻见一种从来没有闻见过的气味。这种气味，杂货店原本没有，黑疤身上原本没有，李圆圆身上原本没有。韩新水嗅着气味上上下下地找，前前后后地找。床下扔几团皱巴巴的卫生纸。气味来自这里。气味包裹在里边。韩新水打开一看，里边包裹着一种奇怪的东西。一股更加强烈的气味冲出来，韩新水感到一阵恶心，赶紧地扔下卫生纸，赶紧地跑出杂货店门，冲着街面嗷唠嗷唠地呕吐起来。韩新水一边呕吐一边明白过来，卫生纸里的奇怪东西是黑疤和李圆圆睡觉睡出来的。至于他俩怎么睡觉睡出来的，韩新水依旧混沌一团。

这一夜，韩新水梦遗了。这是韩新水人生的第一次梦遗。在梦里，韩新水先是不断地跟一个人扭打着。扭打的这个人一会子是黑疤，一会子是李圆圆。一会子，这个人的脸是黑疤，身子是李圆圆。一会子，这个人的脸是李圆圆，身子是黑疤。一下子，韩新水把这个人压倒在床上，随之韩新水感到腿裆一热，有一种东西从里边喷射出来。这种东西就是黑疤和李圆圆睡觉睡出来的那种奇怪东西。这一次，韩新水看清楚，压倒在身子下面的这个人就是李圆圆。李圆圆赤身裸体，满足而幸福地望着他。韩新水跟李圆圆说，我算是被你害惨啦。李圆圆指着那一摊黏糊糊的东西说，真正能害人的是这种东西。韩新水身子一软，从李圆圆光溜溜的肚皮上滑下来。扑通一声，韩新水醒过来。

韩新水真的跟李圆圆睡觉，那是在黑疤出事之后。

黑疤初中毕业在煤矿上找不着工作，李圆圆初中毕业在煤矿上找不着工作，他们俩算是煤矿上的待业青年。煤矿上找工作难心，正常招工少，大多数是父母退休顶替上去的。黑疤的亲生老子死得早，黑疤的娘带着黑疤改嫁，跟他的晚爸一起过。黑疤的娘在家里没工作，晚爸不够退休年龄，指望顶替还要等好几年时间。李圆圆的父母够退休年龄，他俩给家里的男孩子顶替，不给家里的女孩子顶替。李圆圆家有哥哥弟弟四五个，轮不上她顶替。在一个煤矿家庭里，男孩子比女孩子重要。黑疤没有班可上，整天在社会上闲逛。李圆圆没有班可上，整天跟在黑疤后面闲逛。李圆圆跟黑疤说，我在家中是多余的，你可不要嫌弃我。黑疤说，我就跟你一个女孩子好，别的女孩子都是多余的。李圆圆说，黑疤你对我真好。黑疤问，我对你好，你怎么报答我？李圆圆说，我跟你睡一觉。黑疤问，我俩在哪里睡？李圆圆说，去你家。黑疤说，我家人看见不打死我！李圆圆说，我家人更多，更不能去。黑疤说，我俩还是去韩新水的杂货店。李圆圆说，我害怕他的一副眼神，我不敢去。黑疤问，他的眼神有什么可怕的？李圆圆说，我看他的眼神跟过去不一样。黑疤问，一双人眼变成一双狼眼啦？李圆圆说，他过去不知道我俩睡觉是怎么一回事，现在知道了。黑疤问，你是说韩新水开窍了，知道什么叫男人女人睡觉了？李圆圆肯定地说，他过去不知道，现在知道。黑疤问，他知道又能怎么样？还能想跟你睡一觉？李圆圆说，他心里想，嘴上不敢说，眼神敢说。黑疤说，这一次我让他滚回大河湾村，我俩在杂货店里睡一夜。李圆圆说，他去哪里，我跟你在杂货店里睡觉都不安心。黑疤说，这个狗日的韩新水，我俩不去杂货店。李圆圆问，我俩不去杂货店去哪里？黑疤说，我俩哪里都不去。李圆圆问，我俩哪里都不去怎么在一起睡觉？黑疤说，我俩不在一起睡觉。

这之后，就算黑疤带上李圆圆一起去土坝街杂货店，抽烟照抽，喝酒照喝，糖果照吃，饼干照吃，罐头照吃，吃过这些东西，嘴巴一抹，屁股一拍，抬腿就走人。韩新水眨巴两眼不相信地问，你们俩就这样子走啦？黑疤问，我们俩不这样子走还能干什么？韩新水心存疑惑，嘴上想问一问睡觉的事，觉得不适合，就没有问。李圆圆说，黑疤今天不困,不想在这里睡觉。韩新水从李圆圆的话音里听出来,好像黑疤跟她从来都是干干净净的,从来都没有过男人和女人之间的那一种睡觉。韩新水尴尬地点一点头。黑疤诡异地笑一笑。

黑疤不是一点事不做,经常地伙同同党一起去铁路上偷煤炭。煤矿上的煤炭有两种,一种原煤是从地下扒出来的,一种焦炭是原煤在炼焦场提炼出来的。那个时候,人们偷煤不算一件丢人的事,反倒是增加收入的一种好办法,是家庭经济的一部分固定来源。在煤矿上,偷煤的主要是女人和孩子。女人是没有工作的家属,俗称老妇女。孩子是没有成人的男孩子,俗称半大孩子。老妇女在家没有工作干,家里的经济条件不算好,就把偷煤卖钱作为一项临时性的工作来干。半大孩子在家没有工作干,口袋里没有钱,想买吃的买不了,想买喝的买不了,就把偷煤卖钱作为一项业余性的工作来干。偷原煤不能去井口,偷焦炭不能去炼焦场,而去运输煤炭的铁路专用线。一列火车拖着十几节车皮,从井口那里装满原煤,哐里哐当开出来。在煤矿的大门里边,有矿警持棍把守,偷煤者不敢扒火车偷煤。火车一旦开出煤矿大门,有那么两里路远,就驶入一片空旷地带。这个时候,火车的速度依旧不算快。这个时候,隐伏在铁路两侧的偷煤者,快速地往车皮上爬,就像电影里的铁道游击队,或者说,就像传说中的飞侠大盗。他们快速地跑上一段路,追赶上火车,伸手抓住车皮上的把手,噌噌噌几步就爬上去。他们带着一只口袋,带着一根绳子。绳子把口袋捆绑在裤腰上。偷煤者爬上煤车,解下口袋,两手合拢成一把铁锨,快速地往口袋里扒煤炭。前后不到两分钟,就扒满一口袋煤炭,从腰间抽出绳子扎上口袋口,把口袋搭上车皮边沿,使劲地往下一推,就完事了。口袋一定要用矿井下面的风井布缝制,经摔,耐用。那个年代,煤炭按计划往外供运,火车在煤仓那里装多少煤炭,好多钱一吨,买家付钱,卖家得钱,一切都按计划行事。火车一旦驶出煤矿大门,煤炭就不属煤矿上,火车司机管不住偷煤者,只能把火车快速地提速。每一趟,火车的速度总是落后偷煤者的速度。

偷煤者，千锤百炼，训练有素，不会扒不上火车，更不会从火车上爬不下来。

偷焦炭和偷原煤差不多。通常地，偷原煤的是一帮子人，偷焦炭的是另一帮子人。黑疤一伙子喜欢偷焦炭，不喜欢偷原煤。焦炭一块一块的块头大，一伙子分好工，几个孩子扒上火车，一块一块焦炭往地下扔，几个孩子在地面上，一块一块焦炭往车上捡。一辆小推车，一会子就捡满。几个孩子合力一推，快速地逃离开。一斤焦炭和一斤原煤相比，焦炭比原煤贵。偷焦炭和偷原煤相比，焦炭比原煤干净。经常地，黑疤伙同几个人从火车上跳下来，一边悠闲地抽着香烟，一边逍遥地沿着铁路专用线往回走。路人不注意，看不出是一伙偷煤炭的贼。

黑疤出事就出事在别人是单兵作战，他们是团伙偷煤。有一天夜里，黑疤在一间临时搭建的房屋里被公安人员抓走。当时，黑疤和李圆圆睡一起。黑疤和李圆圆想一起睡觉，不能在黑疤家睡，不能在李圆圆家睡，在韩新水的杂货店睡几次，李圆圆害怕韩新水的眼神不愿去。黑疤只好找同伙，在这里临时搭建一间简易房屋，隔三岔五地带上李圆圆来这里睡一睡。公安人员从被窝里拉出赤身裸体的黑疤，李圆圆躺在黑疤身边也没有穿衣服。黑疤不知道公安人员为什么逮他。黑疤一边挣扎一边说，我跟李圆圆睡觉是她愿意的。李圆圆慌忙说，我跟李世明睡觉是心甘情愿的。那一刻，黑疤和李圆圆认为出事出在他俩睡觉上。公安人员跟黑疤说，我们逮你，是因为你组织盗窃团伙偷煤。

那一夜，黑疤被抓走，丢下李圆圆一个人在那里哭，不知道怎么办。

说一声管严就管严，煤不让偷不说，偷煤还犯法，还要召开公开审判大会，这么大张旗鼓，这么兴师动众，有一个新名词，叫“严打”。一夜间，几个团伙偷煤的头头都被抓起来。都是十几岁的半大孩子，都是煤矿上待业在家的半大孩子。黑疤一伙子的头头无疑是黑疤。公开审判大会在新庄孜煤矿的万人体育馆举行。那一天,整个煤矿像炸开锅,整座城市像炸开锅。上万人的体育馆容纳不下看审判的人。中国人历来喜欢看热闹,方圆十里路以内的人都往这里围拥。他们要看一看公开审判的都有哪些人,这些人都是因为什么被抓逮,被捆绑,被审判,最终被判刑好多年。一次性公开审判上百人,场面大,人数多,空前绝后。哪里的犯人都有——市里的、农村的、煤矿的、流窜的。干什么坏事的犯人都有——杀人的、放火的、强奸的、偷盗的。黑疤他们几个偷煤团伙的头头只是凤毛麟角一小撮。

这一天,韩新水没去万人体育馆,李圆圆没去万人体育馆,他们俩就躲在杂货店。李圆圆过来找韩新水的时候,手里拿着黑疤写的一张纸条。纸条上歪歪扭扭地写:韩新水,我的好兄弟!从今往后,李圆圆就托付给你照看了,听说我要去新疆那么远的地方,能不能回来不知道。李圆圆是一个好丫头,你一定要好好地照顾她。黑疤(血指印)。某年某月某日。黑疤被抓关进看守所,不让家人去看,不让朋友去看。韩新水和李圆圆去看守所都没有见到过黑疤,黑疤经过怎么一番艰苦努力把纸条带出来,李圆圆不是很清楚。有一个人找到李圆圆,把纸条递给她。这个人李圆圆不认识,纸条上面的字迹李圆圆认识,千真万确是黑疤的。按理说,公开审判大会是见黑疤的最好机会。李圆圆害怕不敢去,韩新水只好在杂货店里陪着她。李圆圆的恐惧来自公安人员抓捕黑疤那一刻。李圆圆说,半夜里我和黑疤一起睡着了,房门哐当一声被撞开,几把手电明晃晃地照在黑疤和我的身上。随后公安人员一阵子乱喊:“不许动!不许动!不许动!”就朝着我和黑疤扑过来。公安人员问,你俩叫什么名字?我说我叫李圆圆,黑疤说他叫李世明。黑疤的两只眼都没有睁开来,两只手就被手铐咔嚓一声铐上了。噩梦,真是一场噩梦呀!你不知道有多怕人呀!我不敢去万人体育馆,不是不想见黑疤,是害怕见公安人员。呜呜呜,你说我今后的日子怎么过呀？啊啊啊，看来我是指靠不上黑疤了，要指靠只有指靠你。李圆圆在韩新水面前没鼻子没眼睛地哭。韩新水傻愣愣地看着李圆圆哭，不知道怎样去劝说她，一句话都不说。

公开审判大会过后是游街。游街就是上百个犯人分别乘上十几辆大卡车，公安人员持枪押解着，沿着城市主干道示众。最前面是一辆高音喇叭车，挨个地宣读判决词。某某某，犯某种罪行，罪恶极大，民愤极重，不杀不足以平民愤，最终被押赴刑场执行枪决，或从严从快被判刑好多年。土坝街的西头就是一条南北大马路，差不多相隔两里路那么远，高音喇叭一句一句清晰传地播过来。李圆圆不再哭，大睁两眼，忍受不住高音喇叭的刺激，都快要疯掉了。李圆圆说，韩新水你快去关上窗子。韩新水就去关上窗子。李圆圆说，韩新水你快去关上房门。韩新水就去关上房门。李圆圆说，韩新水你快堵上我的耳朵。韩新水迟疑一下问，我拿什么堵上你的耳朵呀？李圆圆说，你抱着我，拿手指头堵。韩新水依旧迟疑不敢去抱李圆圆。李圆圆主动地一屁股坐进韩新水怀里。李圆圆惊恐地说，你快抱紧我，你快伸出手指头堵住我的耳朵眼。韩新水只好紧紧地抱住李圆圆，只好伸出手指头堵住李圆圆的耳朵眼。李圆圆的害怕是真害怕，身子发抖，像发高烧，打摆子。

这一夜，李圆圆就留宿在杂货店。李圆圆说她的家人知道她跟黑疤鬼混在一起，都不认她这个闺女了，都不让她这个闺女进家门吃饭睡觉了。韩新水问，你晚上睡在杂货店里，我去哪里睡觉呀？一间杂货店摆上两排货架、一张钢丝床，剩下来的地方就磨不开屁股了。李圆圆说，我俩睡在同一张床上。韩新水恐惧地说，我俩怎么能睡在同一张床上？李圆圆不当一回事地说，这有什么呀，你睡一头，我睡一头，你不要往坏心思上面想。结果这一晚上，韩新水和李圆圆就睡在同一张床上。韩新水和衣睡在一头，李圆圆和衣睡在另一头。李圆圆一小会睡着了，韩新水一夜没有睡。

3

之后两年间，情况发生很大变化。主要体现在两个方面。一个是韩新水伙同一帮煤矿上的狐朋狗友做煤炭生意。俗话说，树倒猢狲散。黑疤被抓，散开来的一窝猢狲，渐渐地重新聚拢在韩新水的杂货店。喀哧喀哧地一阵子猛吃，咕咚咕咚地一阵子猛喝，一个杂货店眼见着就被吃空喝空。那个时候，韩立海和吴水月达成统一口径，就是不往杂货店再投入一分钱。任由你带一帮狐朋狗友吃喝折腾去吧，折腾不下去你就关门大吉吧。韩立海和吴水月不去干涉韩新水具体怎样开店，你想怎么样就怎么样吧。就在杂货店吃喝得差不多的那一天，韩新水伙同一帮狐朋狗友想起做煤炭生意。具体办法是，煤矿上的同学负责搞煤炭计划，找卡车运输，农转非的同学负责回老家找砖瓦场，推销煤炭，韩新水负责总体协调，李圆圆负责收钱分钱管账。煤炭生意先是偷偷摸摸地干，后是光明正大地干；先是小打小闹地干，后是大张旗鼓地干。在煤炭由计划而市场的转型年代里，韩新水他们算是第一伙吃螃蟹的人，也算是淘到头一桶金的一伙人。

另一个是黑疤在新疆监狱里自杀身亡了。韩新水不理解黑疤这么一个人为什么要走这么一条路，李圆圆说她能理解。李圆圆说，黑疤是心里想我，见不到我自杀的。黑疤过去曾经跟李圆圆说过，他要是不跟她在一起，就觉着活得没意思，不如死了好。李圆圆坚信这么样的一个理由，韩新水驳斥不掉。实际上，这么两年间，李圆圆无数次地留宿在杂货店，或跟韩新水一起同住在别处的房间里。李圆圆明确地跟韩新水说，我是黑疤的女人，我的身子是黑疤的，我等黑疤从新疆回来，别的男人碰都不能碰我一下子。李圆圆说的“别的男人”，当然包括韩新水。韩新水说，朋友妻不可欺，古人说过的话，是黑疤的朋友都记得。李圆圆说，你们没有忘记黑疤是你们的朋友，我就放心了。

韩新水说,只要你能守得住,我们这一帮狐朋狗友没有人会碰你一根手指头。李圆圆说,我知道黑疤心里只有我,我要是跟哪一个男人睡觉,黑疤回来就会杀掉我,谁要是强行睡上我,黑疤回来也会杀掉谁。

李圆圆听说黑疤自杀,没有哭。李圆圆跟韩新水说,你陪我一起去一趟黑疤家。韩新水问,去黑疤家干什么?李圆圆说,我要去黑疤家确认清楚,黑疤是不是真的死掉了。黑疤自杀身亡的消息,是听别人谣传过来的。谣传的事就真假难辨。李圆圆不见棺材不落泪,还存留一丝黑疤活着的希望。黑疤家住在矿南村。顾名思义,矿南村就在毕家岗煤矿的南边。两间瓦房,一间锅屋。从前李圆圆和韩新水各自去过黑疤家无数趟。韩新水和李圆圆一起去,是头一趟。所谓黑疤的家人,就是黑疤娘和晚爸。黑疤娘和晚爸在一起没有生孩子,黑疤家也就他一个孩子。黑疤娘一个人在家。黑疤娘一把拉住李圆圆的手,痛哭流涕地说,在这个人世上,只有你对黑疤真心好。黑疤娘听说,黑疤出事的时候,和李圆圆在一起。黑疤娘知道,黑疤要是不出事,就会娶李圆圆做老婆。李圆圆问黑疤娘,你是怎么知道黑疤自杀死掉的?黑疤娘拿出一封信说,新疆来信要家人去那边领黑疤的骨灰。韩新水接过信仔细地看一遍,是真事。真是黑疤自杀身亡,那边劳改局通知黑疤家人去领骨灰。李圆圆问,怎么家人不去领呢?黑疤娘说,黑疤大(爸)不愿去。韩新水问,这么说黑疤的骨灰扔那边不要了?黑疤娘说,我一个妇道人家知道往哪里去?黑疤娘失声地大哭起来,说,晚爸就是晚爸,要是黑疤的亲生老子活着,就算儿子是被政府枪毙掉的,也不能说不把骨灰拿回来家呀。啊啊啊,我这个苦命的儿子呀,你魂游千里之外,死不瞑目呀!李圆圆扑通一声跪在黑疤娘面前说,我去把黑疤的骨灰拿回来。黑疤娘停下痛哭,呆愣愣地看着李圆圆说,你真把黑疤的骨灰拿回来,也不枉我儿子跟你相好一场。韩新水问李圆圆,你可知道新疆有多远?李圆圆说,就算在天边我也要去。

李圆圆说去就去,韩新水不能不陪着一起去。

这里离新疆几千公里路,不直接通火车,不直接通汽车,他俩坐火车,坐汽车,坐拖拉机,坐毛驴车,步行,到郑州,到西安,到兰州,到武威,到张掖,到嘉峪关,到敦煌,到新疆的塔里木盆地,前后花费二十天时间,最后来到一个名叫且末的小地方。在这里韩新水和李圆圆见到真正的黑疤。黑疤变成一把骨灰,安静地躺在一只骨灰盒里。韩新水和李圆圆在劳改局办完相关手续,先去监狱领取黑疤的遗物——一个落满沙尘的包袱,再去火葬场领取骨灰——一只落满沙尘的盒子。李圆圆问劳改局的工作人员说,你们不会搞错吧?工作人员说,人死我们验明正身的。李圆圆说,看来黑疤是真死了。那里风沙弥漫,天空地阔。李圆圆天空地阔的一双眼睛里,布满风沙与泪水。去二十天,回二十天,一共四十天。李圆圆当家,把黑疤的骨灰和遗物埋在一个偏僻的角落里。韩新水不理解地问,为什么不把黑疤的骨灰和遗物送回他家去?李圆圆说,黑疤不愿回家。黑疤活着的时候,就不愿回家,就不愿见他的晚爸。韩新水说,就算黑疤不想见他的晚爸,总该见一见他的亲娘吧?李圆圆说,他的亲娘见他来坟上见。黑疤剩下来的遗物就两件衣服、一个本子、一支圆珠笔,没任何值钱的东西。李圆圆敏感地说,这个本子、这支圆珠笔我认识。韩新水问,新疆那么远的东西你是不可能见过的?李圆圆说,这两样子东西是黑疤从这边带去的。韩新水说,你胡说。这些天,李圆圆不正常,韩新水领教过好多次。李圆圆说,黑疤就是用这个本子里的纸,这支笔,写的那封信。韩新水依稀想起两年前,黑疤托人带过的那封信。好像纸张就是这样子一种纸张,纸张上的字是不是这支圆珠笔写出来的,就不好肯定了。李圆圆急忙翻阅本子,从头至尾一页一页地翻,除去撕下来的纸页痕迹,一个字都没有。李圆圆说,黑疤你怎么一个字都不给我留下来呀?两年劳改,黑疤一封信都没有寄。没有给李圆圆寄,没有给他家人寄。韩新水安慰李圆圆说,黑疤写的字,有可能被监狱里的管教干部一页一页撕掉了。李圆圆大骂监狱里的管教干部说,你们这些坏蛋,他人都死了,你们还撕他写的字干什么?

一座坟慢慢地堆起来,变成一个永恒的纪念。本子和圆珠笔没有埋土里,李圆圆收留下来。

当天晚上,李圆圆在毕家岗街上的一家宾馆里开一间房,把韩新水留下来。李圆圆当着韩新水面扒光自个的衣服,慢慢地躺在床上说,韩新水你上来睡我吧,我知道这些年你每时每刻都想着我的身子,都想着跟我睡觉。韩新水站在床面前,看着李圆圆光裸的身子不动弹。李圆圆说,黑疤一死,我就是你的女人,从今往后我只跟你一个男人睡觉。灯光下,李圆圆的身子一团白亮,像一尊陶瓷雕像。韩新水两手捂眼,蹲下身子,呜呜溜溜地哭出来。李圆圆问,你这是怎么啦?韩新水说,我不敢跟你睡觉,我的眼前晃悠着的都是黑疤,我的身前身后到处都是黑疤的影子。李圆圆说,一个人死了就是死了,黑疤再也活不过来了。李圆圆从床上爬起身,一把抱住韩新水说,就算黑疤的灵魂能看见我俩睡觉,也会同意的,也会高兴的,你忘啦?是黑疤写信把我托付给你了。

那一天,就是黑疤被公开判刑那一天,就是黑疤被装上卡车游街那一天。那一天,李圆圆留宿在韩新水的杂货店。李圆圆一夜安静地睡觉,韩新水一夜没有睡觉。韩新水辗转反侧一夜,浑身燥热一夜。韩新水觉得心里难受,身子膨胀,像是要爆炸一般。隔天早上,李圆圆看杂货店,韩新水去找土坝街的一处地方。这个地方新开一家发廊,是一个南方的白脸女人过来开的,里边有不少红头发、黄头发的女孩子。进出杂货店买东西的闲人说,发廊给男人洗头理发是幌子,去后院的房间里按摩睡觉倒是真的。闲人是土坝街上的老男人,喜欢在杂货店的门口聚堆闲扯。有一个老男人自称他睡过白脸女人。这个老男人说,要说白脸女人的脸白,跟她的胸脯一比就算不得白了,要说白脸女人的胸脯白,跟她的小肚子一比就算不得白了。你知道白脸女人的小肚子为什么这样子白吗?哎呀呀,这个都不知道你还是一个男人吗？我来跟你说，因为白脸女人的小肚子紧挨着那个地方。那个地方黑乎乎得像一眼深井，一衬托小肚子不就白亮了。是男人都想钻这么一眼黑乎乎的深井，就算掉里边淹死都是一个风流鬼。

韩新水要找的就是这么一种地方。

发廊的名字叫好再来。好再来，不好就不来。怎么会不好呢？这里时时刻刻都好得不得了。不到早上开门营业的时间，韩新水跑过去咚咚咚地敲门喊，开门，快开门。开门的果真是一个白脸女人，二十多岁、三十多岁还是四十多岁，韩新水看不出来。白脸女人穿一条短裙，趿拉着鞋，披散着头发，半敞着怀。脸真是一张白脸，半隐半露的胸脯真比她的白脸还要白。那么小肚子呢？韩新水心慌气短，口干舌燥。白脸女人问，这么早你敲门干什么？韩新水的两手从钱盒子里抓满零钱，一齐塞给白脸女人说，我要跟你睡觉。白脸女人看一眼手里的零钱说，这么一点钱就想跟我睡觉？韩新水说，杂货店里的钱盒子里还有钱，你说好多钱，我回去拿。白脸女人伸手捏一把韩新水的脸蛋说，你这只小公鸡，恐怕连毛都没有扎齐全，哪里懂得跟女人睡觉呀？韩新水不知道怎么办，嘴上连续说，在梦里我跟女人睡过觉。白脸女人哈哈一笑说，看来你真的是一只没打过鸣的小公鸡。白脸女人一把把钱塞进口袋里，领着韩新水穿过院子，走进一间房屋里。房间里，一张床，一张沙发，一只柜子，一只梳妆台。白脸女人说，我找一个姑娘来好好地教一教你怎么睡女人。白脸女人要离开房间，韩新水不能让白脸女人离开房间。韩新水一把抱住白脸女人说，我就是要跟你睡觉。白脸女人答应说，我今天倒要看一看你怎样跟我睡觉。

白脸女人站着不动。韩新水手忙脚乱地去扒白脸女人的衣服。

韩新水扒掉白脸女人的上衣，露出白亮亮的两只奶子。韩新水顾不上去看白脸女人的两只白亮亮的奶子，韩新水去扒白脸女人的短裙，短裙退到白脸女人的脚脖子上，露出一条粉红色的透明短裤，露出一片更加白亮的小肚子。韩新水顾不上去看白脸女人的更加白亮的小肚子，韩新水接着去扒白脸女人的短裤，露出一眼黑乎乎的深井。韩新水两眼发直，猛然间僵固不动了。韩新水把持不住，整个身子像一颗炸弹，一瞬间点燃爆炸。轰隆一声巨响，韩新水两手抱住白脸女人的两条腿，慢慢地滑坐在地面上。韩新水的肉体、灵魂、思想、欲望，一齐炸成四散逃窜的碎片。白脸女人恶狠狠地一脚踢开韩新水说，你的钱我一分不会退……

这之后，李圆圆就跟韩新水同居住一起，前前后后一共十五年。前几年，李圆圆跟着韩新水一起贩运煤炭。后几年，李圆圆跟着韩新水一起做房地产。他俩一起贩运煤炭那几年，韩新水一直想跟李圆圆结婚。李圆圆总是说我俩小，连晚婚年龄都不够，等年把再说吧。晚婚不晚婚，跟他俩有什么关系呀？韩新水听出来，这是李圆圆找不到推托词的一种推托词。有一天，韩新水直白地问李圆圆，是不是你嫌弃我是农村的？李圆圆大睁两眼问，这都是哪个年代啦，你还说这种过时的话？韩新水说这种话有根据，那一年韩新水去毕家岗矿上初中，煤矿上的女同学看他们大河湾村的孩子，就像看一个个另类人，身体扭巴着，眼睛斜拉着，歪嘴皱鼻子，明显有一种歧视和厌恶的样子。李圆圆跟其他煤矿上的女同学不一样，但是不是这样子一种势利的小人，从表面上看不出来。话题说到这里，李圆圆突然笑起来。韩新水恼怒地问，你笑什么呀？李圆圆说，我前两天在电视上看一场演唱会，有一位港台男明星剃一种时尚的发型，你猜我想起了谁？韩新水恶狠狠地说，我怎么会知道。李圆圆说，我一下子想起了你。韩新水声调软下来说，我跟港台明星的发型有什么关系呀？李圆圆说，那一年你来毕家岗矿上初中，剃的就是这种明星发型。韩新水说，胡说八道。李圆圆说，好听一点说，叫茶壶盖子头，不好听一点说，叫粪耙子头。韩新水记得这种发型，头顶头发留得长，下面头发剃得短，头发茬子剃得高。韩新水不高兴地说，听你这么一说，那时候你就嫌弃我是农村的？李圆圆说，你那个时候就剃港台明星的发型，我怎么敢嫌弃你？

其实,李圆圆不愿跟韩新水结婚,是因为黑疤。李圆圆忘不掉黑疤的存在。黑疤就像一尊神,被李圆圆供在心里。只要韩新水一提到结婚这件事,只要李圆圆一想到结婚这件事,她就觉得冒犯黑疤。她是黑疤的女人,不管黑疤活着还是死了,这一点好像都是不可更改的。夜深人静,面对虚无的黑疤,李圆圆无数次偷偷地痛哭。李圆圆一边痛哭一边质问黑疤,你说我该怎么办?是你把我托付给韩新水,我跟韩新水同居,不跟韩新水结婚,你说这种日子我要过到哪一天?

韩新水想跟李圆圆早一天结婚,同样也是忘不掉黑疤。韩新水能感觉到黑疤无处不在,无时不在。只要他跟李圆圆在一起,黑疤一定会在近旁的某一个地方时隐时现。韩新水不怕黑疤。黑疤活着,韩新水心里怵。黑疤死了,韩新水心里不怵。韩新水自个跟自个说,一个死人有什么可怕的。韩新水面对虚无的黑疤说,我就是要跟李圆圆睡觉,我就是要娶李圆圆做老婆,现在李圆圆就是我的女人。

这一天,李圆圆答应跟韩新水结婚,说,越快越好,我都迫不及待地今天就要嫁给你。一夜间,李圆圆一百八十度大转弯,韩新水不相信李圆圆说的是真心话,或者说韩新水不相信李圆圆是一个正常的女人。韩新水赶紧地问,你的头脑不会出毛病吧?李圆圆问,这么说你不想娶我啦?韩新水说,娶是娶,总不会急成这个样子吧?总要装修一套新房、风风光光地举办一场婚礼吧?李圆圆说,谁不知道我俩早住在一块,去打一张结婚证不就结婚了?韩新水说,偷偷摸摸地结婚,你能丢起这个人,我丢不起这个人。

李圆圆转变态度,是因为昨天晚上做的一个梦。黑疤在梦里先是满脸愁容,后是痛哭流涕。黑疤愁的是什么,黑疤不说。黑疤哭的是什么,黑疤不说。李圆圆听说,在梦里,死人不能说话,死人一说话,听说话的这个活人就活不成。李圆圆只好一边猜测一边说给黑疤听。李圆圆问,你在那边缺钱花,我明天就去你坟上烧纸?黑疤摇头。李圆圆问,我跟韩新水同居,你心里不舒服?黑疤摇头。李圆圆说,我跟韩新水只能同居，不能结婚？黑疤摇头。李圆圆进一步说，我跟韩新水可以同居，可以结婚？黑疤点头。黑疤点过头，破涕为笑，心满意足地从梦里消失去。

韩新水买一套房屋着手装修新房。这个时候，韩新水早花钱把户口从农村买到城市里，成为一个堂堂正正的城市人。这个时候，韩新水早停下贩运煤炭，风生水起地做起房地产生意。韩新水装修新房的劲头很足，事事亲力亲为，找人设计，找人施工，找人监工。虽说韩新水做房地产生意，盖过不少楼房，对装修房屋却狗屁不通。做生意是宏观的，跑衙门，跑银行，跑审批，跑协调，跟装修房屋一点关系都没有。结婚的其他事，跟装修新房相比，就是小事了。韩新水跟李圆圆说，我负责结婚的大事，你负责结婚的小事。李圆圆底气不足地说一声，好。李圆圆底气不足，不是不想结婚，不是不想做结婚的小事，是不知道从何处下手，是根本提不起一股子心劲。小时候，李圆圆生活在煤矿上，看到的都是煤矿上的结婚场面。虽说煤矿上比大河湾村有钱，但结婚场面上的热闹程度，煤矿上的就跟大河湾村的差远了。在大河湾村，婚礼上的仪式，一样子都不能省略，一样子都不能马虎。在煤矿上，婚礼上的仪式，一样子都不能认真，能省略的省略，能马虎的马虎，说是移风易俗，说是新事新办。一句话，大河湾村的婚礼，一成不变，具有传承性；煤矿上的婚礼，千变万化，没有礼数可依，没有章法可照。在煤矿上，原本就是哪个地方人都有，哪个地方文化都存在，人员混杂，风俗混杂，结婚仪式不统一。李圆圆长大，结交的第一个男人就是黑疤，他的家庭条件和她的家庭条件，都不允许他俩结婚在物质上怎么样充裕。在李圆圆的思想中，从来就没有大操大办的想法。在李圆圆的想象中，从来就没有一个风光排场的结婚场面。李圆圆想，我跟黑疤结婚过日子就是过日子，就是我对黑疤好，黑疤对我好。没有房屋，哪怕两口子相拥相抱睡在马路上都是幸福的。没有饭吃，哪怕两口子喝一碗凉水都是幸福的。

一套新房装修好,韩新水的结婚劲头被李圆圆消耗下来。有一天,韩新水坐在装修一新的房屋里,自个问自个,天下到处都是年轻漂亮的女人,我干吗要跟李圆圆结婚呢?一下子,韩新水自个把自个问住了。说来说去,李圆圆都是黑疤的女人。一碗别人吃过的剩饭,还有什么滋味呢?韩新水的内心猛然间生出一股强烈的反抗力量,一股想彻底摆脱李圆圆的反抗力量,一股想彻底摆脱黑疤的反抗力量。这个时候,韩新水才看清楚自个的命运。黑疤活着,黑疤控制着他;黑疤死了,通过李圆圆控制他。

韩新水对着自个大喊大叫,我凭什么要娶李圆圆?

韩新水对着黑疤大喊大叫,我凭什么要替你照顾李圆圆?

韩新水对着李圆圆大喊大叫,我凭什么要娶你这个烂货?

这个时候,韩新水面对自个油然而生的不是怜悯,而是痛恨。这个时候,韩新水面对黑疤油然而生的不是敬畏,而是痛恨。这个时候,韩新水面对李圆圆油然而生的不是同情,而是痛恨。韩新水痛恨自个,韩新水痛恨别人,韩新水痛恨这个世间的一切。就是从这一天开始,韩新水去找各种各样的女人。年轻的女人,漂亮的女人,比李圆圆年轻的女人,比李圆圆漂亮的女人。李圆圆觉察到韩新水的变化。韩新水不怕李圆圆知道。韩新水就是想让李圆圆知道,就是想跟李圆圆撕个鱼死网破的。在这个方面,李圆圆倒是很宽容韩新水。李圆圆说,黑疤睡过我,你心里不平衡。又说,我从电视上看到过,过去的皇上有三宫六院七十二妃子,过去的大地主、大资本家有大太太、二太太、三太太、四太太,现在当官的家里有红旗、外面有彩旗,现在有钱的更是二奶、三奶、四奶、五奶地包养着。李圆圆跟韩新水说,你在外面跟哪一个女人睡觉我不管。你知道黑疤死了,我只有你一个男人,我只跟你一个男人睡觉。只要我俩结婚后你不要把女人带到家里来,只要你不丢弃我……

韩新水想的就是丢弃李圆圆。韩新水想的就是找时机。售楼小姐出现在韩新水的房地产公司里，出现在韩新水面前，继而走进韩新水的生活中。韩新水觉得时机成熟，牙一咬，脚一跺，当机立断地跟李圆圆提出来分手。

4

韩新水停下贩煤炭，从业房地产，规划建设的最主要住宅小区叫淮水城。淮水城，就建在淮河边上，占地上千亩，住宅规模是全市数一数二的，还准备面临淮河修建一条千米景观长廊。淮水城的优点是面临淮河，视野宽阔，集住家、购物、休闲、观光于一体，是一处居家生活的好地方，是一处花钱购物的好地方，更是一处休闲观光的好地方。淮水城的缺点也是面临淮河，地势低洼，怎么保证淮河发大水淹不进住宅区？因而，淮水城在规划、审批、施工的过程中，就遭受各方面的质疑与批评。

说起来，韩新水在淮河岸边建一座淮水城的想法自小时就有了。

那个时候，他经常坐在村子前面的淮河边上，两眼越过波浪起伏的河面，呆愣愣地出神，长时间地望着。淮河的南岸是一片开阔的庄稼地，庄稼的南端是一片模糊的村子，再往南能见着一座黑乎乎的矸石山，那是煤矿的所在地。西南边的不远处有一溜山，一座山连绵着一座山，矮墩墩的，隐约约的，那就是八公山。太阳高悬半空，大地升腾起来的紫色雾气，笼罩着八公山，笼罩着村子，笼罩着庄稼，到处都是雾茫茫的。——只是这些都是别处的世界，都是他所不知道的世界，都是他所没有到达过的世界。

那个时候，他就有了一个十分幼稚的想法，将来长大要在淮河对岸建一片房屋，家人及村人全部住进去。这样子他朝着南方不论走多远，都不用害怕天黑过不了河，回不了家。

那个时候村里摆渡的两只小木划，一到天黑就拴住不动了，不论晚归的村人怎么喊叫,摆渡人都装作听不见。

现在实现这个小时梦想的时机到了。淮水城是高档商品房,是给有钱人住的,不是给村人住的,甚至不是给家人住的。

可能受到寿春古城的启发,淮水城在设计上增加一堵半圆形状的仿古城墙。它面临淮河,既是千米景观长廊的一部分,又是一道拦河堤坝,消除了人们对淮河发大水、淹进淮水城的疑虑。一条宽阔的大道,一端连接着城市主干道,一端连接着淮水城,两旁种植上极具观赏价值的花草树木。市民就是不居住在淮水城,休闲时照样可以沿着这条大道,去看一看淮水城,去看一看景观长廊,去看一看不舍昼夜奔流的淮河。

淮水城,原先只是韩新水的一个梦,现在变成这座城市的一个梦。

韩新水与售楼小姐还没举办婚礼,李圆圆倒是抢先了一步。韩新水不明白这个跟自己同居十五年的女人,怎么会这么快就跟别的男人睡在一起?

李圆圆把一张大红的请柬递在韩新水手上说,我这叫着留一手。

原来她跟这个男人早已勾连上。

韩新水磨不开这个脸面,没去参加李圆圆的婚礼。在韩新水的心里,过去是他负她,现在是她负他。两相扯平。真是扯平了吗?

第九章：钱丽

奴家今年才十九，
又想留郎又怕羞，
虫吃沙梨心里啃(肯)，
风吹杨柳乱点头，
满心愿意等郎求。

——淮河流域花鼓灯情歌

1

钱丽是个离婚女人，比韩新雨大两岁。两人都没想到能结婚，结果两人结婚了。

韩立海问三儿子，你怎么能娶一个二婚女人呀？

韩新雨说，省心，省事。

韩新雨说的是实话。

韩新雨与二哥做生意有着本质性的区别。二哥做的是大生意，他做的是小生意。大生意接触的是大单位、大人物，小生意面对的是小单位、小人物。韩新水买煤炭，接触的是大煤矿、小煤矿的领导；卖煤炭，接触的同样是大电厂、小电厂的领导。当然他还要把一部分精力花费在司磅员身上、化验员身上、会计身上、出纳身上。司磅员管着煤炭的重量,化验员管着煤炭的质量,会计管着煤炭的账目,出纳管着煤炭的现金。莫看他们一个个都是不起眼的小鬼,哪一个你敢得罪?哪一个你能得罪起?不得罪的办法只有一个——塞钱。一笔生意做下来,在司磅员身上要塞好多钱,在化验员身上要塞好多钱,在会计身上要塞好多钱,在出纳身上要塞好多钱,都是有规矩的。用一句现成的时髦话来说,这叫潜规则。韩新水只要遵守这些潜规则,做起生意来就会很顺畅,做起生意来就不会吃大亏。有一句老话说,羊毛出在羊身上。在司磅员身上塞钱,卖煤炭的时候重量能升上去;在化验员身上塞钱,卖煤炭的时候,热值达不到的煤炭能超值,四千大卡的能变五千大卡,五千大卡的能变五千五百大卡,这样子一来煤炭里就能多搀煤矸石;在会计、出纳身上塞钱,你结账的时候就能够及时地顺畅地拿到钱。一笔钱早拿一个月,晚拿一个月,上百万块钱存放在银行里就是一笔不小的利息钱。不比往会计、出纳身上塞那么一点小钱合算吗?

韩新水改做房地产生意,市政府、拆迁办、土地局、规划局、地矿局、房产局、国税局、地税局、人民银行、建设银行、工商银行、农业银行、交通银行、招商银行,去这些部门接触的还是一个个有头有脸的大人物,办的是大事,借的是大钱,当然真要偷税漏税也不是一笔小数目。

韩新雨的境况就跟韩新水不大一样,在潘集那一边开一家惠农农机维修部,面对的是一个个乡下的农民,面对的是一个个镇上的市民,还有就是那些没有名堂的不起眼的小单位,没有一家大单位,没有一个上得台面的大人物,一律都是小人物。一户农民家的拖拉机跑不动了,拉过来交给惠农农机维修部。一位市民家的三轮车不转圈了,推过来交给惠农农机维修部。韩新雨一个人是老板,是帮工,是打杂,忙来忙去就他一个人。一台跑不动的拖拉机拉过来要亲手去检查,一辆不转圈的三轮车推过来要亲手去维修,铺子要亲自看守,配件要亲自购买,可谓事无巨细、亲力亲为。几年生意做下来,韩新雨的身心显得很疲惫,口袋里一贫如洗还没挣着钱。最麻烦的是农机维修没有一个行业标准,缺少好与坏的尺度。比如说,一台拖拉机维修好,突突突地开走了,十天半个月过后,甚至一个月两个月过后,拖拉机再一次坏掉,主家照样跑过来算后账,说拖拉机没有维修好。

韩新雨说,拖拉机没修好你怎么能开回去?

主家说,你说修好就修好啦,修好怎么会坏掉?

一台坏掉的拖拉机总是要修的。就算韩新雨和主家理论半天,其结果还是要修拖拉机。

韩新雨说,这一次我少收一点手工费。

主家说,你收一分钱都不照(行)。

韩新雨问,配件钱你不出?

主家说,上次换上的说不准就是次品货。

韩新雨说,配件有出厂合格证。

主家说,厂家能说他的配件不合格?

韩新雨说,这、这、这……

这种时候,韩新雨往往就后悔当初辞职,离开乡镇农机站。虽说在乡镇农机站要死不活地熬日子不好受,可有一条,省心、省事。在乡镇农机站里,上有领导,下有同事,什么事能轮着自己去操心?

韩新雨与二哥做生意还有一个方面的区别。

韩新雨在惠农农机维修部很难接触到女人,每天从天亮忙到天黑,没时间去外面接触女人,一转眼年过三十,还光棍汉一条。相比较韩新水就不一样了,不说李圆圆不明不白地跟他同居十五年,就算生意上的需要,也要经常地出入美女如云的宾馆、饭店、茶楼、歌舞厅等娱乐场所。韩新水作为一个生意场上的成功人士,口袋里揣着钱,他不去招惹女人,女人也会主动地往他身上偎。就像一块烂肉上面的苍蝇,红头的苍蝇、绿头的苍蝇、蓝头的苍蝇,随便地一拍一大把。就像花园里的花朵,红色的花朵、绿色的花朵、蓝色的花朵,随便地一掐一大把。韩新水身边从来不缺少各色女人,就像韩新雨身边从来就没有女人,一样是常事。

基于这样子一种现实状况,韩新雨和钱丽结婚,可以说是一件意料之外的事,也可以说是一件意料之中的事。

2

钱丽开一家卖服装的小店面,跟韩新雨在同一条街上,两家相距两百米远。韩新雨从没去过她的服装店买衣服,倒是钱丽经常地过来给她的电瓶车打气。两个打气筒丢在铺子门口,旁边放一只装零钱的铁盒子。一次五毛钱,自个打气自个找钱,自觉自愿,有零钱就给,没零钱就拉倒。打气只是捎带的一项小生意,或者说是一项小服务。韩新雨不能指靠打气赚钱,也赚不到好多钱。钱丽倒是每次都给打气钱,一次不落。凭什么不给呢? 给是天经地义,不给才是怪事。偏生地就有不少人贪图这么一点小便宜,不愿给。生人给,熟人不给。过路人给,镇子上人不给。好像打气筒是他们家花钱买过来的,临时交给韩新雨在铺子里保管着。要是打气筒不顺手,出一点小毛病,他们就会理直气壮地质问韩新雨——小韩师傅呀,你的打气筒该膏一膏油啦,你看打气筒这么重,我都累出了一头汗。说这话的是一个年岁偏大的男人。这个年岁偏大的男人骑一辆破旧的脚踏车。一路上,脚踏车哐哐啷啷的,像装甲车。韩新雨说,好,等我腾出手,我给打气筒膏一膏油。老者说,那你先给我的脚踏车链条膏一膏油。韩新雨说,好,我现在就给你的脚踏车链条膏一膏油。

韩新雨干活专心,随口应付几句话,不想中了圈套,只得停下手中活,替老人的脚踏车膏油。修脚踏车收钱,膏油不收钱。韩新雨给老人的脚踏车膏上油，就手把打气筒拆下来，往皮垫子上膏一膏油。皮垫子上不缺油，膏上一点油，韩新雨试一试打气筒，不觉得比不膏油轻巧在哪里。韩新雨想让老人自个试一试是不是这样子，不想老人推着脚踏车早就悄无声息地走掉了。韩新雨笑一笑，明白这是老人不给打气钱的一个理由，更是老人找韩新雨给链条膏油的一个理由。——你看你的打气筒都重成这样子，还怎么好意思收打气钱。你看你要给打气筒膏油，就手给我的脚踏车链条膏上一点油。这种一举两得的想法，只有饱经风雨的老人能够想得出，只有在镇子上混几十年的老人能够想得出。

半晌午，一个姑娘推一辆脚踏车过来打气。脚踏车红艳艳的、亮瓦瓦的，一看就是一辆新车子。一辆新车子搁的时间一长，车子上面就会慢慢地落满灰尘，车胎里的气就会慢慢地漏光。姑娘擦掉脚踏车上的灰尘，推过来打气。姑娘说，哎——我要打气。姑娘不喊"小韩师傅"，喊"哎——"。韩新雨说，打气自个打。姑娘说，我打不动。韩新雨说，打不动慢慢地打。姑娘说，我花钱，你就得替我打气。韩新雨说，我腾不出来手，你打气我不收钱。铺子里边暗，铺子门口亮，韩新雨逆光朝外看人，往往只能看一个模糊轮廓，只能辨别出是个男人女人、老人或孩子。韩新雨抬过一次头，匆匆忙忙地看一眼。只知道是一个姑娘，至于姑娘长个什么模样就看不清楚了。姑娘手拿打气筒，似乎一下子气都没有打，哐当一声扔下打气筒，啊呀一声尖利地喊叫。韩新雨本能地扔下手里的活计，站起身跑过去。姑娘一边甩手一边说，你这是什么破打气筒？姑娘喊叫的一副模样，好像打气筒上长出一根尖利的刺，或是打气筒上安着一把锋利的刀，姑娘不小心被刺破或划破手指，手指上流出血，有了撕心裂肺的疼痛。实际上，打气筒上不会生长刺，也不会安装刀。顶多韩新雨替打气筒膏油的时候，在打气筒上留下一点机油，姑娘的手指摸上去，黏糊糊地沾在手指上。姑娘忍受不住，使劲地甩手指，使劲地喊叫一声。

韩新雨说，我铺子里有水，有肥皂，你去洗手，我来替你打气。

姑娘说，亏得是我的手指沾油，你说要是我的裙子沾油怎么办？

手指沾油，不恐惧。姑娘的恐惧，是通过想象，转移到裙子上。这个时候，韩新雨才注意，或者说才看清，姑娘穿着一条白裙子。一条白裙子要是染上机油，那就是一件大事了，那就是一件韩新雨不知道怎么样处理的大事了。

姑娘说，你早替我打气，我就不会沾一手油。

韩新雨说，我不给人家打气，谁来打气都是自个打。

姑娘进铺子里洗手，韩新雨呼哧呼哧地打气。应该说，韩新雨不是一个邋遢的男人，不像别人家的维修部油头油脑的，他家的铺子里外干干净净的，前后干干净净的。要说韩新雨给打气筒膏油，在打气筒上留下机油根本不可能。姑娘手指上的机油，显然不可能来自打气筒。韩新雨低下头四处寻找，在一处地面上找见出处，一团不明来历的机油。韩新雨笑一笑，知道这是一个聪明的姑娘，同样也是一个可怕的姑娘。姑娘这样子做的目的，就是要韩新雨替她的脚踏车打气。

韩新雨打好气，姑娘洗好手。姑娘没给打气钱，推上脚踏车就要走。韩新雨"哎"一声喊住姑娘。姑娘说，你说过打气不要钱，你不会说话不算数吧？韩新雨说，我不是要打气钱。姑娘问，你不要打气钱，你喊我站住干什么？韩新雨说，脚踏车上的灰尘，不是你擦的。姑娘问，你怎么知道的？韩新雨说，穿白裙子的姑娘不会擦车子，擦车子的姑娘不会穿白裙子。姑娘说，算你猜对了，是我姑姑擦的。韩新雨说，我还知道你手指上的机油，不是我打气筒上的。姑娘问，你什么都知道，还替我打气？韩新雨说，我想让你快点走，你在这里耽误我做生意。

这一天上午，钱丽算是第三个走过来打气的人。

在这一点上，钱丽跟别人不一样，或者说跟镇子上的风气不一样，不想贪图五毛钱的小便宜。每一次钱丽都提前准备好五毛钱硬币，骑着或推着电瓶车过来打气，呼哧呼哧打好气，喊一声，韩师傅，五毛钱打气钱我丢钱盒子里了？韩新雨的两只眼盯着手上活，两只手忙着手上活，不停手，不抬眼，大声地答应一声：“好——”钱丽朝铁盒子里丢钱，不是早早地丢进去，而是候韩新雨答应说出那一声“好”，像是踩点子，韩新雨那一声“好——”的尾音没拖完，钱丽就把五毛钱硬币当啷一声丢进铁盒子里。重新还原一遍这个全过程，大致应该是这样子。

钱丽说，韩师傅，五毛钱打气钱我丢钱盒子里了？

韩新雨大声地说，好——

韩新雨不抬眼看人，耳朵里听见当啷一声丢钱声。

钱丽是一个做事不疾不缓、有条不紊的女人。

韩新水是一个做事心无旁骛、不去关注女人的男人。

应该说，这个时候，钱丽打气只是打气，不含其他的成分在里边，更不存在勾搭韩新雨的成分在里边。在钱丽，一方面，每一次都丢钱之前，都要跟韩新雨把话说清楚，不愿承担别人的一份人情，更不愿占别人的一分便宜。在韩新雨方面，五毛钱打气钱确实是一件小事，给是一件小事，不给仍旧是一件小事。不给是镇子上的风气使然，给是镇子上的别一种人。

因此，钱丽要想引起韩新雨注意，或者说韩新雨和钱丽要想有交往的机缘，不会是因为打气，不会是因为打气给钱或不给钱。要有另外一件事做媒介。这另外一件事说一声来，哐当一声就来了。

这一天，钱丽骑着电瓶车过来打气的时候，一路上电瓶车好好的，打过气，当啷一声丢下五毛钱打气钱，电瓶车却怎么都发动不起来。挨近晌午，钱丽急等着去学校接下学的孩子。钱丽说，韩师傅，我的电瓶车先放在你店里存一下子，下午我去专卖店维修车。电瓶车在专卖店里买的，出毛病去专卖店里修，韩新雨从不修电瓶车。韩新雨说，过一会我帮你看一看，要是小毛病，我就帮你修好它。钱丽惊奇地问，电瓶车你也会修？韩新雨说，各种车大同小异差不多。钱丽说，那你就替我看一看,该付好多钱,我付好多钱。电瓶车过了保修期,去专卖店里维修一样要付钱。韩新雨说,我这里没有电瓶车的零部件,小毛病我修不收钱,大毛病我想修也没办法修。钱丽说,不会是大毛病,你先看是不是电路上的问题,上一次就是电路出毛病。韩新雨让钱丽丢下一个家庭住址,说,我修好电瓶车送过去,就不耽误你下午送孩子上学了。韩新雨这样子的一副热情态度,钱丽没想到,帮助修电瓶车不算,还要亲自送到家里去。

钱丽说,我怕耽误你做生意。

韩新雨说,你又不是天天来修电瓶车。

钱丽说,我天天来修电瓶车,那电瓶车还是一个电瓶车吗?

韩新雨一个人吃饭睡觉都在铺子里,这一点钱丽是知道的。

钱丽说,那你中午饭就不要烧了,去我家遇见什么吃什么吧。

韩新雨心里迟疑一下,不知道该怎么办。去吧,显得唐突。不去吧,又觉得说不出口。

钱丽说,你这个男人家什么都好,就这一样子不好,说话办事不利亮。

韩新雨吞吞吐吐地说,这、这、这……

钱丽说,我在家候着你,不管电瓶车修好修不好,你过一个小时都要去我家吃饭。

钱丽说话办事干脆利落,不容韩新雨同意不同意,一甩手走离开。韩新雨更加迟疑,站在铺子里干搓两只手,两眼茫然地盯着钱丽远去的后背,好像不明白到底发生一件什么事。钱丽三十二岁,身子略显发福,两瓣屁股肥硕有余,一副腰身赘肉显现。不过这些落在韩新雨的眼睛里都不是缺点,反而是优点。丰韵,饱满,圆润,韩新雨过去从来没有注意过这么一个女人,却对这么一个女人好像又很熟悉。她说话的声音,他似乎很熟悉。她把五毛钱硬币丢进铁盒子里当啷一声响,他似乎更熟悉。一个人和另一个人熟悉,不见面,听声音,算是别一种熟悉吧。广播电台的听众与播音员,就是这么一种关系。钱丽说话的声音跟播音员没有办法相比,但在韩新雨的耳朵里,更亲近,更温暖,更动情。

一股浓郁的红烧肉味道从附近店面飘溢过来,溜进韩新雨的鼻子里。韩新雨咽下去两口唾沫,弯腰伸手修理起电瓶车。

这一天晌午,钱丽把孩子交给一个熟人代管,自己在家烧几样菜,买一瓶酒,等候着韩新雨。应该说,这个时候,钱丽并没有想到她要嫁给他,她每天上下班路过维修铺,知道他身边没有女人,知道他每天晌午都要叮叮当当地一个人烧菜做饭,那一刻她只想着管他一顿饭,不担待他的一份人情,或是想交往一个相对可靠的异性男人罢了。就算这么一种境况,钱丽也是一步一步想到的,一步一步实施的。第一步,钱丽邀请韩新雨去她家吃饭,最初的想法就是不欠人情。人家替你修电瓶车,人家把电瓶车送你家,人家一个单身汉,因为修电瓶车没有顾得烧晌午饭,你让人家留下吃饭是应该的、合情合理的、天经地义的。邀请者与被邀请者,都应该是一副心胸坦荡、光明磊落的样子。第二步,钱丽去学校接过孩子,顺路上街买菜,接着往家走的时候,思想发生很大的变化。一是孩子不能接回家。一个十岁的女孩子,面对一个陌生的男人,钱丽怕影响不好。怎么一个不好呢?钱丽是一个单亲妈妈,生活中与闺女相依为命,不跟任何男人来往,一个男人猛然地出现在家里,钱丽不知道怎么样跟闺女解释。二是在生活中,钱丽不跟任何男人来往,不是不渴望与男人来往。不跟什么样的男人来往,或跟什么样子的男人来往,钱丽在心里是有一个大致标准的。第一个男人,钱丽掌控不住,不明不白地跑掉了。钱丽再找男人,最起码要找一个能够掌控住的男人吧。很显然,韩新雨这个小男人好掌控,符合钱丽的标准。就算走到第二步,钱丽依旧没想到要嫁给这个小男人,甚至跟这个小男人发生肉体上的关系。后来发生的事情都是临时发生的,不是事先预设的。那一刻,钱丽就是想认识一个男人,一个好掌控的男人,一个可以在生活中增加安全感的男人,一个遇到难心事可以随时打电话找来帮忙的男人。

回到家钱丽当紧的是抓紧时间把几个菜烧出来。钱丽不想在厨房里见到韩新雨,不想在饭菜没有烧好的时候见到韩新雨,更不想身上戴着围裙烟熏火燎地见到韩新雨。钱丽手脚并用,不断地催促自个快点,快点,再快点。一盘熟牛肉,从街上刚买回来的,加上葱花油盐,重新地炒一炒。卤菜不加热不放心,现做红烧菜来不及。半只白斩鸡,是一家名叫"想死人"的百年老店专卖的。百年老店就一百个放心啦? 装盘放微波炉里加热两分钟。干银鱼蒸鸡蛋,他们家经常吃,省事,快捷,煮饭的时候,放在电饭煲上一起蒸。饭熟的时候,一碗干银鱼蒸鸡蛋也熟了。有时候,晌午时间紧张来不及,娘俩就吃这么一样子菜。两盘炒蔬菜就简单了。一斤黄豆芽,简单地过两遍清水就能上锅炒。一斤嫩豆腐,清水里过一遍,打成丁,加上豆瓣辣酱,三下两下,一盘麻婆豆腐就烧出来了。每个菜花费五分钟,四个菜花费二十分钟,电饭煲煮米饭与烧菜同步进行。大约四十分钟过后,饭菜一齐好了。

在酒的选择上,钱丽犹豫半天,比较半天,思量半天,结果还是买了一瓶红葡萄酒。一来钱丽不知道韩新雨能不能喝酒。要是一个能喝酒的男人,你拿白酒给他喝,他能喝两杯。要是一个不能喝酒的男人,你拿白酒给他喝,不是为难他吗? 再说这是他第一次到她家里吃饭,还是在一个相对陌生的女人家里吃饭,不管这个男人能不能喝酒,拿白酒都不适合。一对不怎么熟悉的男人女人能在一起喝白酒吗? 想一想这么一种场景都不对劲,都像是一对不正经的男人和女人。

钱丽决定买一瓶红葡萄酒。

红葡萄酒多好呀! 就算一个男人和一个女人是陌生的、不熟悉的,两个人同桌相视而坐,每人先喝半杯红葡萄酒,而后一起吃饭,而后各自散去,都不为过。好就好在红葡萄酒介乎白酒与啤酒之间,说它是酒可以,说它不是酒也可以。啤酒不能算酒,是饮料,是刷锅水。钱丽男人在家的时候,就从来不喝啤酒。因而在钱丽的心里,啤酒从来就不算酒。这一次,不喝白酒,不喝啤酒,喝红葡萄酒。喝红葡萄酒高雅、温馨、浪漫。应该说,钱丽是一个有浪漫情怀的女人。一个有浪漫情怀的女人,单身一个人还怎么去浪漫呢?去自斟自饮。去独自饮泣。去对影成双。好多次,钱丽背着孩子偷喝红葡萄酒,不是一个人,是面对出走男人的相片。相片原先摆放在床头柜子上,她把他请过来,放在饭桌子上,放在她对面。他看着她喝酒。他听着她唠叨。钱丽问,你为什么要撇下我们娘俩走掉呢?钱丽问,你知道我们娘俩过日子有多艰难吗?钱丽男人身穿蓝色警服,眉宇间透出一丝狡黠的笑。男人一句话都不说,钱丽一个人唠叨就唠叨不下去了。钱丽一口喝下杯中残剩的红葡萄酒,趴在桌子上呜呜呜地哭起来。关紧门,合紧窗,捂紧嘴,不让哭声一点一滴地漏出去。一个单身女人的苦楚,只有单身女人自个清楚。拉上窗帘,熄灭灯光,钱丽一个人低泣在黑暗里。呜呜呜呜……

一个小时说一声过去,嚓啦一声就过去了。韩新雨敲门,钱丽开门。两只凳子摆好,一张桌子摆好,五个菜摆好——牛肉、白斩鸡、干银鱼蒸鸡蛋、黄豆芽、麻婆豆腐,碗筷子汤勺酒杯餐巾纸摆好,一瓶红葡萄酒打开,只等韩新雨进门寒暄入座,只等韩新雨入座举杯喝酒。钱丽打开门,韩新雨走进屋。钱丽端过一杯茶,让韩新雨先坐在客厅的沙发上,说你先喝茶,我进屋换一件衣裳,就吃饭。钱丽在厨房烧饭时,身上围一条蓝花围裙,头上戴一顶白色帽子,按照计划应该早早地脱下来,提前换上该换的衣裳,实际上钱丽没有这样子做。钱丽想等着韩新雨进门后换衣服。钱丽想给韩新雨一个进门前后不一样子的感觉。钱丽这样子做的目的,或许不是想勾引男人,但作为一个女人,下意识地非要这样子做不可。这么做才合理,这么做才真实。事实上,韩新雨从进门的那一刻起,就被一种家庭的氛围包裹住,就被一种女性的气味包裹住,就被一种不能自已的东西包裹住。钱丽家的餐桌,钱丽家的沙发,钱丽家的窗帘,钱丽家的任何一件家具、一件装饰、一件摆设,都是家庭的、女性的,令韩新雨不能自已的。从楼房外面看,这个两室一厅的家跟别人家没区别,灰头土脑的、凌凌乱乱的,走进去却别有洞天,却使人迷乱,却使人恍惚。韩新雨坐在沙发上,就这么迷乱而恍惚着。钱丽走进卧室里,留出一条门缝,不能说不是迷乱,不能说不是恍惚。韩新雨迷乱而恍惚在沙发上,钱丽迷乱而恍惚在卧室里。一条门缝,牵引着他俩。钱丽的绰约身姿,韩新雨坐在客厅里能够看得见。韩新雨的局促不安,钱丽站在卧室里能够看得见。钱丽更换衣裳的窸窣声响,韩新雨坐在客厅里能够听得见。韩新雨的浓重喘息声,钱丽站在卧室里能够听得见。韩新雨站起身,朝着卧室走过去。钱丽没有关门去制止。韩新雨伸手一推门,走进卧室里。钱丽半裸身子,两手拿一条裙子,正往身上穿。

钱丽问,你怎么进来啦?

韩新雨的舌头舔着干燥的嘴唇说,我、我、我……

钱丽不惊慌,一边跟韩新雨说话,一边从容地把裙子穿身上。裙子穿一半留一半,该露的地方露,不该露的地方也露。钱丽露出来的是饥渴,遮住的也是饥渴。

钱丽说,我俩吃饭吧。

钱丽半推半就,说话心口不一。实际上,钱丽恨不能韩新雨饿狼一般扑上来,三下两下撕碎她。

韩新雨一边说,我、我、我,一边转身往卧室门外退。

钱丽没想到韩新雨真的要退出卧室门。到嘴的一块肉跑掉了。煮熟的一只鸭子飞掉了。钱丽不甘心,急忙上前两步一把从身后抱住韩新雨。

钱丽不惊慌,韩新雨惊慌。

韩新雨说,你、你、你……

韩新雨身上有一股久违的男人气味。汽油味、柴油味、机油味、汗臭味，各种气味混杂在一起，一浪一浪地席卷着钱丽。钱丽的喘息渐渐地重了，身子渐渐地软了，两只手在韩新雨的身上轻轻地摩挲着，一点一点从韩新雨的腰间往下滑落。一件没想到的事，就在这个时候发生了。韩新雨猛然转过身，伸手扯开钱丽抚摸的一双手，拉开客厅门，咚咚咚地跑下楼。钱丽呆愣愣地留在房间里，头脑清醒了。

这一天下午，钱丽没有去开店，一个人在家里蒙头睡床上。钱丽辗转反侧，悔恨交加。后悔没有早早地换好衣裳，后悔没有平平静静地跟韩新雨吃一顿晌午饭，后悔不知不觉地滋生出勾引韩新雨的念头。在内心里，一直有两个钱丽在争吵，一个承认她勾引韩新雨，一个否认她勾引韩新雨。一个说，我问你，人家到你家你换什么衣裳呀？另一个说，我忙着烧饭做菜没有来得及提前换衣裳。一个说，就算你进卧室换衣裳，卧室门为什么不关严实呢？另一个说，我忘记了。一个说，你是真忘记，还是假忘记？另一个说，我是真忘记。一个说，忘记就是勾引人家。另一个说，不是，不是，不是。一个说，不是，为什么从身后抱住人家呢？另一个说，他先进卧室门，我才从身后抱住他。一个说，你都搂抱人家了，还不是勾引人家吗？另一个说，因为他是男人，我是女人，因为男人需要女人，女人需要男人。一个说，这么说你承认勾引人家了。另一个说，就算我想勾引人家，其结果不是没有勾引上人家吗？一个说，你知道为什么没有勾引上人家吗？另一个说，不知道。

是呀，我为什么没有勾引成功呢？一个钱丽猜测说，是韩新雨嫌我长相丑，是韩新雨嫌我比他大，是韩新雨嫌我不够女人味，到底是哪一种可能呢？另一个钱丽否定说，韩新雨嫌我长相丑，他的长相也不怎么样呀；韩新雨嫌我比他大，我还嫌弃他比我小呢；韩新雨嫌我不够女人味，我还嫌他不够男人味呢！整个下午，钱丽一直躺在床上辗转反侧，不断地自个和自个争吵，不断地自个审问自个。

扑腾一下子,钱丽从床上坐起身,哈哈哈地大笑起来。钱丽一边笑一边说,我找到原因了。我找到韩新雨不跟我睡觉的原因了。我找到勾引不上韩新雨的原因了。哈哈哈……真是笑死人了呀!

这个大笑不止的钱丽,应该是另一个钱丽。另一个钱丽连续说三个原因,却没有把原因说出来。一个钱丽急忙问,你快说原因,你怎么不快点说一说原因呀?

另一个钱丽说,他从来没有跟女人睡过觉,他睡不好女人,他害怕女人。

一个钱丽问,你是怎么知道的?

另一个钱丽说,我从他慌乱的眼神里,我从他慌乱的举止里,我从他慌乱的喘息里,我从他慌乱的气味里知道的。

一个钱丽问,一个男人的眼神可以慌乱,一个男人的举止可以慌乱,一个男人的喘息可以慌乱,一个男人的气味怎么慌乱呀?

另一个钱丽说,一个男人想跟一个女人睡觉,那是要释放气味的,我先是闻见这股气味,后来闻不见这股气味,你说是为什么?还不是他身上的气味慌乱了?

一个钱丽问,那你怎么办?

另一个钱丽说,我现在去找他。

一个钱丽问,你去找他干什么?

另一个钱丽说,我去向他赔礼道歉,我去向他承认错误。

一个钱丽问,你去向他赔礼道歉什么,你去向他承认什么错误?

另一个钱丽说,我承认我不该勾引一个比我小的男人,我承认我不该勾引一个没睡过女人的男人。

一个钱丽哈哈哈地大笑起来说,你总算承认你勾引人家了。

另一个钱丽停下笑说,是你说我勾引人家,我才承认勾引人家的。

一个钱丽问,你知道你去向他赔礼道歉、承认错误的后果是什么吗?

另一个钱丽说,我不知道。

一个钱丽说,你知道,你肯定知道,你这样子做还是在勾引人家。

另一个钱丽说,我就是要勾引他。

一个钱丽说,你是一个可怕的女人。

另一个钱丽说,应该说我是一个可爱的女人。

钱丽快速地起床梳洗打扮一番,快速地把晌午剩下来的五个菜一瓶酒放在一只篮子里,提在手上就往惠农农机维修部去。钱丽不骑电瓶车,电瓶车送进车棚子里,存放上。下午钱丽不打算接孩子放学,孩子继续放在熟人家。钱丽打电话跟熟人说,我身上有些不舒服,孩子放学接你家,要是我不去接,晚上就放在你家睡。钱丽过去很少这样子对待孩子,她与孩子相依为命,就算身上不舒服,都不会扔下孩子不去管不去问。这一天,钱丽有些反常,心里只有男人,没有孩子,只有饥渴,没有亲情。钱丽安排好电瓶车,安排好孩子,打一辆车直接到韩新雨的铺子里。钱丽的家离街面不足两里路,要是走路的话,一刻钟足够了。此时此刻,一刻钟的时间太漫长了,钱丽等不及,伸手拦一辆出租车。钱丽就是要快速地去韩新雨的铺子里,见到韩新雨。钱丽的身边空缺男人太久了。钱丽的内心焦渴寂寞太久了。俗话说,母狗不撅腚,公狗上不来。钱丽这么做就是要在韩新雨面前再撅一次腚,不能说这一次韩新雨就一定会上来,最起码他俩好不容易相熟的关系要保持下去吧,最起码她还可以名正言顺地花五毛钱去给电瓶车打一次气吧?

钱丽就是要一意孤行下去。

惠农农机维修部严丝合缝地关上卷闸门,钱丽傻眼了。钱丽走下出租车,走到卷闸门跟前,狠狠地哐哐踢上两脚,冲门里大声喊,韩新雨,你去了哪里?韩新雨,你连女人都没有睡过算一个什么男人?

毕竟是在街面上,人来人往行人多。钱丽踢卷闸门,只能在想象中去踢。钱丽喊韩新雨,只能在心里去喊。钱丽一个人手里提着篮子,站在街心里,站在铺子前,一抹夕阳斜斜地照在她的身上,把她的身影斜斜地拖在街面上。一条东西街面,韩新雨的维修铺子在西边,钱丽的服装店面在东边。斜阳下,街面上,身影像一根粗壮的绳子,牵着钱丽有气无力地朝着服装店面走过去。钱丽有气无力地走着。钱丽病怏怏地走着。钱丽像一根蔫茄子走着。先回店,后回家。店面要打理,孩子要经管,日子要往下过。这几年,钱丽一个女人带着一个孩子,越过太多的沟,越过太多的坎。多深多险的沟坎,不是一咬牙一跺脚都挺过来了?钱丽必须忘记韩新雨,必须把这个小男人抛到脑后面。服装店面的卷闸门当然是关着的。关着的服装店门前站着一个人,这个人正是韩新雨。钱丽一下子就精神了。

钱丽惊喜地问,你怎么会站在这里?

韩新雨说,我要娶你做老婆。

钱丽问,你、你、你说什么话?

韩新雨说,我要娶你做老婆。

韩新雨说话很清楚,不会听错。韩新雨眼神很真诚,不会瞎说。

钱丽说,我是一个离过婚的女人。

韩新雨说,我不在乎。

钱丽说,我是一个有孩子的女人。

韩新雨说,我不在乎。

钱丽说,我是一个比你大两岁的女人。

韩新雨说,我不在乎。

钱丽说,你再好好地想一想。

韩新雨说,我早想好了,从今天起你就是我的老婆,你的家就是我的家,你的孩子就是我的孩子。

钱丽说,你要是真想好了,你现在就跟我回家去。

韩新雨说,我现在就跟你回家去。

生命中注定要成为一对夫妻的男人和女人,在现实生活中绕半天，绕出一个大弯子，才重新走回家，才重新坐回客厅里。五个菜重新装进盘里碗里，摆放桌子上。一瓶红葡萄酒重新打开，一人倒上半玻璃杯。他俩面对面坐在桌子边。韩新雨不再说话，钱丽不再说话。他俩像是处在完全陌生环境里的两个完全陌生人，或像一块生活多年、默契得不需要说一句话的一对老夫妻。经过这么一番逃离与追赶、丢失与寻觅，钱丽的心情渐渐地平复下来。这一刻，她不是领回家一个男人，一个信誓旦旦要娶她做老婆的男人，而是领回家一个孩子，一个淘气的、胡说八道的孩子。韩新雨坐在桌子边的一副神态，战战兢兢的、诚惶诚恐的，真像一个犯过错误的孩子，真像一个等待大人惩戒的孩子。

钱丽端起酒杯说，我俩喝酒吧？

韩新雨说，我不喝酒。

钱丽拿起筷子说，我俩吃菜吧？

韩新雨说，我不吃菜。

钱丽不明不白地问，不喝酒，不吃菜，你要干什么？

韩新雨说，我、我、我要睡你。

钱丽放下手里的酒杯，放下手里的筷子说，那你就来睡我吧。

韩新雨哐当一声站起来，走近钱丽一把抱起她就往卧室去。钱丽不反抗，她无须反抗。钱丽不喊叫，她无须喊叫。钱丽的身子一蜷，就从头到脚瘫软在韩新雨的怀里。幸福的眩晕一阵阵猛烈地袭来，钱丽彻头彻尾地眩晕了。呼通一声，韩新雨把钱丽搁在床上，呆愣愣地站在床前不知道怎么办。韩新雨真是一个没有睡过女人的男人，懵懂得除去一股子蛮力，除去粗短的喘息，别的什么都不懂得。

钱丽问，你是头一回跟女人睡觉？

韩新雨点一点头。

钱丽说，我来教你怎么睡女人。

韩新雨的两眼一片泪水汪汪。

钱丽问,你真的想娶我做老婆?

韩新雨一边点头一边流眼泪。

钱丽说,你会后悔的。

韩新雨哗啦啦地流着眼泪说,我后悔也要娶你。

3

实际上,韩新雨跟钱丽结婚没多久就后悔了。简单地说,韩新雨找的不是老婆,而是一处避风港,而是一个类似于姐姐、母亲的女人;反过来,钱丽找的不是男人,而是一个需要管教的小弟弟,或者是一个类似儿子的男人。韩新雨一头拱进钱丽的怀里,她的怀抱温暖是温暖,可很快就有了一种被灼伤的感觉,就有了一种窒息的感觉。一句话,钱丽大包大揽得太多了,或者说她对男人管教得太过了。比如说,韩新雨什么时候剃头、什么时候洗澡,剃什么样子的发型,长一点、短一点,洗头用哪种牌子的洗发水、多长时间更换另一种牌子,洗澡用哪种牌子的香皂、多长时间更换另一种香型,大事小事,啰里啰唆。韩新雨原本是图省心省事,现在变成烦心烦人。

钱丽管得理直气壮,说,我就是要把你变成一个真正的城里人。

在钱丽的眼里,韩新雨从来就不算一个城里人,只是一个从农村上来的、在街上摆地摊的小混子。

什么人是城里人?这个标准埋藏在钱丽心里。她说红,红就是城里人的标准。她说黑,黑就是城里人的标准。她说蓝,蓝就是城里人的标准。

钱丽说,你今天出门换上我给你买的那一件新褂子,你那一件旧褂子皱巴巴的还能穿出门吗?

钱丽说,你今天出门换上我给你买的那一双黑丝袜子,你那一双袜子不黑不蓝的怎么往脚上穿?

渐渐地，韩新雨感觉出，钱丽有意无意地把他跟她过去的男人做比较。他就是她过去男人的替代品，她过去的男人的标准就是他所要达到的标准，也就是钱丽心里的城市人标准。钱丽的心里只有她过去的男人，或者说她要把韩新雨变成她过去的男人。

钱丽过去的男人是什么样子的呢？听说是一个派出所的民警。那一年，她过去的男人和派出所的其他民警一起上街扫黄打非。在一家宾馆里，她过去的男人和派出所的民警一起抓住一位卖淫小姐。这位小姐是苏州人，脸蛋子漂亮，身条子可人。最关键的是，这位苏州小姐有着一副迷人的眼神，一副专门勾引男人魂魄的眼神。她过去的男人一眼看上这位苏州小姐，就一点不用奇怪了。他替这位苏州小姐开脱卖淫事实，他替这位苏州小姐代交卖淫罚款，他找各种关系，最先把这位苏州小姐从看守所里放出来。她过去的男人这样子对待这位苏州小姐，想达到一个什么目的呢？就是想娶这位苏州小姐做老婆。派出所领导觉得她过去的男人这样子做事荒唐透顶。派出所领导问，你娶这位苏州小姐做老婆，你就不怕对我们派出所影响不好吗？她过去的男人说，我辞职离开派出所。钱丽觉得她过去的男人这样子做人荒唐透顶。钱丽问，你娶这位苏州小姐做老婆，那我和孩子怎么办呢？她过去的男人说，我俩先离婚，你和孩子想怎么办就怎么办。她过去的男人这样子做是一意孤行，是剃头挑子一头热。一来，这位苏州小姐并没有答应说要嫁给她过去的男人，就算答应说要嫁给她过去的男人，这种女人说的话有多少真？二来，这位苏州小姐不会待在镇子上跟她过去的男人死心塌地地过日子，她从看守所里放出来，一转脸就不知道去了哪里。其结果，她过去的男人毅然决然地辞去公职，丢下老婆孩子，寻找这位苏州小姐也不知去了哪里。

几年过去，钱丽的心里依旧惦记着她过去的男人。处处记着她过去的男人的好，处处拿她过去的男人和韩新雨做比较，处处觉得韩新雨不如她过去的男人。

有一次,韩新雨心里的一团火没压住,冒出来。

韩新雨说,你说你过去的男人好,怎么会丢下你跟一个小婊子跑掉?

钱丽说,要说不好,也是那个小婊子不好,是她把他勾引跑掉的。

韩新雨说,你说你过去的男人好,怎么会看上一个小婊子?

钱丽说,天下没有男人不花心的,他看上她,他离开我,说明他有眼光,说明他有品位。

韩新雨说,你过去的男人喜欢上一个小婊子,你说他有眼光?你过去的男人把你甩掉了,你说他有品位?

钱丽说,你有本事,去找一个漂亮的小婊子,我也说你有眼光;你有本事,去找一个漂亮的小婊子把我甩掉,我也说你有品位。

这是韩新雨和钱丽头一次吵架。

正赶上麦收时节,韩新雨开着一辆收割机跑掉了。他做生意这些年算是落着一个铺子,还有一台收割机。每年夏季、秋季农忙时节,韩新雨都开着收割机去四周村子帮着村民收割麦子、收割黄豆、收割水稻,一季子能忙活好多天,是一笔不小的收入。要是算起来,收割庄稼比开铺子强,挣钱多,挣钱快。这一次,韩新雨把收割机往南开过淮河,一下子拥进上万亩良田的淮河湾。韩新雨去的地方在大河湾村的东北七里处。那里另外岔开一道淮河汊子。那里另外围出一道淮河坝子。那里另外住着一个村子。那里跟大河湾村隔着一道堤坝,算是最大的一块淮河湾。

韩新雨心里生气,一连十天十夜没有回家。前五天,韩新雨关上手机,中断联络,让钱丽找不着他——打电话打不通,发信息发不通。后五天,韩新雨打开手机,钱丽没有打电话,没有发信息。韩新雨停下收割麦子,站在高高的收割机的驾驶室里,两眼东西南北不知道该往哪里瞧。西南方向有老家,西北方向有新家。老家里有年逾古稀的老父亲,新家里有新婚不久的新老婆。这儿天,韩新雨心里想回老家看一看老父亲，决心下过好几次，两条腿就是没有动。是韩新雨没有脸面回去见老父亲。当初韩立海不同意三儿子找一个比他大两岁的女人做老婆。当初韩立海就觉得三儿子找钱丽这样子一个女人做老婆不适合。韩立海说，女大两(岁)，莫要想。韩立海说，不听老人言，吃亏在眼前。韩新雨找钱丽，就是想做一个小男人，处处省心省事——房屋现成的，家具现成的，家电现成的，锅碗瓢盆现成的，铺盖卷往一块一合，就过起小日子。钱丽打一个电话或发一条信息过来，说上几句好听话，哪怕劈头盖脸骂几句，最后说一声“你回来吧”，也算给韩新雨一个台阶下。不打一个电话，不发一条信息，怎么回家去？韩新雨不回西南方向的老家，不回西北方向的新家，就拼命地在淮河湾收割麦子。在淮河湾收割麦子，风吹日晒，机器嘈杂，一个人开收割机干活很辛苦。往年韩新雨花钱临时雇一个小工子，两个人轮着开收割机，一人两个小时干活，一人两个小时休息。这一次，韩新雨没有花钱雇小工子，就一个人开收割机干活。

这一次，韩新雨不怕辛苦。

这一次，韩新雨就是要备尝辛苦。

收割机是韩新雨花钱买的，韩新雨开收割机干活的辛苦是自找的。娶钱丽做老婆是韩新雨自愿找上门的，受钱丽的唠叨、受钱丽的管束也是自找的。韩新雨不吃饭、不休息，连续在淮河湾收割麦子。张三家地里的麦子收割过，去李四家地里收割；李四家地里的麦子收割过，去王五家地里收割。一家挨一家，一块连一块，从早上忙到中午，从中午忙到下午，收割机不停止。挨到第十一天傍晚，韩新雨猛然地停下收割机，扔下手里活，灰头灰脸地跑回新家去。十一天的坚守一瞬间功亏一篑。十一天的赌气一瞬间烟消云散。韩新雨需要这个新家，需要钱丽的温暖怀抱。韩新雨不再惧怕钱丽温暖怀抱的窒息或灼伤，不再心烦钱丽的严厉管束及没完没了的唠叨。新家的钥匙，韩新雨丢在新家里。丢下新家钥匙的那一刻，韩新雨就想着不再走进新家门,不再见钱丽。韩新雨小声地敲门。韩新雨胆怯地敲门。隔着一道防盗门,韩新雨听见钱丽穿着拖鞋的踢踢踏踏的脚步声,由弱渐强,由快渐慢,停下来。

钱丽隔着防盗门问,哪一个?

韩新雨说,是我。

钱丽问,你是哪一个?

韩新雨迟疑一下说,我是韩新雨。

钱丽接着问,韩新雨是哪一个?

韩新雨说,韩新雨是你男人。

钱丽问,你再说一遍,你是哪一个?

韩新雨说,我是韩新雨,我是你男人。

钱丽问,你是我男人,怎么十来天不回家?

韩新雨说,我这不是回家了吗?

钱丽打开防盗门。防盗门半开半合,钱丽站在门里,韩新雨站在门外。

钱丽冷脸说,你有骨气莫回家呀。

韩新雨勾头耷脑地说,我不就是缺少骨气嘛。

钱丽得意地笑一笑说,我说你跟黄全没办法相比吧?人家走几年不回家一趟,你走十来天就急着往回跑。

黄全就是钱丽过去男人的名字。

韩新雨像一个流浪归家的孩子,流着眼泪一步跨进房门,一头扑进钱丽的怀里。钱丽不接受韩新雨,赶忙把他往怀抱外面推,说你看你这一头一脸的灰,浑身上下的汗臭味,快点去洗澡。钱丽是个有洁癖的女人,韩新雨每天傍晚从外面走进门的第一件事就是去卫生间洗澡,不洗澡不能进她的卧室,不洗澡更是不能上她的身子。有时候,钱丽嫌韩新雨洗澡洗得不干净,还要亲自给韩新雨洗澡,替韩新雨洗头,替韩新雨搓身子。钱丽替韩新雨洗头要打两遍洗发水,说韩新雨头上的一股子油味,洗两遍都洗不干净。钱丽替韩新雨搓身子,主要是搓手指,主要是搓指甲缝。韩新雨修理各种机械,免不了要上手,免不了手指上沾油污,免不了指甲缝渍油污。钱丽说,你手指上的油污、指甲缝里的油污不洗干净,不把我的被子床单弄脏了。其实,钱丽是闻不得韩新雨头上的油味,更是害怕韩新雨手上的油污沾染她身上。每一天钱丽跟韩新雨睡一起,都要克服这种恐惧感,都要自个和自个争斗一番、挣扎一番。钱丽替韩新雨洗澡,穿着衣服,她能看他的光身子,他不能看她的光身子。她还是像母亲,他还是像孩子。这一天,钱丽不替韩新雨洗头,不替韩新雨搓身子。钱丽说,你那头洗三遍都不算多。钱丽说,你拿鞋刷子打上肥皂好好地刷一刷你的手指头、指甲缝。

哗啦啦的流水声经久不息地响着,差不多超过平常的两倍洗澡时间了。钱丽问,你怎么还没有洗好呀?卫生间只有流水声,没有回答声。钱丽心里一凛想,这个人莫不是在里边睡着了?韩新雨真的在卫生间睡着了,坐在地上,靠在墙上,淋浴头的热水哗啦啦地流着。韩新雨光裸着身子,蜷缩着四肢,像一个婴儿,像一个缩回娘胎里的婴儿。

钱丽恶狠狠地说,我算是找到一头猪。

第十章：苏聪

新砌的墙头没多高，
留个窟窿钻老猫，
我的郎，墙外学猫叫，
小奴家墙里唤咪猫，
猫咪咪，咪咪猫，
我的哥子哎，俺二人相爱嘛，
哎哟，谁人知道！

——淮河流域花鼓灯情歌

1

韩新苗找的男人名叫苏聪。在当地人的读音中，苏聪与书虫是分不清的。苏聪就是书虫，书虫就是苏聪，是同一个读音。其实呢，苏聪就是一条书虫，就是一条钻进书里、躲在书里、长在书里的书虫。两耳不闻窗外事，一心只读圣贤书。对书本以外的世界一无兴趣、一无知晓。还是韩新苗与他同班上技校的时候，有一个女生悄悄地给苏聪写过一封求爱信。这个女同学的个头比韩新苗高挑，长相比韩新苗漂亮，发育比韩新苗成熟，不说是校花，最起码算得上是班花、系花吧。那个时候，韩新苗跟班上的许多女同学一样，只是默默地暗恋苏聪，却没有勇气向他表白说出来。班花是第一个给苏聪写信的女孩子，班级许多女同学都知道，这件事本身就是半公开的。包括韩新苗在内的女孩子都明白，除去班花，她们是没有资格先给苏聪写信的。要说写信，班花最有资格，班上的女同学只有等待班花先写信。

这封署名班花的信，是集体创作的，汇集着不少女生的情感和心血。某一天晚上，班花宿舍里的几个女生七嘴八舌，共同完成这么一封信。由班花亲手执笔，其他女生出情感、出思想、出妙语。什么抬头仰望星空，就想起你那一双明亮的眼睛。什么一轮明月照在天空，就像你那光洁的额头。什么想你的露珠从天空滑落下来。什么辗转难眠回到你那相思湾。昨天的风吹落昨夜的花朵。今晨的阳光照在你的窗台上。很显然，这封东拼西凑的信，每句话都来自那个时候的流行歌曲或诗歌，信的表露方式是外露的，又是含蓄的，是达意的，又是曲折的，体现着东方女性的情感特征和流露方式。哪想到这样子一封信递在苏聪手上，他前后读两遍竟然一头雾水不明白，莫名其妙地把这封求爱信退还给班花。

苏聪说，你在信里说些什么话呀，我一句都不懂。

班花递信给苏聪的时候，十分坦然镇静，听见苏聪说出上面的这句话，反倒脸色通红起来。班花从反面理解苏聪这句话，认为他是在回绝她。

在技校，外表长得帅的男生有不少，可内心单纯如水的男生就苏聪一个了。俗话说，物以稀为贵。相对女生来说，一个外表帅、内心单纯如水的男生更具有吸引力，更具备追求的欲望，更能体现追求的主动性。班花被苏聪拒绝，哗啦一声，其他女孩子得到机会，一拥而上，有的写信，有的传递信物，有的直接当面表白。韩新苗没有给苏聪写信，没有给苏聪传递信物，没有向苏聪当面表白。有的只是看着其他女生轮番行动，有的只是躲在校园的某个拐角处独自饮泣。韩新苗不是不想向苏聪表白心迹，是缺乏自信心，是缺乏行动的能力。

还是从技校一年级开学报到那一天说起吧。毕家岗煤矿在这座城市的西边,煤矿技校在这座城市的东边,两地相距四十五里路那么远,要是坐公交车的话,中间要转一趟车。从毕家岗坐 4 路车到蔡家岗,再从蔡家岗坐 6 路车到九龙岗,技校就在九龙岗的地盘上。开学报名那一天,苏聪跟着奶奶一起坐公交车过来报名,韩新苗是二哥和李圆圆开车送过来的。自从韩新水花钱把韩新苗的户口买到城市里,韩新苗跟二哥韩新水就走动得亲近起来。上课在古城大哥家里那一边,寒暑假或周末都到二哥这一边,很少回大河湾村,很少回到父母身边去。从表面上来说,回大河湾村来回过河不方便,其实,韩新苗在心里慢慢地与大河湾村疏远了。韩新苗跟大河湾村疏远,就是跟韩立海疏远,就是跟吴水月疏远。或者说从韩新苗出生的那一天起,她就从来没有跟大河湾村亲近过,就从来没有跟韩立海和吴水月亲近过。其原因在哪里呢? 首先在韩立海和吴水月身上。不去说韩立海,单去说吴水月。在吴水月心里,韩新苗从来就不是一个她生养的孩子,就像他们家喂养的一条狗,搭建一个狗窝,每天喂一喂狗食就可以了。那个时候,韩新水跟李圆圆同居在毕家岗,房屋是从狐朋狗友那里借来的。韩新水经常忙得不沾家,韩新苗到二哥这一边,大多的时候韩新苗就是跟李圆圆在一起。韩新苗在这里有了一种家的感觉,有了一份母性的温暖。尽管这里不是她的家,尽管李圆圆连她的二嫂子都不是。韩新苗在父母家里,是个多余的存在;在大哥大嫂家里,是个多余的累赘;只有在李圆圆的面前,才有一席之地。韩新苗陪着李圆圆一起吃饭聊天,陪着李圆圆一起逛街玩耍,陪着李圆圆一起花韩新水从口袋里掏出来的钱。李圆圆就是韩新苗的母亲,韩新苗就是李圆圆的玩伴。韩新水和李圆圆一起开着车,把韩新苗往技校一送就回去了。技校是个新环境,韩新苗在这里一个熟人都没有。韩新苗的感觉,就像掉进一个巨大的空洞里。这个空洞阴森森的,里边包含无边无际的寂寞和恐惧。就是在这种情况下,韩新苗头一次遇见苏聪。一个小包背在苏聪的身上，一个大包背在苏聪奶奶身上。奶奶七十多岁，一个大包驮在后背上，腰身显得更加的弯勾，头发显得更加的苍白。苏聪长着一副娃娃脸，像个比实际年龄小得多的孩子，亦步亦趋地跟在奶奶的身边，两只手一伸一抓的就差没有扯拉奶奶的衣褂襟。苏聪和奶奶站在技校大门外面，韩新苗站在技校大门边上。

奶奶问，这里是不是煤矿技校？

韩新苗点头说，大门里边就是技校。

奶奶问，我带孙子报名怎么报？

韩新苗说，我领你们去。

韩新苗报名是韩新水和李圆圆带着一起报的，整个报名流程韩新苗知道。韩新苗领着奶奶和苏聪往技校大门里边走。韩新苗直接问苏聪，你怎么背小包，让奶奶背大包呀？苏聪不说话，奶奶说话。奶奶说，我孙子力气小背不动。就是这时候，韩新苗注意起苏聪的一双眼。这么一双眼睛像是一览无余地盯着所有的东西，又像是空空荡荡，什么都没有看见。或者说，这么一双眼睛像是包含世界上的所有东西，又像是一无所有，什么都不存在。苏聪不说话，是不会说话，是不知道怎么说话。一瞬间，韩新苗猜测出苏聪是一个被奶奶宠惯坏掉的孩子。

韩新苗说，我来背大包吧。

奶奶说，这么大一个包你能背得动？

韩新苗撒谎说，我的大包就是我自个背来的。

奶奶说，你这个孙女力气大。

韩新苗黑黝黝的，粗胳膊壮腿的，像一副有大力气的样子。

苏聪报名是韩新苗领着报的。苏聪找宿舍是韩新苗领着找的。奶奶临走丢下这么一句话，奶奶说，我家孙子从来没有离开过我，你这个孙女多照顾一点我家孙子。韩新苗说，我们是同学，你放心。

应该说，韩新苗不是一个开朗的女孩子，也不是一个善于交际的女孩子。开学上课过后,韩新苗不跟苏聪单独来往,没有兑现向苏聪奶奶说过的照顾苏聪。不是韩新苗食言不照顾苏聪,是韩新苗找不到照顾的理由和借口。平白无故,韩新苗凭什么去接近苏聪,凭什么去照顾苏聪呢?应该说,那个时候韩新苗还没想着跟苏聪谈对象。要说有好感,那也是朦朦胧胧的、说不清的一种异性好感。要说谈对象,那也是听到其他女生谈论,说想跟苏聪谈对象之后。在学校里,女生跟男生一样,喜欢在晚上睡觉前谈一谈男生。谈哪一个男生长相好,哪一个男生长相赖。谈哪一个男生对哪一个女生有意思,哪一个女生对哪一个男生有好感。不知怎么的,说着说着,话题就集中在苏聪身上。

第一个女生说她喜欢苏聪的一双清澈的眼睛,清澈得就像雨过天晴的天空。

第二个女生说她喜欢苏聪的一双透明的眼睛,透明得就像一湾碧蓝的湖水。

第三个女生说她喜欢苏聪的一双单纯的眼睛,单纯得就像刚从娘胎里出生的孩子。

第四个女生说她喜欢苏聪的一双迷茫的眼睛,迷茫得就像回家都不知道往哪里走。

苏聪的同一双眼睛,落在四个不同女生的眼里,如同万花筒一般,幻化成四双不一样的眼睛。清澈。透明。单纯。迷茫。

同一个宿舍住六个女生,剩下来的两个女生,一个是班花,一个是韩新苗。有同学问韩新苗,你怎么去看苏聪的一双眼睛?韩新苗说,我没有注意过。有同学说,这么漂亮的一双眼睛你怎么会不注意呀,莫不是掉进去拔不出来了吧?有同学问班花,你怎么去看苏聪的一双眼睛?班花说,苏聪的一双眼睛就像两把锐利的利剑,一下子刺在我的心尖上。同学问班花,你的心疼吗?班花说,疼死我了。同学问班花,你的心流血了吗?班花说,哗啦啦地流淌一大摊。同学说,班花,是眼泪吧,相思的眼泪、恋爱的眼泪。

就是这天晚上，班花和几个女生一起写出那封求爱信。一封求爱信写齐，几个女生呼呼地睡着，唯独韩新苗一个人大睁两眼到天亮。就是这天夜里，像班花说的那样，韩新苗看见苏聪的一双眼睛里果真伸出两把锐利的利剑，一下子刺在她的心尖上。紧接着，韩新苗的一颗心疼痛了，哗啦啦地流出血，一直流，一直流。就是从这一天晚上开始，韩新苗明白自个喜欢上苏聪，喜欢上这个眼睛里伸出利剑的男生，喜欢上这个使自个心里疼痛的男生，喜欢上这个使自个心里流血的男生。苏聪。苏聪。苏聪。韩新苗嘴巴不断地念叨苏聪的名字。书虫。书虫。书虫。

确切地说，韩新苗一直认为自个配不上苏聪。在同一个班级里，女生大多数来自煤矿，小部分来自市里，像韩新苗这样子花钱买户口的没几个。人家都是在煤矿上初中，或在市里上初中，在技校里都有一大帮男同学女同学。韩新苗的城市户口是花钱买的，韩新苗的初中是在古城上的，就是这两种条件，一下子把韩新苗孤立出来。有女生私下说韩新苗长相侉，说话侉，走路侉。说长相，韩新苗一副憨憨实实的模样，确实显得有些侉里侉气的。论说话，韩新苗的大河湾村腔调夹杂着古城腔调，确实显得有些侉里侉气的。评走路，韩新苗的一副大屁股一坐一坐的，确实显得有些侉里侉气的。侉是一种什么东西呢？就是矮人一等，就是低贱卑微。韩新苗在班级少有人和她做朋友，显得孤单。韩新苗在班级少有人和她说话，显得落寞。

这一天，韩新苗在路上遇见苏聪，就主动搭腔说话。韩新苗问，你奶奶最近有没有来学校？最近一段时间在学校的工厂里实习，不能回家，都是同学的家人过来看同学。苏聪问，你怎么会认识我奶奶？韩新苗说，你忘啦？开学报名那一天，是你奶奶送你来的，是我领着你报名找宿舍。苏聪说，怎么会是你呢？韩新苗问，不是我是谁个？苏聪摇头说，我忘记啦。韩新苗说，当时你奶奶交代我说，让我照顾你。苏聪说，我奶奶不会轻易地把我托付给一个人。韩新苗说，你奶奶当着你的面,亲口交代我的呀!苏聪反问说,你照顾我了吗?一下子,韩新苗尴尬地站在路心里。好像因为韩新苗食言,苏聪才故意说忘记她开学领着他去报名找宿舍。做人做不好的一方,是韩新苗,不是苏聪。

第二次,韩新苗遇见苏聪,主动提出替他背书包。经常地苏聪一个人从宿舍走到教室,而后从教室走回宿舍。韩新苗要想单独遇见苏聪不困难。其他女生也一样。韩新苗说,我替你背书包吧?苏聪问,我的书包干吗要你背?韩新苗说,我要照顾你。苏聪问,我干吗要你照顾?韩新苗说,我答应过你奶奶要照顾你。苏聪问,我奶奶什么时候见过你?韩新苗说,开学报名那一天,我见过你奶奶。苏聪说,我忘啦。苏聪两只手紧紧地捂着书包,慌慌张张地往前走,好像遇见一个偷抢夺书包的女贼。

又一次,韩新苗去食堂排队买晌午饭的时候,一直悄悄地跟在苏聪身后。那个时候,学校食堂跟现在不一样,要学生自个拿吃饭的东西,去食堂窗口排队打饭菜。苏聪上课积极,吃饭不积极。上课积极,就经常地最先去教室。吃饭不积极,就经常地最后去食堂。这一次,苏聪就是最后去食堂。食堂里买饭的学生少,卖饭的窗口大部分都关闭上。苏聪手上端着一只搪瓷缸站在前面,韩新苗手上端着一只搪瓷缸站在后面。苏聪看见韩新苗没有说话,韩新苗看见苏聪没有说话。韩新苗和苏聪像是不认识。苏聪排队买他的一份饭菜,韩新苗排队买她的一份饭菜。苏聪排到窗口,把搪瓷缸递过去。苏聪跟炊事员说打几两米饭,一个什么荤菜和另一个什么蔬菜。男生,一般地都是四两米饭,一荤一素两个菜。女生,一般地都是二两米饭,一份荤菜或一个蔬菜。搪瓷缸在炊事员的手上,先打饭,后打菜。饭菜票在苏聪的手上,先撕饭票,后撕菜票。炊事员把搪瓷缸放在窗台上。苏聪把饭菜票递进窗口里。苏聪一眨眼工夫,搪瓷缸不在窗台上,实实在在地落在韩新苗手上。韩新苗端着苏聪的搪瓷缸不说话,一个劲地往食堂外面走。韩新苗不说话，苏聪不能不说话。苏聪“哎哎”地喊两声韩新苗，说，你站一下，你端我的饭菜干什么？韩新苗说，我替你端。苏聪问，你替我端饭菜干什么呀？韩新苗说，我要照顾你。

出食堂门，有两条路。两条路，朝向两个所在。往南一条路去宿舍，往东一条路去教室。他俩一前一后走出食堂门，韩新苗先走上一条去宿舍的路，苏聪后走上一条去教室的路。韩新苗回头一看傻了眼，赶紧地回头去追赶苏聪。

韩新苗问，你不吃饭啦？

苏聪说，我不饿。

韩新苗问，你不饿，你去买饭买菜干什么？

苏聪说，我买饭以前肚子饿，我买饭之后肚子就不饿了。

韩新苗问，你不吃饭，那你的饭菜怎么办？

苏聪说，我看你没有打饭菜，你端回宿舍吃吧。

他俩说过这么一番话，苏聪继续去教室，韩新苗愣一愣神，还是追赶上去。

韩新苗问，你知道我为什么要端你的饭菜吗？

苏聪说，你想照顾我。

韩新苗问，你知道我为什么想照顾你吗？

苏聪说，我奶奶跟你说，要你照顾我。

韩新苗说，不是你奶奶要我照顾你，是我自个想要照顾你。

苏聪说，那你就自个想要照顾我吧。

韩新苗问，你知道我自个为什么想照顾你吗？

苏聪说，你想的事，我怎么会知道。

韩新苗问，你真不知道吗？

苏聪说，我不知道。

苏聪脸上平静，韩新苗脸上急躁。苏聪真像一副什么都不知道的样子，逼得韩新苗不得不把心里话说出来。

韩新苗说,我喜欢你。

苏聪问,你喜欢我干什么呀?

韩新苗说,我喜欢你,我想跟你结婚、生孩子、过日子。

苏聪猛地一下子笑起来。

韩新苗恼怒地问,你笑什么呀?

苏聪一边笑一边说,你说我俩这么小,怎么结婚、生孩子、过日子呀?

韩新苗说,我俩现在小,过几年不就长大啦?

苏聪说,过几年的事,过几年去说吧。

直到三年技校毕业,苏聪都没有答应跟任何一个女生交往。有的女生放弃追求,有的女生陪着苏聪上职工大学。这其中就有韩新苗。

在职工大学期间,有一个礼拜天,男女同学一起上街玩。那个时候,发廊刚刚在这座城市兴起。稍微偏僻一点的街巷里,都半明半暗地开着发廊。发廊不管开在哪里,大致格局都是一样的。一间门面房,前后两个门,前门冲着路,路上往来行色匆匆的各色行人,后门连接一个院子,有房子,男人和发廊小姐可以在里边做皮肉生意。前门是透亮的玻璃门,后门是半明半暗的铁门。一个个发廊小姐涂脂抹粉地招展在玻璃门里边,一个个男人鬼头鬼脑地钻进钻出。发廊洗头、不剃头,这一点恐怕连女生都知道。洗头,就是做异性按摩和推拿。发廊小姐把一个个客人按摩和推拿舒服了,就可以接着谈价钱,就可以接着往后院去做生意。当然,客人可以不去后院做下一笔买卖。洗头付洗头的钱,睡觉付睡觉的钱,花不同的钱,得不同的享受。俗话叫,花一分钱,买一分货。苏聪单纯得不知道发廊的经营范围和服务项目,不知道这是藏污纳垢的场所,不知道这是男人和女人狗苟蝇营的场所。苏聪对一起上街的男女同学说,你们先去玩,我要剃一个头。苏聪是真进去剃头,还是假进去剃头?苏聪是真不知道这里不剃头,还是假不知道这里不剃头?男同学、女同学一起呆愣住,一个个眼珠僵硬地看着苏聪大摇大摆地走进发廊里。

男女同学站在发廊的一旁没敢离开，他们害怕苏聪出大事。不管苏聪是真剃头，还是假剃头都有可能出大事。不管苏聪真知道这里不剃头，还是假知道这里不剃头都有可能出大事。一个职工大学的学生，在众多的同学面前，大摇大摆地走进发廊，要是出大事就不是一般的大事，就是嫖娼卖淫的大事，就是身败名裂的大事，就是被学校除名的大事，就是在众多女同学心目中黯然失色的大事。所有这么一连串大事，都是相互关联的，都是互为因果的，不管哪一种大事摊身上，都像一泡臭狗屎，污染上就一辈子抬不起来头。他们不知道苏聪头脑里的哪一根神经错乱开。韩新苗更是左右不是，先是不能拦着不让他进发廊，后是不能进发廊把他拉出来。韩新苗干跺脚，干着急，一句话说不出，一句话不能说。在韩新苗的想象中，苏聪像一个淮河主汛期的溺水者，一个漩涡扑过来，早把他的头顶淹没住；或者说苏聪像掉进一个有去无回的黑洞里，黑洞里堆满一种稀饭状的黏稠物，一点一点把苏聪粘牢实，一点一点把苏聪吞没掉。其实，更真实的画面应该是这样子的，一个发廊小姐走过来，把苏聪领到一张床前，先是自个脱光自个的衣裳，后是替苏聪脱光衣裳，再而后……不知不觉地韩新苗失声地大叫，不是！不是！苏聪不是那么一种人！就在几个同学扭脸去看韩新苗的时候，苏聪满脸涨红地跑出发廊。一个发廊小姐跟在后面撵出来，手里拎着一把大剪刀。发廊小姐说，这位小哥哥莫跑呀！她们不给你剃头，我给你剃头；她们要的钱多，我要的钱少。

就是这样子，苏聪依旧不明白。

苏聪一脸疑惑地问，她们开发廊，怎么不剃头呀？

韩新苗没好气地说，你要想问清楚，还是进发廊去问发廊小姐吧！

2

苏聪是跟着奶奶一块长大的，他一岁多一点，爸爸妈妈就丢下他，去外地做生意。生意越做越大，爸爸妈妈回家的趟数越来越少。爸爸兄弟四人，只有他这么一个男孩子。苏聪从小跟着奶奶就显得很宝贝疙瘩，一直被宠惯着。奶奶宠惯苏聪的方式，就是告诉苏聪这个不能去做，那个不能去做。苏聪跟邻居家的孩子一起玩。若是邻居家的孩子比苏聪大，奶奶会告诉他说，人家孩子比你大，你玩不过人家，一起玩是要吃亏的。邻居家的孩子爬树，苏聪跟着一起爬。奶奶看见说，苏聪，你不要去爬树，爬树容易摔断胳膊腿。苏聪就不去爬树，站在树下看别的孩子去爬树，缩回的手脚痒痒的。奶奶说，树下不能站，万一哪一根树枝从树上掉下来不是砸在你身上？苏聪就后退几步路，站得远远的，舌头舔着嘴唇，用一副羡慕的眼神去看哪一个孩子爬树快，哪一个孩子爬树高。奶奶说，远处更不能站，万一哪一个孩子从树上掉下来，一块玩的孩子都要受牵连。苏聪就缩回眼神，跟着奶奶一起回家去了。

苏聪是个听话的乖孩子。

苏聪一个人出门玩，奶奶更是不放心。苏聪说，我想出门玩一小会，不跟邻居家的大孩子一块玩，不跟邻居家的小孩子一块玩，就我一个人单玩。奶奶问，你要去哪里玩？苏聪说，我不知道。奶奶说，哪个地方都不能玩，房屋前面的路上跑汽车多危险呀，剐着碰着都不是小事情，房屋后面的水塘更危险，扑通一声掉下去，你喊救命都喊不出声。

苏聪整天一个人待在家里，看一看电视里的动画片，看一看爸爸妈妈买回来的小人书。要不苏聪就一个人躺床上，呼呼呼地睡大头觉。在梦里，苏聪想到哪里玩就到哪里玩，想跟谁一起玩就跟谁一起玩，想玩什么就玩什么。梦是一个隔绝的世界，奶奶走不进去。在梦里，苏聪的身心自由自在，奶奶想管都管不住。

苏聪看一看电视，就去睡一觉。

奶奶问，你怎么睡觉啦？

苏聪说，我看电视看累了。

苏聪看一看小人书，就去睡一觉。

奶奶问，你不是刚才睡过一大觉了吗？

苏聪说，我看小人书看困了。

苏聪从来不对奶奶说他睡觉是为了做梦。那是他的独立王国，那是他的自由王国。

上小学、上初中，奶奶跟前跟后仍然不撒手，生怕一不小心有闪失。苏聪上小学，奶奶要亲手把他送进学校大门。苏聪放学，奶奶要亲自去学校接他回家。学校离家二里路远。上学时，苏聪空手走前面，奶奶背书包走后面，苏聪像奶奶赶的一头羊；放学时，奶奶背书包走前面，苏聪空手走后面，苏聪像奶奶牵的一头牛。每一天，苏聪上课放学是有钟点的。快到上课时间，奶奶催促苏聪快点去学校上课。快到下课时间，奶奶催促自个快点去学校接苏聪。一天四趟，春夏秋冬，风雨无阻。

有一天傍晚，奶奶按时去学校接苏聪。

要说这一趟跟往常有什么不一样，奶奶稍微早去一刻钟。奶奶早去一刻钟，不是眼睛看错钟表，是有意要早去一刻钟。学校附近有一家百货大楼，奶奶早去一刻钟，想去那里买一块布，给苏聪做裤子。一条老街上，有一个老裁缝，戴一副老花镜，常年裁剪做衣裳。爸爸妈妈经常地从外面给苏聪寄衣裳过来，奶奶却看不上眼。奶奶看不上眼，不是因为衣裳过时，恰恰是太花哨。奶奶说，孩子穿这么花哨的衣裳能有一个什么好处？苏聪身上穿的衣裳都是奶奶买布找老裁缝做出来的。不是蓝，就是黑。不是黑，就是灰。不是灰，就是蓝。蓝、黑、灰，是苏聪衣裳的三原色。苏聪穿上三原色衣裳，像是一个从旧时代走出来的小书生。原本提前一刻钟时间去百货公司买一块布是绰绰有余的。耽误是耽误在营业员手上，一块布扯手上，奶奶要付钱，营业员说，你等一下，我去一趟茅厕。营业员拉肚子，一秒钟都不能等。一块撕开的蓝布扔在柜台里，一把整钱、零钱攥在奶奶手心里，只能干瞪眼，付不掉钱，买不着布。营业员是一位中年妇女，在这个岗位上一干好多年，从一个小姑娘变成一个小媳妇，从一个小媳妇变成一个中年妇女，一身皮肉松松垮垮的，往茅厕跑动开，浑身上下都晃荡。按道理说，拉肚子不是便秘，是快不是慢。这位营业员跟别人不一样，是慢不是快。她的外号就叫"快不了"。"快不了"做任何事都像她身上的皮肉，松松垮垮的、疲疲沓沓的。奶奶的鼻尖开始冒汗了。奶奶遇事一急，鼻尖就冒汗。奶奶问其他营业员，"快不了"拉肚子怎么还不回来呀？其他营业员说，"快不了"慢慢腾腾地快不了就对了。百货大楼划分若干区域，营业员每人一个区域。布匹由"快不了"负责，别人插不上手。奶奶开始跺脚。奶奶遇事一急，一是鼻尖冒汗，二是两脚跺地，三是大喊大叫。奶奶大声地喊叫，"快不了"你就不能快点吗？茅厕在柜台内部，奶奶不能进去喊。奶奶大声地喊叫，"快不了"你怎么还不快一点呀？"快不了"听见奶奶喊叫从内部慢腾腾地走出来，两手捣鼓着裤腰带，大声地责问奶奶说，你大喊大叫什么呀？我总不能拉裤裆里吧？我总不能拉半拉子吧？奶奶说，我家孙子快要下学了。"快不了"问，你家孙子快下学，跟我上茅厕有什么关系呀？奶奶气呼呼地说，我跟你这个慢腾腾的女人说不清楚话。

奶奶一生气，不买布走掉了。"快不了"总算快起来，三步两步跑出柜台，在大楼前面追上奶奶。"快不了"说，你要的那块布撕开不买也得买。奶奶说，我今天就是不买布。"快不了"说，你今天不买布就是不能走。"快不了"跟奶奶拉扯在一起，一个想快点走开，一个就是不让走开，奶奶哪能拉扯得过"快不了"。路人劝说奶奶，人家的布撕开你不买不合适。奶奶说，三耽误两耽误，我家孙子放学谁去接？“快不了”说，你们看一看，是我在耽误时间，还是她在耽误时间？奶奶原本有理，现在变得没有理。奶奶不买布走不掉，只好回头把布买手上。这样子一来，真就过了苏聪放学的时间。奶奶急赶急地来到学校，学校大门锁上，显然苏聪早不在学校里边。学校里边一片空空荡荡，学校外面一片空空荡荡。奶奶失声大喊，苏聪，你在哪里？奶奶失声大骂，“快不了”，要是我孙子不见了，我会杀死你全家！奶奶一屁股瘫软在地上，连喊叫和骂人的力气都没有了，满头脑都是苏聪丢失的一幅幅画面。

第一幅画面，苏聪走进一条黑乎乎的巷子里，离家越来越远，离迷失却越来越近。

奶奶喊叫说，苏聪啊你不能朝巷子里去！

第二幅画面，苏聪被别人带回家，做别人的儿子，做别人的孙子。

奶奶喊叫说，苏聪啊我才是你的亲奶奶呀！

第三幅画面，苏聪被一个蒙面男人一刀子捅在肚子上，肚子里的肠子血糊啦啦地流一地。

奶奶喊叫说，苏聪啊你一死，奶奶跟着你一起死。

……

天色渐渐地浓黑起来。绝望如同浓黑的夜色一般，笼罩在奶奶的头上身上心上。奶奶小声地喊叫说，苏聪啊你在哪里呀？

一条黑影慢慢地靠过来，一把拉住奶奶的手说，奶奶，我要回家去。奶奶定神一看，眼前站着的就是苏聪。奶奶上下摸一遍苏聪问，你真是苏聪？苏聪说，我就是苏聪。奶奶问，你真是我孙子？苏聪说，我是你孙子。苏聪抹拉一脸的鼻子眼泪，看样子哭过不小一气子。奶奶站起身来说，今天是奶奶的错，接你接晚了。苏聪说，我心想我不听话，奶奶不要我了呢？奶奶说，你是奶奶的心肝宝贝孙子，奶奶怎么会不要你呢？苏聪问，要是奶奶死掉了呢？奶奶愣一愣神，语气肯定地说,我孙子没长大,奶奶不会死!

奶奶经常地跟苏聪说,你不听话,奶奶就不要你了。奶奶经常地跟苏聪说,你爸爸妈妈丢下你不管不问你,你不听话我也不管不问你。奶奶经常地跟苏聪说,你不听话,奶奶就死掉,看哪一个来经管你。

就是这一年,苏聪的爸爸妈妈离婚了。新年前,爸爸带着新妈妈回来家一趟。新妈妈带回来一个新妹妹。新妹妹比苏聪小三岁。一个漂亮的新妹妹。一个洋娃娃似的新妹妹。一个整天围着苏聪喊小哥哥长、小哥哥短的新妹妹。苏聪打心眼里喜欢这个新妹妹。自从新妹妹来到这个家,苏聪减少了许多寂寞和孤独。“真是一件顶呱呱的圣诞礼物呀!”——这是动画片上的一句话。爸爸带着新妈妈、新妹妹回来家的那一天,正好是圣诞节。在苏聪看来,新妹妹就是一件上帝送过来的圣诞礼物。爸爸要苏聪带着新妹妹一块玩,苏聪一口答应下来。奶奶却不让苏聪带新妹妹玩。奶奶跟苏聪说,她不是你的亲妹妹,是你后妈带来的拖油瓶。苏聪问,什么叫拖油瓶?奶奶说,拖油瓶不是一样什么好东西,你长大就会明白的。苏聪说,我喜欢这样子的拖油瓶。新妈妈比妈妈年轻,新妈妈比妈妈漂亮。苏聪听邻居说,爸爸见到新妈妈年轻漂亮,就一脚把妈妈踹开了。奶奶跟邻居的说法不一样。奶奶说新妈妈是一只狐狸精,专门勾引男人的魂,不过你妈更不是什么好东西,在狐狸精还没勾搭上你爸之前,她就跟人家男人好上了。在奶奶的嘴里,新妹妹不是好东西,妈妈和新妈妈都不是好东西,是好东西的只有爸爸和奶奶自个。奶奶从不说爸爸不好,从不说自个不好。苏聪问,我是不是一个好东西?奶奶说,我家孙子当然是好东西。

新妈妈进奶奶家门,心里高兴不高兴,脸面上都要对奶奶笑眯眯的,都要对苏聪笑眯眯的。新妹妹更是对苏聪亲近得不得了,像一个跟屁虫,苏聪要去哪里玩,新妹妹跟着一起去哪里玩。苏聪说,我今天不出门玩,我要在家看小人书。新妹妹说,我也看小人书。每人手上捧一本小人书，你看你的小人书，我看我的小人书。一本小人书看下来，苏聪说，我看书看累了，我要睡觉。新妹妹说，我也要睡觉。苏聪躺在床上假装睡觉睡不着，新妹妹躺在床上干睁眼不睡觉。苏聪的眼珠骨碌一下，眼皮就跟着动一下子。新妹妹说，我看见你的眼皮动，你没有睡觉。苏聪恼怒地说，我干什么你跟着干什么，你是一个跟屁虫。新妹妹笑眯眯地承认说，我就是一个跟屁虫。

苏聪说，那我现在看动画片。

新妹妹说，我也看动画片。

客厅里有一台电视机。苏聪坐在沙发的一端，新妹妹坐在沙发的另一端。苏聪打开电视，聚精会神地看起来。新妹妹的屁股一移一移的，身子一暖一暖的，很快靠在他身上。苏聪不知不觉地伸手把新妹妹搂进怀里。新妈妈看见，脸色难堪，拉开新妹妹，啪啪照着新妹妹的屁股就是两巴掌。新妹妹啊啊啊地哭。奶奶走过来。新妈妈脸上依旧笑眯眯地说，桔子淘气，我打她两巴掌。新妹妹的名字叫桔子。苏聪当面指责新妈妈说谎，说，我俩在这里看动画片，桔子没有淘气，新妈妈是一个坏女人。一瞬间，新妈妈脸上的笑，哗啦哗啦地掉精光，奶奶的脸上倒是染上一层笑。新妈妈恶狠狠地说苏聪，你才是一个坏小子呢！

就是这一天，爸爸带上新妈妈、新妹妹匆匆忙忙地离开了。奶奶待在自个的房间里，房门关一个紧紧的。苏聪待在自个房间里，有意把房门开一条小缝。新妈妈拉着新妹妹先出家门，爸爸提着大包小包跟在最后面。新妈妈脸上不再有笑色，新妹妹的两只大眼睛忽闪忽闪的，一直盯着苏聪的房门。爸爸没有跟苏聪打一声招呼，咚咚咚地走下楼。奶奶隔着紧关的房门跟爸爸说，从今往后你们不要踏进这个家门半步。

新年后，苏聪见到妈妈。妈妈跟爸爸离婚，奶奶家就不再是妈妈家。妈妈见苏聪是在一家宾馆里。宾馆里，苏聪见着妈妈，见着妈妈身边的另一个男人，见着男人身边的另一个男孩子。男孩子比苏聪大。男人比爸爸大。苏聪指着男人跟妈妈说，我知道这个是我的新爸爸。苏聪指着男孩子跟妈妈说，我知道这个是我的新哥哥。妈妈笑一笑不回答。男人说，我不是你的新爸爸。男孩子紧跟着说，我不是你的新哥哥。苏聪一脸迷茫，问妈妈，为什么爸爸带回来的妈妈是新妈妈，爸爸带回来的妹妹是新妹妹？

妈妈说，他俩不跟你住一块。

苏聪说，新妈妈、新妹妹也不跟我住一块。

妈妈说，候你长大就会明白了。

长大、长大、长大。好像苏聪一直长不大，不明白事理。

新爸爸、新哥哥跟苏聪不亲近，两个人虎着两张脸，像是妈妈身边的保镖，更像是电视连续剧里黑社会的老大和老二。苏聪跟他们在一起感到恐惧和害怕，不想待在宾馆里，不想看见这么两个男人。一分钟不想待，一秒钟不想待。苏聪原本是要跟妈妈一家人一起吃饭的，苏聪不能直接说不想待在这里，不想跟他们一起吃饭。苏聪想找一个理由，却不知道去找一个什么样的理由。想呀想呀想，想得脑子疼。脑子一疼，肚子就跟着疼。苏聪感到肠子在肚子里蠕动。苏聪感到肠子在肚子里打结。苏聪感到呼气吸气通过肠子不顺畅。苏聪脸色煞白，豆大的汗珠从额头上滚落下来。妈妈看见苏聪一副难受的样子，赶紧地问，你这是怎么啦？苏聪说，我肠子打结了，我肚子疼。妈妈拉开苏聪的褂子，伸手一摸他的肚子，果真肚子里疙里疙瘩的，果真像肠子在肚子里打结。

妈妈说，快点送医院。

苏聪说，我回家。

新爸爸和新哥哥站一边不动，冷漠着两张脸。

妈妈跟新爸爸说，你快点拨打 120 急救电话呀！

新哥哥说，他是假装生病。

妈妈哗啦一下子把苏聪的褂子掀起来，指着肚子里的疙瘩说，你看看这是假装出来的吗？

新爸爸问妈妈，打电话怎么说？

妈妈说，什么打电话怎么说？就说这里有病人，快来一辆急救车。

新爸爸问，这里是哪里？

新爸爸是一个外地人，对这里不熟悉，不知道怎样处理这件事。

苏聪哎哟哎哟地呻吟开来。

妈妈不能等待，抱着苏聪就往宾馆楼下去。宾馆房间在二楼，妈妈憋足一口气，噔噔噔地直接走下安全楼梯。妈妈想在宾馆门前打出租车。

苏聪说，妈妈我的肚子不疼了。

妈妈呆愣住，不相信地问，是真不疼，还是假不疼？

苏聪说，真不疼。

妈妈拉开苏聪的褂子，摸一摸肚子，疙瘩确实不在了。

妈妈问，你刚才肚子里的疙瘩是怎么一回事？

苏聪说，刚才是真肚子疼，现在是肚子真不疼。

妈妈一把推开苏聪，像是不认识眼前这个儿子。苏聪抬头看见新爸爸和新哥哥站在二楼的窗户口，他俩依旧漠然着两张脸，伸头远远地往楼下观望。猛然间，妈妈歇斯底里地大声质问苏聪，你为什么要对妈妈这样子？苏聪虚弱无力地回答说，我想回家。

从初中毕业上技校这一年开始，苏聪才脱离开奶奶，自己管理自己，或者说自己真正地面对自己。可这些年过来，苏聪害怕出门、害怕与人交往已经深入骨髓。他表面上显得很单纯，其实内心很孤独。从这时候起，苏聪一头扎进书里。积极一点来说，书本成了他的栖息地、安乐窝。消极一点来说，书本成了他的避难所、温柔乡。书本像是一层一层厚厚的茧壳，包裹着苏聪，封闭着苏聪，缺少光亮，阴暗潮湿，别人看不清楚他，他自己也看不清楚他自己。

3

职工大学毕业工作后的第四个年头，苏聪同意跟韩新苗结婚。

这个时候，要是把苏聪比喻成一朵迟迟没有凋谢的花朵，韩新苗就是追逐他的最后一只蜜蜂。男女同学一个个先后长大，一个个先后工作，一个个先后结婚。其他的女孩子要么早已结婚，要么早已看出他是一个不晓男女之情或者是一个没有爱的能力的人。令人不解的是，苏聪特别喜欢参加男女同学的婚礼，特别会出主意，特别会闹腾。一些新颖别致的闹洞房方法都是他从书本上借鉴过来的，或是他参照书本独立思考出来的。比如有个男同学结婚的时候，他老婆怀孕肚子都多大了。此地风气男人喜欢喝白酒，不喜欢喝红酒、啤酒。在婚礼上，别人拼命地灌新郎白酒，苏聪却拼命地灌新郎啤酒。别人说，要是把新郎灌醉，认不识家在哪里，认不识新娘是哪一个才好玩呢。苏聪却说，要是把新郎的肚子灌得跟新娘的肚子一般大，不知道哪个是自己的肚子、哪个是新娘的肚子不是更好玩吗？新娘的肚子原本就大，新郎的肚子被啤酒灌大。苏聪拿一根棍子，拴上一根绳子，吊上一块苹果，新郎和新娘搂抱在一起，伸头去咬绳子上的苹果，却怎么都咬不着。单看新娘的肚子不显得怎么大，单看新郎的肚子不显得怎么大。两个不显得怎么大的肚子脸对脸合一起，就显得不那么一般了。新郎使劲地往中间伸头，新娘使劲地往中间伸头，中间的上方吊着苹果，新郎和新娘要够得上苹果，咬得上苹果，吃得下苹果，游戏才算结束。新郎使劲地往中间伸头的前提是要使劲地搂抱住新娘，是要使劲地拿自个的一副大肚皮去挤压新娘的一副大肚皮。新郎的一副大肚皮里装上啤酒，晃里晃荡的不怕挤压。新娘的一副大肚皮怀着孩子，娇里娇气的不能挤压。这种时候，观众哪里顾得上新娘肚子里的孩子，苏聪哪里顾得上新娘肚子里的孩子，新郎哪里顾得上新娘肚子里的孩子。

新娘被新郎挤压得喘不过来气。

胎儿被新郎挤压得在娘的肚子里乱踢腾、乱反抗。

新娘大声地喊叫说，我肚子里的孩子呀，是你爸爸挤压的你，不是我挤压的你。

游戏达到极致，欢乐达到极致。

接下来是有问必答环节。

苏聪问新郎，新娘肚子里的孩子是不是你的种？

新郎回答说，当然是我的种。

苏聪问新娘，你肚子里的孩子是不是“美国鬼子”的种？

新娘回答说，当然是“美国鬼子”的种。

苏聪问，你们给不给孩子起名叫“小美国鬼子”。

新娘回答说，我们的孩子不叫“小美国鬼子”。

苏聪说，不叫“小美国鬼子”就不是“美国鬼子”的种，是“美国鬼子”的种就叫“小美国鬼子”。

新郎回答说，我们的孩子叫“小美国鬼子”。

苏聪对新娘新郎说，你俩当众宣布一下子你们的孩子叫什么名字？

新娘新郎向观众宣布说，我们的孩子叫“小美国鬼子”。

新郎肥头大耳，长一副鹰钩大鼻子，同学给他起的外号叫“美国鬼子”。

技校三年，职大三年，工作四年，韩新苗苦苦等待十年的一场爱情终于有了结果。韩新苗泪流满面，是喜而悲的眼泪，是苦而甜的眼泪。

苏聪说，我有两年没参加同学婚礼了，我要在自己的婚礼上好好地闹一闹、乐一乐。

苏聪说这话的时候依旧是一脸的单纯与天真。

婚后的生活与婚前没有太大的区别。算是两人打了一张结婚证，算是两人搬到了一块住。白天各上各的班，晚上苏聪依旧钻进书本里,韩新苗要么看一看电视,要么看一看小说书。就算看书,两人也不在同一个房间里,免得相互打扰。苏聪说他一个人一个房间看书习惯了,有一个人在旁边他看不安心书。晚上睡觉当然同在一张床上,只是夫妻间的那种事稀少得很,潦草得很。苏聪在这方面表现得很冷淡,一腔激情怎么都燃烧不起来,像是一台老式的发动机,突突突没有运转开来,就已经熄火停下来。韩新苗倒是剃头挑子一头热,浑身上下像一块烙铁烧得通红通红的,遇见苏聪这样子的冷漠男人,只得扑哧扑哧把温度降下来。苏聪这台老式发动机,趴在韩新苗身上,突突突地运转几下子就熄火,像干一件很重的活,倒在一边呼呼呼地大睡去。就算韩新苗跟着扑哧扑哧地把温度降下来,总得有一个冷却过程吧。韩新苗正值青春旺盛、激情四溢的年龄,有时候降温的速度快一点,有时候降温的速度慢一点。经常地天明五更,韩新苗还辗转反侧在床上。身边的苏聪是冷的,身下的床板是冷的,韩新苗的一颗心慢慢地跟着冷。

有一天,韩新苗跟苏聪说,我俩分床睡吧?苏聪问,为什么我俩要分床睡呀?韩新苗说,你看书喜欢一个人怕打扰,我睡觉喜欢一个人怕打扰。苏聪说,那我俩就睡觉分开在两个房间。苏聪同意和韩新苗分床。

结婚一年,苏聪考上研究生,去外地上学。韩新苗英语成绩不好,想追赶苏聪一起去读研究生,实在没有这个能力了,也没有这个必要了。读研究生的时间是三年,苏聪离开煤矿说不定就不回煤矿了。这种情况下,韩新苗一个人再待在谢桥还有什么意义呢?干脆调到一座离大河湾村近一些的煤矿,多照应年老孤单的老父亲。

毕家岗煤矿算是最近的。这是一座老煤矿,工资比谢桥少一半,韩新苗顾不得钱多钱少,还是执意调过来。韩新苗在职大学的是通风专业,在煤矿就是负责矿井通风的图纸设计工作。这个时候,毕家岗煤矿已经扒过淮河,正在大河湾村的土地下面扒煤炭。有一天,韩新苗把井下、地面两张图纸一对照，她手上设计的这条通风管道正好从她家的庄稼地下面经过。夜深人静的时候，怕是她沉睡地下的母亲都能听见相隔几百米深处的施工响声吧。最具讽刺意味的是，韩新苗经常地从井下走过她负责设计的这条通风管道，好像已经回到大河湾村，实际上地下地上相差十万八千里。

结　尾

叫声情哥别为难，
俺俩一同下江南，
黑龙潭一过白龙潭，
石头埠一过田家庵。
顺着淮河朝南去，
俺们找个安身地，
从此以后不分离，
日子再苦不嫌弃。

——淮河流域花鼓灯情歌

1

吴水月死后，韩立海又搬回原先的大河湾村，陪伴着吴水月。韩立海简单地搭一间草庵子，住在里边。东西四里长的庄台上一片空空荡荡的，就韩立海一个人住。可在他的眼里，住在这里的村人一户人家都没有少，鸡飞狗叫的，热热闹闹的。房屋前后的一棵棵柳树，随着四季的风雨，枯枯荣荣的，草长莺飞的，使劲地摇曳着，旺盛地生长着。村人搬迁到淮河南岸，来来往往过一道河干庄稼活不方便，能躲懒就躲懒，放羊一般由着庄稼自由生长。一连好多年，村人种庄稼越来越挣不着钱,对土地的一份热情也就越来越冷淡。可在韩立海眼里,早早晚晚下地干活的村人依旧是一群一群的,黑压压的一大片,还是那么多,还是那么勤快。韩立海自个更是一年四季,春夏秋冬,风雨无阻,差不多每一天都要清早、上午、下午去地里干三趟活。清早起床下地干一趟活,回来家烧早饭。吃罢早饭下地干一趟活,回来家烧晌午饭。吃罢晌午饭眯盹一个午觉,下地干一趟活,回来家烧晚饭。吃罢晚饭,天黑透了看不见庄稼,就不能下地干活了。晚上,韩立海待在草庵子里,不看电视,不听收音机,慢慢地回想沉淀在头脑里的大事小事。他自个的大事小事,老婆子吴水月的大事小事,大儿子韩新云的大事小事,二儿子韩新水的大事小事,三儿子韩新雨的大事小事,老丫头韩新苗的大事小事。在韩立海的头脑里,很少有大儿子媳妇张玉玲的事,很少有二儿子媳妇方方的事(某一年某一天,韩新水和方方总算结婚了),很少有三儿子媳妇钱丽的事,更是很少有女婿苏聪的事。韩立海不喜欢大儿子媳妇身上的一股子世俗气。他认为就是这么一股子世俗气紧紧地包裹住他的大儿子,逼迫他的大儿子注定要窝窝囊囊地过一生。这些年,韩立海很少跟韩新云谈心,更是不愿提及大儿子媳妇张玉玲。每一次,韩新云回来家,韩立海看到他缩头缩脑的,心里都一阵一阵地酸痛和难过。俗话说,种不出好庄稼是一季子,娶不着好老婆是一辈子。大儿子韩新云这一辈子就是没有娶着一个好老婆。有时候,韩立海在心里会隐隐地埋怨死去的老婆子,是死去的老婆子找上张翠花家的门,要她去古城替韩新云找对象。就是这么一念之差,张玉玲走进他家的门,做上他家的大儿子媳妇。早年,韩立海认为韩新云师专毕业回古城,是他人生选择的第一步错误。现在,韩立海认为韩新云娶张玉玲是人生选择的第二步错误。人生最关键的两步棋没有处理好,自然耽误一辈子。

有一次,大儿子韩新云从古城回家看韩立海。韩立海蹲在锅灶前添柴火烧锅,韩新云陪着韩立海蹲在锅屋里。爷俩不说话,都伸头看着锅灶里的火苗,一伸一缩地、一深一浅地舔着黑乎乎的锅底。韩新云忽然地在韩立海眼睛里看见两团明亮的泪光,韩新云站起身不声不响地回了古城。

其实,韩新云回来家是有事要跟韩立海说一说。他犹豫好多天的一件事,就是从学校辞职去一家私立中学。开办私立中学的是他的一个同学。这位同学去外地下海经商好多年,口袋里挣不少钱,回来家办一所中学,亲自登门找到韩新云,许诺给现有工资的两倍,请他去他那里担任副校长,主抓教学工作。韩新云没有看上副校长的一份空名头,却看上实实在在的两倍工资。这些年韩新云过日子一直不如意。不如意的原因是家里穷。家里穷的原因是工资少。按照现有的工资状况,他在学校里不辞职,教一天书穷一天,教一年书穷一年。当然韩新云离开学校的损失也不少,最起码在学校工作这么些年的一切都丢失掉。韩新云是个老实本分人,好像离开现在的中学去一所私立中学,就是不老实,就是不本分。韩新云自个好多天犹豫不决,想回来家跟韩立海说一说,听一听韩立海的意见。不想韩立海见到大儿子韩新云,就像见到一个愁,就像见到一个痛。大儿子过日子不如意,就像一个沉重的包袱,沉压在大儿子头上,也沉压在韩立海头上。沉压得大儿子喘不过来气,也沉压得韩立海喘不过来气。韩立海眼里的两团泪光,就像两把剑,一下子刺痛韩新云。韩新云下决定,起身返回县城,直接去私立中学里。

韩立海在心里只承认李圆圆是他的二儿子媳妇,不承认方方是他的二儿子媳妇。李圆圆跟韩新水一起生活十五年,不是他的二儿子媳妇,也是他的二儿子媳妇呀!要说传统承认的是事实婚姻,韩立海就是那个维护传统的男人。韩立海认为李圆圆糊涂就糊涂在没有跟韩新水生下一男半女的。要是李圆圆生下一男半女的,不管生下来的是一个男孩还是一个丫头,就算韩新水不想跟李圆圆结婚,韩立海都要出面逼着他俩结婚。这个名叫方方的女人有一个什么呀,不就是比李圆圆年轻漂亮吗？韩新水跟方方结婚前，想带她回家一趟，跟韩立海见一个面，给吴水月上一个坟，算是把她正规地引进韩家门。更主要的是，韩新水想在老家举办一个简单的结婚仪式。李圆圆的婚礼排场豪华，轰动一时，震惊全市。韩新水不想跟李圆圆攀比，也没有必要攀比。韩新水想低调，方方一副小鸟依人的模样说，我嫁给你，一切听你的。韩立海什么都不同意，一是不同意方方来见他，二是不同意韩新水在老家办婚礼。韩立海说，你要是跟李圆圆结婚，我什么都依你，你跟这个名叫什么方的女人结婚我不认。韩新水说，不是你认不认方方的事，我要跟她结婚我认。韩立海说，那你就去认吧，反正我不认。

就这么着，韩立海和二儿子最终不欢而散。

韩新水说，那我回去就照实跟方方讲，你不认她这个二儿子媳妇。

韩立海说，我能不能问一问你，李圆圆过得怎么样？

韩立海的心里一直惦记着李圆圆，一直觉得他们韩家对不起李圆圆，才这么绝情绝意地拒绝方方走进韩家门。

韩新水说，人家拿走我这么多钱，人家生下一个大胖儿子，人家过得要多好有多好，你就少操那一份心吧！

韩立海问，李圆圆生下的儿子会不会是你的？

韩新水说，我想是我的孩子，我想人家给我生孩子这么多年，人家就是不想跟我生，这下你听明白了吧！

韩立海松口说，要是方方跟你生下一个儿子，我就认她是我家的二儿子媳妇。

钱丽是一个离婚女人，是一个比韩新雨年岁大的离婚女人，是一个带着一个丫头的离婚女人，韩新雨跟这样一个女人结婚，韩立海就更不认这个三儿子媳妇了。韩立海不认这个三儿子媳妇，拒绝钱丽走进韩家门，连着韩新雨都不能再进韩家门。韩立海认为韩新雨给祖宗丢脸，替韩家抹黑，对自个不负责任。韩立海认为责任不在三儿子，肯定是这个离婚女人勾搭上韩新雨，他俩的婚姻肯定是老鼠尾巴长不了。韩立海等待着这个老鼠尾巴早一天结束。几年过去,这个不长的老鼠尾巴就是拖拖拉拉地结束不了。

这一天,韩立海去潘集那一边奔丧,顺道去一趟三儿子家。

大河湾村的人家,与淮河南边的村子很少有联系,亲亲戚戚的多与淮河北边的村子相关联。淮河北边的村子在哪里？就是潘集那一边。一个远房亲戚去世,韩立海去潘集,回头的时候,因感慨人生苦短,因人生确实苦短,心里一柔软,两腿一柔软,想去韩新雨家拐一头。韩新雨毕竟是他的三儿子,韩新雨的家毕竟是韩家的一个分支。韩立海再生气,韩新雨是他三儿子的这一事实更改不了。韩立海再不认账,钱丽是他的三儿子媳妇这一事实更改不了。韩新雨和钱丽一锅生米煮成熟饭两三年,过来看一看似乎又变成理所当然的了,似乎又变成必须和必要的了。韩立海先去三儿子的店面,后去三儿子媳妇的店面,再去三儿子和三儿子媳妇的家。在三儿子的店面里,韩立海见到三儿子。三儿子脸上光光的,身上爽爽的,有些吃胖的样子,有些发福的样子。爷俩一照面,韩立海就判断出三儿子跟钱丽过日子过得还不错。韩立海的心里一温暖一释然,哐当一声响,心里的一块大石头落地上。

韩立海跟三儿子说,今天我要见一见三儿子媳妇。

韩立海见三儿子媳妇干什么？还不是认可和承认这个三儿子媳妇嘛！韩新雨声音颤抖着说,我俩现在就去钱丽的服装店。韩新雨把店铺的卷闸门锁上锁。少做一小会生意有什么当紧的,少挣一笔钱有什么当紧的。当紧的是,钱丽得到了韩立海的承认。当紧的是,钱丽总算迈进韩家的门槛。

——这是钱丽应该得到的,却迟迟没有得到的名分。

再说一说钱丽这一边。一个女人做弃妇和不做弃妇就是不一样。一个女人有男人和没有男人就是不一样。钱丽现在不做弃妇,脸上就没有做弃妇的一分焦躁和不安。钱丽现在有男人,脸上就有有男人的一分滋润和安宁。要说做弃妇的钱丽是焦干枯黄的,现在是旺绿充沛的。要说做弃妇的钱丽显得比韩新雨大不少,现在却显得一点都不大。钱丽每天做一次面膜,定期做一次头发,周末练一次瑜伽,想方设法地挽留青春流逝的脚步,千方百计地缩短与韩新雨的差距。接送孩子上学下学的任务,交给韩新雨去做。上街买菜、回家做饭、拖地洗衣一揽子家务活,都是钱丽的。钱丽说,男人做男人的活,女人做女人的活。除去接送孩子上学下学,韩新雨在家还要做什么呢?辅导孩子学习。辅导孩子学习的目的,是拉近他与继女的关系。继女十来岁,不算大,不算小,眼见就要进入青春期。韩新雨要是与继女的关系处不好,照样与钱丽的日子过不安。

韩立海在服装店里见着钱丽,不相信眼前这个年轻漂亮的女人就是钱丽,不相信眼前这个年轻漂亮的女人比韩新雨大两岁。钱丽头一次见韩立海。丑媳妇头一次见公婆慌张,漂亮媳妇头一次见公婆也慌张。钱丽在服装店里转圈子,不知道该怎样应对眼前突发的这件事。钱丽慌张地说,我先去学校接孩子,接过孩子去街上买菜。钱丽想快速地离开服装店,想暂时离开韩立海,想短暂地平复一下子慌张的心情。韩立海一下子呆愣住。三儿子媳妇去学校接谁的孩子?当然是钱丽跟前一个男人生下的孩子。韩立海可以不去计较钱丽的年龄比韩新雨大两岁,可以不去计较钱丽的离婚女人身份,可以默认钱丽是他的三儿子媳妇,但这个孩子无论如何是不能姓韩的,是不能成为韩家的真正后代的。韩立海原本是准备去三儿子家看一看,吃一顿晌午饭的,现在不能再进三儿子家门了。韩立海不想进三儿子家门,是怕见到这个不姓韩的孩子。

韩立海匆匆忙忙地逃离潘集回大河湾村。

在韩立海的心目中,苏聪的形象要复杂得多。不是说韩立海不承认这个女婿,是觉得这个女婿根本就不像一个女婿,根本就不像一个跟韩新苗结婚过日子的男人,倒像一个跟韩新苗一起过家家的玩伴,或者原本就是一个在一起上技校、上职大的同学。结婚前,他俩是同学关系。结婚后,他俩依旧是同学关系。苏聪和韩新苗一起回大河湾村看韩立海,最喜欢去的是庄稼地。喜欢看庄稼的长势,喜欢闻庄稼的味道,喜欢尝庄稼的滋味,能吃的塞嘴里尝一尝,不能吃的照样塞嘴里尝一尝。比如说,油菜花不能吃吧。苏聪走下油菜地,一定要摘一朵放嘴里,手上、嘴上、牙齿上,都沾满黄乎乎的花粉。绿豆有一股子腥味能吃吗?一般人不会吃,苏聪会。他伸手摘一串豆荚,一粒粒地剥出来,一粒粒地扔嘴里,慢慢地嚼,慢慢地品。韩新苗问,绿豆腥味这么重能吃吗?苏聪说,好香,不信你尝一尝。韩新苗说,连一个傻子都不吃。苏聪说,那我连一个傻子都不如。

这里的土地一年收两季,夏季农作物单一,就麦子和油菜,秋季农作物样数多,黄豆、玉蜀黍、白芋、芝麻、花生、绿豆、豇豆、马铃薯等等。一般人家,秋季农作物种上两样三样就算不少了。韩立海家是种的样数越多越好,越齐全越好。夏收一季麦子,磨出麦子面,只有大儿子一家人吃。二儿子不会要麦子面,三儿子不会要麦子面,四丫头不会要麦子面。过去二儿子和李圆圆一起过日子,家里不做饭,现在与方方一起过日子,家里依旧不做饭,不做饭要麦子面没有用处。三儿子和钱丽一起过日子,就算他俩想要麦子面,韩立海都不会给。四丫头和苏聪一起过日子,苏聪喜欢吃米,不喜欢吃面。韩新苗做饭就要将就着,多做米饭,少做面食。一年半载下来,吃不上十斤面。秋季农作物,韩立海下力气种出那么多样数,不是给家里的别人吃,单给女婿苏聪吃。黄豆、玉蜀黍、白芋、芝麻、花生、绿豆、豇豆、马铃薯,一样一样地种地里,一样一样地收回家,一样一样地带过去。黄豆、芝麻、花生、绿豆、豇豆,数样豆粒放一起,磨豆浆喝。玉蜀黍棒,加水上锅烀着吃。白芋,干饭(米饭)头上蒸着吃。马铃薯,炒菜吃。哪一样都不是多余的。

到秋季庄稼成熟时节,韩新苗和苏聪一起回大河湾村,帮着韩立海收黄豆，收玉蜀黍，收白芋，收芝麻，收花生，收绿豆，收豇豆，收马铃薯。一个休息天帮忙收不完，下一个休息天再过来帮忙收，一连能来好几趟。一趟上百里路远，连着跑，跑来跑去的，韩新苗嫌累，苏聪不嫌累。不嫌累的苏聪还要跑，韩新苗不好说不跑。苏聪喜欢收庄稼，是真心地喜欢，是从心底里喜欢，是由内而外地喜欢。苏聪跑前跑后地像个孩子。苏聪手忙脚乱地像个孩子。苏聪欢天喜地地像个孩子。苏聪在城市里长大，过去不接触庄稼地，不会种庄稼，不会收庄稼，现在依旧不会种庄稼，依旧不会收庄稼。苏聪割庄稼，这里割一把，那里割一把，像是一个剃头学徒剃出来的花头。苏聪掰玉蜀黍，这里掰一棒子，那里掰一棒子，花花搭搭的，像是一只跑进玉蜀黍地里的猴子。不是苏聪学不会收庄稼，是他不想好好地收庄稼。他在庄稼地里就是一个孩子，收庄稼是游戏，跑来跑去是玩耍。

韩立海一旁里问韩新苗，苏聪这个孩子做什么事顶真过？顶真，就是认真，就是上心，就是严肃。韩新苗说，他看书学习最认真。韩立海说，那他真是一条书虫。

2

花鼓灯渐渐地喑哑去。

收完秋庄稼，种上冬小麦，村人就闲下来，准备着玩花鼓灯。闲搁一年的鼓打起来，闲搁一年的镲打起来，闲搁一年的锣敲起来，闲搁一年的铛敲起来。一条舞龙破旧了，扎一条新的，舞起来更威风。几只旱船破旧了，扎几只新的，舞起来更精神。几头骚马破旧了，扎几头新的，舞起来更起劲。小伙子(鼓架子)翻跟头，大姑娘(兰花)舞扇子，小男孩和小女孩踩高跷，都要有一个练习的过程，都要有一个配合的过程。好在时间有的是，不到年节跟前不上场，不到年节跟前不登台。一旦上了场登了台，不过正月十五不松劲，不过二月初二不散场。一连好多天，一连好多晚，花鼓灯在河滩地上不歇闲地闹腾，不歇闲地敲打，不歇闲地舞动。

花鼓一打啪啪响，
震动九六十八岗，
你玩灯来俺玩灯，
灯灯照亮河当央。

淮河一溜的村子，简称九六十八岗。玩花鼓灯，要在河滩地上高高地悬挂几盏灯笼。

当下非过去。此灯非彼灯。

现在淮河北岸的大河湾村不复存在。淮河南岸的新大河湾村，大多数村人外出打工，过年回来家过几天，来去匆匆，哪里有闲心玩花鼓灯，哪里有技艺玩花鼓灯。花鼓灯技艺一代一代往下传，间隔几十年传不下去，花鼓灯就喑哑死去。村里留下来的一班老人会花鼓灯，年节期间念想花鼓灯，就搬出破旧的锣鼓敲打一番，老胳膊老腿地蹦跶一番，乐呵呵地自娱自乐一番，吸引不了几个村里人。家里有电视，电视上有影星、歌星、舞星。哪一种明星不比一班老人的脸盘身段好看，哪一档节目不比一班老人的花鼓灯好看。现如今，花鼓灯不在淮河两岸的村子里，去了县城里，去了电视上。县城办一所花鼓灯学校，招收一批孩子在那里学花鼓灯，去过省外演出，去过国外演出。有一次，韩立海在电视上看见这么一群孩子演出的花鼓灯节目。敲的锣鼓点子跟过去的不一样，穿的衣裳跟过去的不一样，翻的跟头跟过去的不一样，舞的扇子跟过去的不一样，整个的花鼓灯跟过去的不一样。在电视上，一群孩子玩的明明就是花鼓灯，怎么会看来看去、听来听去就跟过去的不一样呢？韩立海觉得变味了，变得有一股子洋味，有一股子浮味，就是缺少一股子土味，就是缺少一股子苦味。“花鼓一打头对头，一阵焦来一阵愁，焦的是罐里没有米，愁的是壶里没有油，接来锣鼓包上头，欢欢喜喜解忧愁。”——这是过去的一个玩灯汉子，从别人手上接过一只鼓斜跨在身上，从别人手上接过一条手巾包在头上，咚咚隆咚隆咚呛，一阵子猛敲猛打，就忘却生活中的种种艰辛不如意，就变成一个鼓架子角色了。说到底，电视上的花鼓灯缺少的是一种与生活的依存、与生命的依存、与精神的依存。

这一天，韩立海闲下来坐在草庵子门前乘凉。俗话说，一场秋雨一场凉。秋后天坐在草庵子门前乘凉就真是乘凉了。秋风从淮河水面上嗖嗖嗖地吹过来，都夹杂上一丝浅浅的寒意了。是一个大阴天，天上没有星星、月亮，四周黑漆漆的，一团混沌，唯有泛白的水面支撑着这个世间的一片清醒与明白。猛然间，天上的星星、月亮光亮起来，泛白的水面光亮起来。河滩地上一下子站满村人，打鼓的打鼓，敲锣的敲锣，舞扇子的舞扇子，踩高跷的踩高跷，翻跟头的翻跟头，耍舞龙的耍舞龙，划旱船的划旱船，骑骚马的骑骚马。满耳朵的锣鼓声，满耳朵的吵闹声。韩立海仔细地看一眼吓一跳，村人穿着的都是二三十年前的衣服，一个个村人的长相都是二三十前的模样。仔细地盯瞧，仔细地辨认，模模糊糊地真能认出不少过去的村人。村里的张三、李四、王五和韩六。这个名叫韩六的男人，前两年就死去了。一个个死去的村人，还能活过来，还是二三十年前的模样，还能玩花鼓灯，这是怎么一回事？难道土地跟人一样，是有记忆的？人老了，小时候的记忆还存在，年轻时候的记忆还存在。土地也一样，过去那个大河湾村不存在了，这块土地的记忆依旧存在，这块土地上过去的那些人和那些事依旧存在。闲下来的时候，这块土地会回想起过去大河湾村存在过的人和事，就像韩立海回想起过去存在的人和事一样。

花鼓灯的演出顺序，由开场锣鼓、大花场、小花场、盘鼓、后场小戏四个部分组成。开场锣鼓最热闹，大花场最欢快，小花场最抒情，后场小戏最有趣。开场锣鼓就是锣、鼓、镲、铛一起哐里哐当敲打一通，村人听见开场锣鼓一响就知道花鼓灯快要开场了。大花场就是一个“闹”字。伞把子最先上场，手持一把大伞，打一圈旋子，俗称“踩四门子”，而后一声呼哨，鼓架子和兰花一起上场，不断地翻出不同的跟头，不断地舞出不同的扇子，不断地走出不同的步子，不断地穿插变化出不同的队形。小花场，就是一个“情”字。伞把子先上场，唱几句“奉承歌”，现编现唱：“老少爷们来得齐，赛过年下赶大集，赶集买上二斤肉，不如灯场听一曲。”伞把子下场，鼓架子上场，配合锣鼓点子做各种技巧动作。锣鼓停顿下来，鼓架子唱请楼歌，请兰花下楼，和兰花在场上对唱，相互逗趣，相互嬉戏，相互倾慕。唱一段，舞一段。舞一段，唱一段。

我跟干妹子隔道河，
干妹子挨打受屈我看着，
有心过河去拉架，
面条子点灯犯（饭）不着，
腿肚子转筋疼坏了我。

盘鼓，是专门的舞蹈场次，分地盘鼓、中盘鼓、上盘鼓三种。地盘鼓，鼓架子和兰花在地面做各种舞蹈动作。中盘鼓，兰花在鼓架子腿上或腰间做各种动作，有些像戏剧中的对打场面。上盘鼓，兰花站在鼓架子肩膀上做各种舞蹈动作。

后场小戏，是由一场一场具有独立情节的小戏组成。比如《四老爷坐独竿轿》，说的是一位名叫四老爷的县太爷喜欢花鼓灯，让两名衙役抬着一顶独竿轿，他坐在上面去四村八庄看花鼓灯。独竿轿是一根竹竿，一打弯一忽闪，一忽闪一打弯，四老爷坐上面不容易坐稳当，又加上两名衙役有意为之，一根竹竿就更加地上下忽闪开来了，四老爷有惊无险地做出不少高难度动作，博得观众的阵阵喝彩。四老爷是个热心肠县太爷，每到一地看到花鼓灯的精彩处，都要掏出银两赏给玩灯人。银两赏尽，赏褂子，赏帽子，赏鞋子，赏裤子，最后四老爷身上光秃秃的只剩下一条裤衩子。

四老爷问观众，你们说俺的裤衩子赏不赏？

观众说，赏——

四老爷做出脱裤衩子的动作，脱半拉停下来，再问一声观众，你们说俺的裤衩子到底赏不赏？

观众一齐大声地回答说，赏——

四老爷说，那俺就听你们的，赏就赏，我光屁股回县衙。

往一回演《四老爷坐独竿轿》，到此就结束了。四老爷不会赏裤衩子，更不会光屁股回县衙里。这一次不一样，四老爷快速地脱下大裤衩子，扔在观众当中，两名衙役抬着四老爷飞奔着下场。众多女观众“啊”一下子失声喊叫，快速地捂上眼睛。她们不相信，四老爷会真脱下裤衩子，她们不相信看见的一团白亮真是四老爷的光屁股。男观众看得真亮。他们告诉身边受到惊吓的女观众说，四老爷的大裤衩子里多穿一条小裤衩子，小裤衩子是白色的，才有一团白亮露出来。一个女观众说，明天我见到“叉拉嘴”，嚼(音 jué，骂)死他一个不要脸的男人。“叉拉嘴”就是坐在独竿轿上的四老爷。“叉拉嘴”坐在独竿轿上变成四老爷，一下台就还原成“叉拉嘴”。四周村子里，数“叉拉嘴”演四老爷最逼真、最生动、最诙谐。

这一天，韩立海坐在草庵子门前看见的就是这场花鼓灯。从开场锣鼓开始，从大花场开始，一阵锣鼓喧天的热闹过后，一阵鼓架子和兰花在场上奔跑舞蹈过后，小花场开始了。一个鼓架子上场，一个兰花坐在一条板凳上。板凳是道具，是绣楼，兰花坐在板凳上，就是待在绣楼上。鼓架子唱请楼歌，要把兰花请下绣楼，一起去花鼓灯场上玩花鼓灯。

鼓架子：花鼓一打啪嚓嚓，
　　　　灯主叫俺请兰花，
　　　　喜帖子下到你家门口，
　　　　俺请干妹子把楼下，
　　　　跟俺灯场上耍一耍。
兰　花：未曾开口笑盈盈，
　　　　挎鼓的哥哥你是听，
　　　　回头对你家灯主讲，
　　　　又推磨，又打碾，
　　　　哪有闲心把灯玩。
鼓架子：一听干妹子不下楼，
　　　　不由得干哥哥犯焦愁，
　　　　思前想后无主意，
　　　　一锭银子楼前丢，
　　　　看你下楼不下楼。
兰　花：干哥哥请俺去玩灯，
　　　　你不该门前丢下一锭银，
　　　　拾起白银砸下去，
　　　　休想用财勾奴心，
　　　　你求死求活俺不下楼。
鼓架子：你不下楼俺就走，
　　　　跺脚离开你楼门口，
　　　　你要看俺瞎你的眼，
　　　　俺要想你烂俺的心，
　　　　一辈子俺不踩你的门。
兰　花：傻干哥哥快回程，
　　　　听锣不会细品音，

奴家说的是玩笑话，
你拿棒槌当了针(真)，
一句话恼了心上人。
……

这一次，韩立海看得清楚，那个挎鼓的干哥哥就是他自个，那个坐在板凳上的兰花就是吴水月。一时间，韩立海热泪盈眶，不能自已，失声地大喊一声，吴水月，你快走上庄台来，你撇下我一个人过日子好凄惶呀！吴水月离开板凳，站起身子，牵上鼓架子的手，一起朝庄台跟前走过来。吴水月身姿绰约，脚步轻盈，面带笑容。韩立海的手心里温温暖暖的，真像牵着吴水月的一只手。吴水月的脚步一点一点走近。韩立海的眼泪一点一点溢出。韩立海赶紧地擦干眼泪，赶紧地睁开眼睛。眼前的庄台跟前，不见了吴水月，远处的河滩地上，不见了玩灯看灯的村人。天上的星星月亮消失，地上的花鼓灯消失。

韩立海呆愣愣地不知是梦里还是醒着，不知是现实还是虚幻。

3

赶上年呀节呀的，韩立海就不下地干活了，回淮河南岸的家里等候着孩子们回来。韩立海能在草庵子里吃住，孩子们不能在草庵子里吃住，就算孩子们能吃住在草庵子里，一间草庵子也吃住不过来。淮河南岸有新村庄，有新瓦房。新村庄的名字依旧叫大河湾村。

吴水月忌日这一天是一个特例。韩立海一定要住在草庵子里，一定要让孩子们在草庵子里住一天，吃一顿晌午饭。上午孩子们一个个回头，下午孩子们一个个离去。孩子们回来看他只是一个次要方面，更主要的是要看吴水月，烧几张黄表纸，放几挂炮仗，磕几个响头。到了这一天，韩立海五更天就起床，手里拿着一把镰刀，肩上扛着一把铁锨，早早地来到吴水月坟前，除草，培土。别人家都是清明节这一天去做这件事，他们家改在吴水月忌日这一天。韩立海觉得吴水月的忌日比清明节重要。清明节是所有亡人的节日，只有吴水月忌日这一天是单独属于吴水月一个人的。

韩立海伸出镰刀把吴水月坟上的杂草割干净。

韩立海挥动铁锨把吴水月坟上的不平处培整齐。

这片土地已经慢慢地、不知不觉地塌陷了。韩立海在吴水月坟前蹲下身子，放低眼往南端平视，明显地能看出这块土地南低北高地倾斜起来。下过一场大雨，雨水淤积在堤坝跟前，好多天都渗漏不下去。这一现象说明什么呢？说明将来的一口塌陷水塘将从堤坝跟前慢慢地向北扩展出来。

去年吴水月的忌日正好赶上一场大雨，淤积堤坝跟前的雨水有一丈多宽，东西流动开来像是一条小河。这一天，二儿子韩新水说起一个话题。他说不如在八公山的公墓里买上两穴墓地，早早地把娘迁移过去，赶明大(爸)百年后跟娘合葬在一起。韩新水的提议，其他三个孩子都同意。大儿子韩新云说，这块土地迟早有一天会塌陷成水塘，迟迁坟不如早迁坟。三儿子韩新雨说，最主要的是埋进公墓上坟方便，省得来这里上一次坟拐来拐去的需要小半天。老丫头韩新苗说，这样子省得大(爸)整天在这里陪着娘，我们谁家的门槛他都不踏进去半步。

韩立海不同意，他说，你们的娘睡在这里是她生前当着你们面交代过的，也是我当着你们面答应过的。一是你们的娘喜欢自家的庄稼地，二是你们的娘喜欢听淮河的河浪声，你们说她要是去公墓，哪里还会有这么两样子东西？

大儿子韩新云担忧地问，要是有一天这里塌陷成一口水塘怎么办？

韩立海说，真到那一天怕是我早不在人世了。

二儿子韩新水接着问，你不在了，不是还得迁坟吗？

韩立海说，到那时就随你们兄妹四人便，我想管也管不着了。

三儿子韩新雨说，你管不着，我们还得管。

韩立海说，就算你们把我跟你们娘的一把骨头迁进公墓里，我们俩的魂也会留在大河湾村，哪里都不去。

老丫头韩新苗说，照你这么说来，到时候迁坟还有什么意义呢？

就是这一天，韩立海察觉出这么一件早已存在的事实，吴水月死后埋在这里，不只是牵扯住他一个人，甚至连着四个孩子都多多少少被牵扯着。平常不年不节的，四个孩子回来家的次数越来越少，更是不可能一齐回来家；过年过节的，四个孩子有的回来家，有的不回来家，或者说你早一天回来，他迟一天回来，一齐回来家也是不可能。只有吴水月忌日这一天，四个孩子会一起回来家，烧黄表纸，放炮仗，而后一起跪在他们娘的坟上，喊一声，娘——听见放炮仗了吗？娘——快来拿钱呀！娘——一家老少大小都平安，就放心吧！

这就是吴水月坚持埋在大河湾村的目的。吴水月柔而刚、软而硬、不动声色地做成这么一件大事。

转眼又是一个吴水月的忌日。这一天早上，韩立海先去坟上割好草、培好土，就站在淮河边上等候着四个孩子回来。

突突突，铁皮渡船又一次从淮河对岸开过来。阳光下，河面上一片雾气茫茫的，韩立海看不清铁船上的行人，不知道哪一个孩子会最先回头。

2013 年 8 月 31 日　江陈

2014 年 12 月 14 日　贯小郢

2016 年 10 月 8 日　华地润园

后　记

四天四夜，《淮水谣》修改出来。

2016年10月1日下午2点钟，我丢下老婆孩子，只身一人回淮南。合肥至淮南的大巴车二十分钟一班，票价三十五块钱。从合肥长途汽车总站发车，前后两个小时车程，五点钟回到淮南江陈家中。合上电，打开灯，拧开水，洗把脸，开窗户，再打开包，便拿出《淮水谣》打印稿，逐字逐句地阅读起来，逐字逐句地修改起来。

《淮水谣》是我的第四部长篇小说，2013年8月写出初稿，2014年12月修改过一稿，再修改完此稿就交付出版社出版了。中间相隔近两年时间，有不少情节都淡忘了。修改作品恰恰需要这种淡忘。淡忘后重新读，像读别人的作品，这样才好理性地判断与理智地修改。

四天四夜，没白没黑。渴了，烧上一壶开水，泡上一杯绿茶。困了，和衣躺床上，睡上一觉。饿了，去洞山基地小吃一条街，牛肉汤，羊肉汤，轮着吃，轮着喝。淮南地方小吃，数牛肉汤和羊肉汤最出名。一碗牛肉汤或羊肉汤，加上一块鞋底烧饼，小肚子的人吃不下，大肚子的人吃下去，吃一个死饱。牛肉汤和羊肉汤的价格一年一年往上涨，大碗十块钱，小碗八块钱，要是加牛杂或羊宝之类的，另外加钱，价格二十块。鞋底烧饼两块钱一个，个头只比鞋底大，不比鞋底小。间隔一段时间不吃牛肉汤，不敢吃油水大的，不敢吃辣子多的，害怕吃下肚子受不住。淮南牛肉汤和羊肉汤还有一个特点，加汤不要钱。加一次，加两次，只要你的肚子足够大，你就一次一次地加汤吧。我生在淮南，长在淮南，地方小吃的味道，就是记忆中的味道。我在洞山基地小吃一条街上闲逛一圈子，却发现我记忆中的地方小吃没存几样子，或者说纯属淮南地方小吃的没剩几样子。比如说，绿豆圆子和油鳖子，我就没找见。再比如说，凉拌凉粉或炒凉粉，我挨家挨户找，也没找见。油茶和油条倒是有，吃嘴里总觉得味道跟记忆中的偏差大。是过去的记忆储存出差错，还是现在的食材不一样？

四天四夜，书稿顺利修改出来。之前，我担心修改的地方多，更怕哪个地方出偏差要重写。其结果，整体上没有大的改动，局部地调整有上百处。删除一万字，增添五百字。我是一个害怕修改稿子的人，一篇上万字的短篇小说，都要下出老天那么大的决心，才能动手去修改。修改《淮水谣》，我准备瘦下几斤肉，蜕掉几层皮。四天四夜煎熬过来，蜕掉几层皮看不见，瘦掉几斤肉倒是实实在在的，关键是头昏脑涨像生一场病。肉体上的折磨、精神上的煎熬，能把人逼疯。

第五天上午10点钟，书稿剩下最后一章最后两小节，我疲惫至极，厌恶至极，扔下《淮水谣》，想着应该去看一看我的父母亲。走出小区大门，坐上去凤台的过路长途车，至毕家岗下车，再步行四里路就到大河湾村。父亲今年虚岁八十六，在家喂养两头牛，见天去四周田地里割牛草。家里的大门锁着，父亲没有回来。我转头去见我母亲。母亲死于1992年秋天，死后埋在离我家三百米远的地方。看母亲就是去她的坟前。每一次回老家，我都要去看我母亲。我以为坟里的母亲能够看见我，时刻等候我去她的坟前。不年不节，不用烧黄表纸，相隔一层泥土说一说话，或者在坟前站一站，一句话不用说。

我的笔下有两个大河湾村，一个是旧大河湾村，在淮河北边；一个是新大河湾村，在淮河南边。淮河北边的旧大河湾村，因煤矿扒煤塌陷搬迁，一户人家都没有了。《淮水谣》最后一章：韩立海在旧大河湾村的庄台上搭建一间草庵子，只身一个人搬回去居住，庄台南面是千古流淌的淮河水，庄台北面是妻子吴水月的坟墓。有一天 ，韩立海坐在草庵子门前，猛然间，“河滩地上一下子站满村人，打鼓的打鼓，敲锣的敲锣，舞扇子的舞扇子，踩高跷的踩高跷，翻跟头的翻跟头，耍舞龙的耍舞龙，划旱船的划旱船，骑骚马的骑骚马。满耳朵的锣鼓声，满耳朵的吵闹声。”“一个个死去的村人，还能活过来，还是二三十年前的模样，还能玩花鼓灯，这是怎么一回事？难道土地跟人一样，是有记忆的？人老了，小时候的记忆还存在，年轻时候的记忆还存在。土地也一样，过去那个大河湾村不存在了，这块土地的记忆依旧存在，这块土地上过去的那些人和那些事依旧存在。闲下来的时候，这块土地会回想起过去大河湾村存在过的人和事，就像韩立海回想起过去存在的人和事一样。”——修改至此，始知《淮水谣》应该是一部关乎淮水记忆的小说。

是为后记。

曹多勇

2016 年 10 月 8 日　华地润园